CHARLOTTE BRONTË

Le Professeur

roman

Traduction par Henriette Loreau.
Hachette, 1858.

Copyright © 2022 Charlotte Brontë (domaine public)

Édition : BoD – Books on Demand, info@bod.fr.

Impression : BoD - Books on Demand, In de Tarpen 42, Norderstedt (Allemagne)

Impression à la demande

ISBN : 9782322419746

Dépôt légal : juillet 2022

Mise en page et maquettage : https://reedsy.com/

Tous droits réservés pour tous pays.

CHAPITRE PREMIER.

L'autre jour, en cherchant dans mes papiers, j'ai trouvé au fond de mon pupitre la copie suivante d'une lettre que j'ai écrite l'année dernière à un ancien camarade de collège :

Mon cher Charles,

Je ne crois pas, lorsque nous étions ensemble à Eton, que nous fussions très-aimés : tu étais caustique, observateur, froid et plein de malice : je n'essayerai pas de faire ici mon portrait ; mais, autant que je puis me le rappeler, mon caractère n'avait rien d'attrayant. J'ignore quels effluves magnétiques nous avaient rapprochés ; assurément je n'ai jamais eu pour toi l'affection d'un Pylade, et j'ai certaines raisons de penser que tu étais également dépourvu à mon égard de toute amitié romanesque. Nous n'en étions pas moins inséparables entre les heures des classes, et la conversation ne tarissait pas entre nous ; lorsqu'elle roulait sur nos camarades et sur nos professeurs, nous nous entendions à merveille ; et, si je venais à faire allusion à quelque tendre sentiment, à quelque vague aspiration vers un idéal dont la beauté m'entraînait, ta froideur sardonique me trouvait d'une complète indifférence ; je me sentais supérieur à tes railleries, et c'est une impression que j'éprouve encore actuellement.

Il y a bien des années que je ne t'ai vu, bien des années que je n'ai reçu de tes nouvelles. En jetant dernièrement les yeux sur un journal de notre comté, j'ai aperçu ton nom ; cela m'a fait songer au passé, aux événements qui ont eu lieu depuis que nous nous sommes quittés, et je me suis mis à t'écrire ; je ne sais pas ce que tu as fait ni ce que tu es devenu, mais tu apprendras, si tu veux bien lire cette lettre, comment la vie s'est comportée envers moi.

J'eus d'abord, en sortant du collège, une entrevue avec l'honorable John Seacombe et avec lord Tynedale, mes oncles maternels. Ils me demandèrent si je voulais entrer dans l'Église : lord Tynedale m'offrit la cure de Seacombe, dont il dispose ; et mon autre oncle m'insinua qu'en devenant recteur de Seacombe-cum-Scaife il pourrait m'être permis de placer à la tête de ma maison et de ma paroisse l'une de mes six cousines, ses filles, pour lesquelles j'éprouvais une égale répugnance.

Je repoussai les deux propositions. L'Église est une belle carrière, mais j'aurais fait un fort mauvais ecclésiastique. Quant à la femme, l'idée seule d'être lié pour toujours à l'une de mes cousines me produisait l'effet d'un horrible cauchemar ; elles sont jolies, leur éducation a été très-soignée ; mais ni leurs talents ni leurs charmes n'ont jamais pu éveiller le moindre écho dans mon âme ; et songer à passer les longues soirées d'hiver au coin du feu du rectorat de Seacombe, en tête-à-tête avec l'une d'elles,… Sarah, par exemple, cette grande et forte statue… oh ! non. J'aurais fait, en pareille circonstance, un très-mauvais mari, aussi bien qu'un mauvais prêtre.

« À quoi vous destinez-vous, alors ? » me demandèrent mes deux oncles. Je répondis que j'allais réfléchir ; ils me rappelèrent que j'étais sans fortune, et que je n'avais rien à attendre de personne. Lord Tynedale, après une pause assez longue, me demanda d'un ton peu bienveillant si je pensais à suivre la même carrière que mon père et à entrer dans le commerce. Je n'y avais jamais songé ; mon ambition et mes rêves ne m'attiraient pas de ce côté ; je ne crois point d'ailleurs avoir en moi l'étoffe d'un négociant ; mais lord Tynedale avait prononcé le mot commerce avec tant de mépris et de hauteur railleuse, que je fus immédiatement décidé. Mon père n'était pour moi qu'un nom ; toutefois je ne pouvais souffrir qu'on me jetât ce nom à la face d'un air dédaigneux et railleur ; aussi répondis-je avec empressement : « Je ne puis mieux faire que de marcher sur les traces de mon père, et j'entrerai dans l'industrie. » Mes oncles ne me firent aucune remontrance, et nous nous séparâmes avec une aversion mutuelle. J'étais dans mon droit en me délivrant du patronage de lord Tynedale ; mais je faisais une folie en acceptant de prime abord un autre fardeau qui pouvait m'être insupportable et dont le poids m'était complètement inconnu.

J'écrivis tout de suite à Édouard, le seul frère qui m'ait été donné ; tu le connais. Plus âgé que moi de dix ans, il venait de se marier avec la fille d'un riche industriel, et possédait à cette époque l'usine qui avait appartenu jadis à mon père. Tu sais qu'après avoir passé pour un Crésus, mon père avait fait banqueroute peu de temps avant sa mort, et que ma mère, restée sans aucune ressource, avait été complètement abandonnée par ses deux nobles frères, qui ne lui pardonnaient point d'avoir épousé un manufacturier. Elle me mit au monde six mois après la mort de mon père, et quitta cette vie au moment où je venais d'y entrer. Il est probable qu'elle ne regretta pas de mourir, car l'existence ne lui promettait ni consolation ni espoir.

La famille de mon père se chargea d'Edouard et m'éleva jusqu'à l'âge de neuf ans. À cette époque, il advint que la représentation d'un bourg important du comté fut vacante et que M. Seacombe se présenta pour l'obtenir ; M. Crimsworth, mon oncle paternel, commerçant plein d'astuce, profita de l'occasion pour écrire au candidat une lettre virulente où il disait nettement que, si M. Seacombe et lord Tynedale ne consentaient pas à faire quelque chose pour les enfants de leur sœur, il dévoilerait publiquement leur impitoyable dureté envers leurs neveux orphelins, et s'opposerait de tous ses efforts à l'élection d'un homme sans cœur. M. Seacombe et lord Tynedale savaient parfaitement que les Crimsworth étaient une race déterminée et peu scrupuleuse ; ils connaissaient en outre leur influence dans le bourg dont ils sollicitaient les suffrages, et, faisant de nécessité vertu, ils se chargèrent de payer les dépenses de mon éducation. C'est alors que je fus envoyé à Eton, où je restai dix ans, pendant lesquels mon frère ne vint pas me voir une seule fois. Il était entré dans le commerce et y avait apporté tant de zèle et de capacité qu'à l'époque où je lui écrivis, c'est-à-dire vers sa trentième année, il marchait rapidement à la fortune : c'est du moins ce que m'avaient appris les lettres fort brèves qu'il m'adressait trois ou quatre fois par an ; lettres qui se terminaient toujours par l'expression de sa haine pour les Seacombe, et où il me reprochait invariablement d'accepter les bienfaits d'une famille aussi odieuse.

Je n'avais pas compris tout d'abord les paroles d'Édouard ; je trouvais tout simple qu'étant orphelin mes oncles se fussent chargés de me faire élever ; mais plus tard, apprenant peu à peu l'aversion qu'ils avaient toujours témoignée à mon père, les souffrances que ma mère avait subies, les humiliations dont elle avait été abreuvée, en un mot, tous les torts que sa famille avait eus à son égard, je rougis de la dépendance où je me trouvais placé, et je pris la résolution de ne plus recevoir mon pain de ceux qui avaient refusé l'indispensable à ma mère agonisante. C'est sous l'influence de cette détermination que je renonçai au rectorat de Seacombe et au noble mariage qui m'était proposé.

Ayant ainsi rompu avec la famille de ma mère, j'écrivis donc à Édouard, je l'informai de tout ce qui s'était passé, je lui dis mon intention d'entrer dans l'industrie, et je lui demandai s'il ne pourrait pas m'occuper dans son usine. Il me répondit que je pouvais venir, si bon me semblait, qu'il chercherait alors à me caser si la chose était possible ; mais pas un mot d'approbation pour ma conduite, pas une parole d'encouragement pour l'avenir. Je m'interdis tout commentaire relativement à ce billet laconique, et faisant mes malles je partis aussitôt pour le Nord.

Après avoir passé deux jours en diligence (les chemins de fer n'existaient pas à cette époque), j'arrivai, par une brumeuse après-midi d'octobre, dans la ville de X… J'avais toujours compris qu'Édouard demeurait dans cette ville ; mais on répondit à mes questions que c'étaient seulement l'usine et les magasins de M. Crimsworth qui se trouvaient au milieu de l'atmosphère enfumée de Bigben-Close ; quant à sa résidence, elle était située en pleine campagne, à quatre milles de X…

La nuit approchait lorsque j'arrivai à la grille de l'habitation qu'on m'avait désignée comme étant celle de mon frère. En avançant dans l'avenue, j'entrevis, aux dernières lueurs du crépuscule et à travers le brouillard qui rendait l'ombre plus épaisse, une vaste maison entourée de jardins suffisamment spacieux ; je m'arrêtai un instant sur la pelouse qui se déployait devant la façade, et, m'appuyant contre un arbre, je regardai avec intérêt l'extérieur de Crimsworth-Hall. « Il faut qu'Édouard ait déjà de la fortune, dis-je en moi-même ; je savais bien qu'il faisait de bonnes affaires, mais je ne me doutais pas qu'il possédât une maison aussi importante. » Et sans plus de réflexions, je me dirigeai vers la porte, à laquelle je sonnai. Un domestique vint m'ouvrir ; je déclinai mon nom, il me débarrassa de mon manteau, qui était mouillé, de mon sac de nuit, et me fit entrer dans une bibliothèque où étaient allumées plusieurs bougies et où brillait un bon feu. « M. Crimsworth, me dit-il, n'est pas encore revenu, c'est aujourd'hui le marché ; mais il sera de retour avant une demi-heure. »

Livré à moi-même, je m'installai dans le fauteuil couvert de maroquin rouge qui se trouvait au coin du feu ; et, tout en regardant la flamme jaillir du charbon rayonnant et le fraisil tomber par intervalles sur la pierre du foyer, je pensai à l'entrevue qui allait bientôt avoir lieu. Parmi les doutes qui s'élevaient dans mon esprit au sujet de la réception que me ferait Édouard, il y avait au moins une chose certaine, c'est que je n'éprouverais aucun désenchantement ; j'attendais trop peu de chose pour être désappointé. Je ne comptais sur aucun témoignage de tendresse fraternelle ; les lettres qu'Édouard m'avait toujours écrites me préservaient de toute illusion à cet égard, et cependant je me sentais saisi d'une émotion que chaque minute rendait plus vive. À quoi donc aspirais-je aussi ardemment ? je n'aurais pu le dire ; ma main, si complètement étrangère à l'étreinte d'une main fraternelle, se fermait d'elle-même pour réprimer les tressaillements que lui causait l'impatience.

Je pensais à mes oncles ; et, tandis que je me demandais si l'indifférence d'Édouard égalerait la froideur dédaigneuse qu'ils m'avaient toujours témoignée, j'entendis ouvrir la grille et une voiture s'approcher du perron ; un instant après, quelques paroles s'échangèrent entre le domestique et la personne qui venait d'entrer ; quelqu'un se dirigea vers la bibliothèque où je me trouvais : le bruit de ses pas annonçait clairement que c'était le maître de la maison.

J'avais gardé un vague souvenir de mon frère tel que je l'avais vu dix ans auparavant : c'était alors un grand jeune homme sec et anguleux, sans tournure et sans grâce ; je me trouvais maintenant en face d'un homme puissant et beau, d'une taille admirable, d'une force athlétique, ayant le teint clair et le visage régulier. Un caractère violent et impérieux se révélait dans ses moindres mouvements aussi bien que dans son regard et dans l'ensemble de ses traits. Il m'accueillit d'un ton bref, et, tout en me donnant la main, il m'examina des pieds jusqu'à la tête.

« Je pensais que vous viendriez à mon comptoir, » me dit-il en s'asseyant dans le fauteuil de maroquin rouge, et en me désignant un autre siège.

Il avait la voix sèche et parlait avec l'accent guttural du Nord, qui sonnait durement à mes oreilles accoutumées aux sous argentins du Midi.

« C'est le maître de l'auberge où descend la voiture qui m'a envoyé ici, répondis-je ; j'ai cru d'abord qu'il se trompait, ne sachant pas que vous habitiez la campagne.

— Peu importe, reprit-il ; seulement je vous ai attendu ; et je suis en retard d'une demi-heure, voilà tout. Je suppose que vous avez pris la voiture du matin ? »

Je lui exprimai tous mes regrets du retard que je lui avais fait éprouver ; il ne me répondit pas, et attisa le feu comme pour masquer un mouvement d'impatience ; puis il fixa de nouveau sur moi son regard observateur.

J'éprouvais une satisfaction réelle de n'avoir pas cédé à mon premier mouvement et d'avoir salué cet homme avec toute la froideur dont j'étais susceptible.

« Avez-vous brisé complètement avec Tynedale et Seacombe ? me demanda-t-il du ton bref qui paraissait lui être habituel.

— Je ne crois pas que désormais je puisse avoir de rapports avec eux, répondis-je ; le refus que j'ai fait de leurs offres bienveillantes a placé entre nous une barrière infranchissable.

— Fort bien, dit-il ; je vous rappellerai d'ailleurs qu'on ne peut pas servir deux maîtres, et que toute relation avec lord Tynedale serait incompatible avec la moindre assistance de ma part. »

Il y avait une menace toute gratuite dans le coup d'œil qu'il me lança en terminant cette phrase.

Je ne me sentais pas disposé à lui répondre, et je me contentai de réfléchir à la diversité de caractères et de constitutions morales qui existe entre les hommes. Je ne sais pas ce que mon frère induisit de mon silence ; j'ignore s'il le considéra comme un symptôme de révolte ou comme une preuve de soumission : toujours est-il qu'après m'avoir regardé pendant quelques minutes, il quitta brusquement son fauteuil en me disant :

« Demain matin j'appellerai votre attention sur différentes choses ; quant à présent, c'est l'heure du souper ; voulez-vous venir ? il est probable que mistress Crimsworth nous attend. »

Il sortit de la bibliothèque, et je le suivis en me demandant comment pouvait être sa femme. « Est-elle aussi étrangère, me disais-je, que Tynedale, Seacombe et ses filles, à tout ce que j'aimerais à rencontrer chez les autres ? me sera-t-elle aussi antipathique que son très-cher mari, ou pourrai-je en causant avec elle me sentir à l'aise et montrer quelque chose de ma véritable nature ? » Je fus arrêté au milieu de ces réflexions par notre arrivée dans la salle à manger.

Une lampe, couverte d'un abat-jour, éclairait une pièce élégante, lambrissée de bois de chêne ; le souper était servi, et près du feu se trouvait une jeune femme qui se leva en nous voyant entrer. Elle était grande et bien faite, mise avec élégance et à la dernière mode ; elle échangea un salut joyeux avec M. Crimsworth, et prenant un air mi-boudeur, mi-souriant, elle le gronda de ce qu'il s'était fait attendre. Sa voix (je prends toujours note du son de voix lorsque je veux juger quelqu'un) était vive et animée ; je crus y voir une preuve de force et d'entrain physique, si l'on peut dire. Un baiser de son mari étouffa immédiatement les reproches qui découlaient de ses lèvres : un baiser qui parlait encore d'amour, car il n'y avait pas un an qu'elle était la femme de M. Crimsworth. Elle se mit à table dans les meilleures dispositions du monde ; elle m'aperçut alors, me demanda pardon de ne pas m'avoir remarqué plus tôt, et me donna une poignée de main comme les femmes savent le faire quand un excès de bonne humeur les dispose à montrer de la bienveillance même aux plus indifférents. Maintenant que nous étions près de la lampe, il m'était facile de voir qu'elle avait une belle peau, les traits agréables, bien qu'un peu forts, et les cheveux rouges, mais franchement rouges.

Elle poursuivait avec son mari la querelle badine qu'elle avait commencée, et, feignant de lui en vouloir de ce qu'il avait fait atteler un cheval peureux à son gig, elle se montrait surtout blessée du mépris qu'il faisait de ses terreurs.

« N'est-ce pas absurde de la part d'Édouard, monsieur William ? me dit-elle en me prenant à témoin ; il ne veut plus se servir que de Jack, et cette affreuse bête l'a déjà fait verser deux fois. »

Elle zézayait en parlant, ce qui n'était pas désagréable, et avait dans l'expression du visage, en dépit de ses traits prononcés, quelque chose d'enfantin qui sans aucun doute plaisait beaucoup à Edouard, et qui, aux yeux de la plupart des hommes, eût passé pour un charme de plus, mais qui pour moi n'avait aucun attrait. Je cherchai à rencontrer son regard, désireux d'y trouver l'intelligence que ne me révélait ni son visage ni sa conversation ; elle avait l'œil petit et brillant ; je vis tour à tour la coquetterie, la vanité et l'enjouement percer à travers sa prunelle, mais j'attendis vainement un seul rayon qui vînt de l'âme. Je ne suis pas un Turc ; une peau blanche, des lèvres de carmin, des joues rondes et fraîches, des grappes de cheveux luxuriantes, ne me suffisent pas, si elles ne sont accompagnées de l'étincelle divine qui survit aux roses et aux lis, et qui brille encore après que les cheveux noirs ont blanchi ; les fleurs resplendissent au soleil et nous plaisent dans la prospérité ; mais que de jours pluvieux dans la vie, et combien le ménage de l'homme, combien son foyer même serait triste et glacé, sans la flamme de l'intelligence qui l'anime et le vivifie !

Un soupir involontaire annonça le désappointement que me laissait l'examen des traits de ma belle-sœur ; elle le prit pour un hommage, et M. Crimsworth, qui était évidemment fier de sa jeune et belle épouse, me jeta un regard où un mépris ridicule se mêlait à la colère. Je détournai la tête et, regardant à l'aventure, j'aperçus deux tableaux encadrés dans la boiserie et placés de chaque côté de la cheminée ; c'était le portrait d'un homme et d'une femme habillés comme on l'était vingt ans auparavant : celui du gentleman se trouvait dans l'ombre, et je le voyais à peine ; celui de la dame recevait en plein la lumière de la lampe ; je l'avais vu souvent dans mon enfance et je le reconnus immédiatement : c'était le portrait de ma mère, qui, avec son pendant, formait le seul héritage qu'on eût sauvé pour nous de la fortune de mon père.

Je me rappelais qu'autrefois j'aimais à regarder cette figure, mais sans la comprendre, en enfant que j'étais alors ; aujourd'hui, je savais combien ce genre de visage est rare dans le monde, et j'appréciais vivement cette physionomie pensive et cependant pleine de douceur ; il y avait pour moi un charme profond dans ce regard sérieux, dans ces lignes qui exprimaient la tendresse et la sincérité ; je regrettais vivement que ce ne fût plus qu'un souvenir.

Quelques instants après, je sortis de la salle à manger, y laissant mon frère et ma belle-sœur ; un domestique me conduisit à ma chambre, dont je fermai la porte à tout le monde, à toi comme aux autres, cher camarade.

Adieu donc, adieu pour aujourd'hui.

WILLIAM CRIMSWORTH.

Cette lettre est demeurée sans réponse ; elle n'est pas même arrivée à son adresse : lorsque je la lui envoyai, Charles venait de partir pour les colonies, où l'appelaient de nouvelles fonctions administratives. J'ignore ce qu'il est devenu depuis cette époque, et je dédie au public les loisirs que j'avais l'intention de consacrer à mon ami. Le récit que j'ai à lui faire n'a rien de merveilleux et ne donnera pas naissance à de bien vives émotions ; mais il pourra intéresser les personnes qui, ayant suivi la même carrière que moi, y trouveront le reflet de ce qu'elles ont éprouvé. La lettre qu'on vient de lire me servira d'introduction, et je reprends mon histoire à l'endroit où je l'ai quittée.

CHAPITRE II.

Une belle matinée d'octobre succéda à la soirée brumeuse pendant laquelle j'avais été, pour la première fois, introduit à Crimsworth-Hall. J'étais sur pied de bonne heure, et je me promenai dans le parc qui entourait la maison. Le soleil d'automne, en se levant sur les collines, éclairait un paysage qui n'était pas sans beauté : des bois aux feuilles jaunies variaient l'aspect des champs dépouillés de leurs moissons ; une rivière coulait entre les arbres et réfléchissait un ciel pâle où glissaient quelques nuages ; sur ses rives on apercevait, à de fréquents intervalles, de hautes cheminées cylindriques, tourelles élancées qui indiquaient la présence des manufactures à demi cachées par le feuillage ; et, çà et là, suspendues au flanc des coteaux, s'élevaient de grandes et belles maisons pareilles à celle de mon frère. À une distance d'environ cinq milles, un vallon, qui s'ouvrait entre deux collines peu élevées, renfermait dans ses plis la cité de X… Un nuage épais et constant planait au-dessus de la ville industrieuse où étaient situés l'usine et les magasins d'Édouard. La vapeur et les machines avaient depuis longtemps banni de ces lieux la solitude et la poésie ; mais le pays était fertile et présentait dans son ensemble un aspect riant et animé.

J'arrêtai pendant longtemps mon regard et mon esprit sur ce tableau mouvant ; rien dans cette vue ne faisait battre mon cœur, rien n'y éveillait en moi l'une de ces espérances que l'homme doit ressentir en face des lieux où il va s'ouvrir une carrière. « Tu te révoltes contre le fait qui s'impose, me disais-je à moi-même ; tu es un fou, William, tu ne sais pas ce que tu veux : c'est toi qui as choisi la route que tu vas suivre ; il faut que tu sois commerçant, puisque tu l'as voulu. Regarde la fumée noire qui s'échappe de cet antre, c'est là qu'est désormais ton poste ; là, tu ne pourras plus méditer et faire de vaines théories ; là-bas, au lieu de rêver, on agit et l'on travaille. »

Après m'être ainsi gourmandé, je revins à la maison. Mon frère était dans la salle à manger ; nous nous abordâmes avec froideur : j'avoue que, pour ma part, il m'aurait été impossible de lui sourire, tant il y avait dans ses yeux, lorsqu'ils rencontrèrent les miens, quelque chose d'antipathique à ma nature. Il me dit bonjour d'un ton sec, et, prenant un journal qui se trouvait sur la table, il se mit à le parcourir de l'air d'un homme qui saisit un prétexte pour échapper à l'ennui de causer avec un inférieur. Si je n'avais pas eu la ferme résolution de tout supporter, au moins pendant quelque temps, ses manières auraient certainement fait éclater l'expression d'une inimitié que je m'efforçais de contenir. Je mesurai de l'œil son corps vigoureux, ses proportions admirables, et voyant mon image dans la glace qui était au-dessus delà cheminée, je m'amusai à comparer nos deux figures : je lui ressemblais de face, bien que je n'eusse pas sa beauté ; mes traits étaient moins réguliers que les siens ; j'avais l'œil plus foncé, le front plus large ; mais je n'avais pas sa taille, et je paraissais grêle à côté de lui : bref, Édouard était beaucoup plus bel homme que moi ; et, s'il avait au moral la même supériorité qu'au physique, je deviendrais assurément son esclave ; car je ne devais pas m'attendre à ce qu'il usât de générosité envers un être plus faible que lui ; son œil froid et cruel, ses manières arrogantes, sa physionomie où la dureté se mêlait à l'avarice, tout faisait pressentir que c'était un maître implacable. Avais-je l'esprit assez fort pour lutter contre lui ? je n'en savais rien, ne l'ayant pas essayé.

L'entrée de ma belle-sœur changea le cours de mes pensées ; elle était vêtue de blanc et rayonnante de jeunesse et de fraîcheur ; je lui adressai la parole avec une certaine aisance que semblait permettre son insouciante gaieté de la veille au soir ; elle me répondit froidement et d'un air contraint : son mari lui avait fait la leçon ; elle ne devait pas se montrer familière avec l'un de ses commis.

Dès qu'il eut fini de déjeuner, mon frère m'avertit qu'avant cinq minutes sa voiture serait devant le perron, et que j'eusse à me tenir prêt pour l'accompagner à X… Nous fûmes bientôt sur la route, où Edouard faisait voler rapidement son gig, auquel était attelé ce cheval rétif qui effrayait tant ma belle-sœur ; une ou deux fois Jack parut disposé à se cabrer sous le mors, mais un coup de fouet vigoureusement appliqué le fit bientôt rentrer dans l'obéissance, et les narines dilatées et frémissantes de son maître exprimèrent la joie que celui-ci éprouvait du résultat de la lutte : du reste, Édouard ne me parla presque pas durant cette courte promenade, et n'ouvrit guère la bouche que pour jurer contre son cheval.

Tout n'était que mouvement et fracas dans la ville de X… lorsque nous y arrivâmes ; nous franchîmes les faubourgs, et, laissant de côté les rues occupées par les maisons des habitants, les églises et les boutiques, nous nous dirigeâmes vers le quartier des fabriques et des vastes magasins. Deux portes massives nous donnèrent accès dans une grande cour ; une usine était devant nous, vomissant des tourbillons de suie et faisant vibrer ses murs épais sous la commotion puissante de ses entrailles de fer ; des ouvriers allaient et venaient de tous côtés, chargeant et déchargeant des wagons. Édouard jeta un regard autour de lui et parut comprendre tout ce que faisaient ces hommes ; il descendit de voiture et, abandonnant son cheval aux soins d'un ouvrier qui s'avança immédiatement, il m'ordonna de le suivre. Nous entrâmes dans une pièce bien différente des salons de Crimsworth-Hall ; c'était un cabinet aux murailles nues, et dont un coffre de sûreté, deux pupitres, deux tabourets et quelques chaises, formaient tout l'ameublement. Un individu était assis devant l'un des deux pupitres ; il ôta son bonnet grec lorsqu'Edouard entra, et s'enfonça de nouveau dans ses écritures et ses calculs.

Édouard se dépouilla de son mackintosh et s'assit au coin du feu, près duquel je restai debout.

« Steighton, laissez-nous, dit-il ; j'ai à parler d'affaires avec ce gentleman ; vous reviendrez quand je vous sonnerai. »

Le commis se leva sans répondre et sortit du bureau ; Édouard attisa le feu, se croisa les bras et resta un moment pensif, les lèvres comprimées et les sourcils froncés. Je le regardais avec attention ; quel beau visage ! comme ses traits étaient bien dessinés ! d'où provenait cet air dur, cet aspect désagréable, en dépit de sa beauté ?

« Vous êtes venu ici pour étudier le commerce ? me demanda-t-il tout à coup.

— Oui, lui répondis-je.

— Avez-vous bien réfléchi à cette détermination ?

— Certainement.

— C'est bon. Je ne suis pas forcé de vous prêter mon concours ; mais j'ai ici une place vacante, et, si vous êtes capable de la remplir, je vous prendrai à l'essai. Possédez-vous autre chose que la friperie d'une éducation de collège, du grec, du latin et autres billevesées ?

— J'ai appris les mathématiques.

— Sottise !

— Je connais assez le français et l'allemand pour écrire dans ces deux langues.

— Pouvez-vous lire ceci ? » me demanda-t-il en me passant un papier qu'il avait pris dans un carton.

C'était une lettre de commerce en allemand ; je lui en fis la traduction ; mais je ne pus deviner s'il fut satisfait ou non, car son visage demeura impassible.

« Il est heureux que vous sachiez quelque chose qui puisse vous permettre de gagner votre vie, reprit-il après un instant de silence ; puisque vous connaissez le français et l'allemand, je vous prends en qualité de second commis pour traiter la correspondance étrangère ; la place est bien rétribuée : quatre-vingt-dix guinées par an, c'est très-beau pour commencer. Maintenant, poursuivit-il en élevant la voix, écoutez bien ce que je vais vous dire à propos de nos relations de famille et de toutes les blagues du même genre ; tenez-vous pour averti : je ne vous passerai rien sous prétexte que vous êtes mon frère ; si je vous trouve négligent, paresseux, dissipé ou stupide, ayant enfin quelque défaut qui soit nuisible aux intérêts de la maison, je vous congédie sans pitié, comme je le ferais d'un étranger ; quatre-vingt-dix guinées sont un fort beau traitement, et j'espère bien avoir en échange des services d'une valeur équivalente à la somme que je vous donne. Rappelez-vous que chez moi tout est rigoureux et positif : les habitudes, les sentiments et les idées ; m'avez-vous bien compris ?

— Vous voulez dire, je suppose, que je dois travailler pour gagner mon salaire, n'attendre aucune faveur de votre part et ne compter sur rien en dehors du traitement qui m'est alloué ? C'est précisément ce que je désire ; et j'accepte, à ces conditions, la place que vous m'offrez dans vos bureaux. »

Je tournai sur mes talons et je m'approchai de la fenêtre, sans chercher cette fois à lire sur la physionomie d'Édouard quelle impression il pouvait ressentir de mes paroles.

« Peut-être espérez-vous, reprit-il, avoir un appartement chez moi et une place dans ma voiture pour aller et venir matin et soir ; détrompez-vous ; je tiens à pouvoir disposer de mon gig en faveur des gentlemen que, pour affaires, j'emmène quelquefois passer une nuit à la Hall. Tous chercherez un logement à la ville.

— C'était bien mon intention, répondis-je ; il ne me conviendrait nullement d'habiter votre maison. »

Je parlais avec le calme qui m'est habituel et dont je ne me dépars jamais ; Edouard, au contraire, perdit toute réserve, son œil s'enflamma, et, se tournant vers moi brusquement :

« Vous n'avez rien, me dit-il avec colère ; comment vivrez-vous en attendant que le premier terme de vos appointements soit échu ?

— Ne vous en inquiétez pas, répondis-je.

— Mais comment vivrez-vous ? répéta-t-il d'une voix plus haute.

— Comme je pourrai, monsieur Crimsworth.

— Endettez-vous, cela vous regarde, répliqua-t-il ; vous avez probablement des habitudes aristocratiques ; je vous engage à les perdre ; je ne souffre pas la moindre sottise, et vous ne toucherez pas un schelling en dehors de votre salaire, quelle que soit la position où vous vous soyez mis ; ne l'oubliez jamais.

— Non, monsieur ; vous verrez que j'ai bonne mémoire. »

Je n'ajoutai pas un mot : je sentais que ce serait une folie de raisonner avec un homme du caractère de M. Crimsworth ; une plus grande encore de lui répondre avec emportement.

« Je resterai calme, dis-je en moi-même ; lorsque la coupe débordera, je m'en irai ; jusque-là soyons patient ; il y a une chose certaine, c'est que je suis capable de faire la besogne qui va m'être confiée, que je gagnerai mon argent en conscience et que la somme est suffisante pour me permettre de vivre. Quant à mon frère, s'il est dur et hautain à mon égard, ce sera sa faute et non la mienne ; son injustice ne doit pas me détourner de la route que j'ai choisie ; je ne suis, d'ailleurs, qu'au début ; l'entrée est difficile, mais plus tard la voie peut s'élargir. »

Tandis que je me faisais ce raisonnement, Édouard tira le cordon de la sonnette ; le premier commis rentra dans le bureau.

« Monsieur Steighton, lui dit Édouard, donnez à M. William les lettres de Voss frères, ainsi que la copie des réponses qui leur a été faite en anglais ; il les traduira en allemand. »

Mon collègue était un homme d'environ trente-cinq ans, dont la face empâtée annonçait une pesanteur d'esprit qui n'excluait pas la ruse ; il s'empressa d'exécuter l'ordre que lui donnait M. Crimsworth, et je me mis immédiatement à la besogne. Une joie réelle accompagnait ce premier effort que je faisais pour gagner ma vie ; une joie profonde que n'affaiblissait pas la présence du maître, dont l'œil essayait de deviner ce qui se passait dans mon âme. Je me sentais aussi tranquille sous ce regard que si j'avais été abrité par la visière d'un casque ; il pouvait examiner à son aise les lignes de mon visage, le sens lui en restait caché ; ma nature différait trop de la sienne pour qu'il pût la comprendre, et les caractères visibles qui la manifestaient n'avaient pas pour lui plus de valeur que les mots inconnus d'une langue étrangère. Aussi, renonçant bientôt à un examen qui trompait son attente, il se détourna de moi tout à coup, et sortit pour aller à ses affaires. Il revint dans le bureau à plusieurs reprises, avala, chaque fois, un verre d'eau mélangé d'eau-de-vie, dont il prenait les éléments dans une armoire placée auprès de la cheminée, jeta un coup d'œil sur mes traductions, et sortit sans rien dire.

CHAPITRE III.

Je remplissais fidèlement tous les devoirs que m'imposait la place de second commis ; la besogne que j'avais à faire n'excédait pas mes facultés, et je m'en acquittais d'une manière satisfaisante. M. Crimsworth me guettait soigneusement afin de me prendre en faute, et n'en trouvait pas l'occasion ; il avait chargé Timothée Steighton de surveiller ma conduite, et le pauvre Tim ne fut pas plus heureux ; j'étais aussi exact, aussi laborieux qu'il pouvait l'être lui-même. « Comment vit-il ? demandait M. Crimsworth ; fait-il des dettes ? » Non. Mes comptes avec mon hôtellerie étaient parfaitement en règle ; j'avais loué une petite chambre et un cabinet fort modestes, que je payais avec le fruit accumulé de mes épargnes d'Eton. Ayant toujours eu en horreur de demander de l'argent à qui que ce fût, j'avais acquis dès mon enfance l'habitude de m'imposer une stricte économie, afin de n'avoir pas besoin, dans un moment pressé, de recourir à la bourse des autres. Je me rappelle qu'à cette époque je passais pour avare auprès de mes camarades, et que je me consolais par cette réflexion, qu'il valait mieux être incompris actuellement que repoussé un peu plus tard J'avais enfin ma récompense. Déjà, quand je m'étais séparé de mes oncles Tynedale et Seacombe, l'un d'eux m'avait jeté un billet de cinq livres, que j'avais pu refuser en disant qu'il m'était inutile. M. Crimsworth fit demander par Timothée à ma propriétaire si elle avait à se plaindre de mes mœurs : elle répondit que j'étais au contraire un jeune homme très-religieux, et demanda à son tour à mon collègue s'il ne pensait pas que j'eusse l'intention d'entrer plus tard dans les ordres : « Car, disait-elle, j'ai eu chez moi de jeunes ministres qui étaient bien loin d'avoir autant de conduite et de douceur que ce bon M. William. » Tim était lui-même un homme pieux, un méthodiste fervent, ce qui ne l'empêchait pas d'être un fieffé coquin, et il s'en alla, tout penaud, raconter à M. Crimsworth le récit qu'on lui avait fait de ma piété exemplaire. Édouard, qui ne mettait jamais les pieds dans une église et qui n'adorait que le veau d'or, se fit une arme contre moi des éloges que m'avait donnés mon hôtesse ; il commença par m'accabler de railleries à mots couverts, dont je ne compris la portée qu'après avoir été informé par l'excellente femme de la conversation qu'elle avait eue avec M. Steighton. Ainsi éclairé, je n'opposai plus aux sarcasmes blasphématoires de l'usinier qu'une indifférence dont toute sa verve caustique ne parvint pas à triompher ; il se lassa bientôt d'épuiser ses munitions contre un marbre insensible, mais il n'en jeta pas pour cela ses traits acérés, et se contenta de les remettre dans son carquois.

J'avais été une seule fois à la Hall depuis mon installation dans les bureaux de M. Crimsworth ; c'était à propos d'une grande fête donnée pour célébrer le jour de naissance du maître de la maison. Il avait l'habitude d'inviter ses commis en pareille occasion, et il ne pouvait faire autrement que de me traiter comme les autres ; mais je n'en restai pas moins strictement à l'écart. C'est à peine si ma belle-sœur, dans l'éclat éblouissant d'une toilette resplendissante, m'adressa de loin un léger signe de tête ; quant à mon frère, il ne me salua même pas, et personne ne me présenta aux jeunes filles qui, enveloppées d'un nuage de gaze, formaient une guirlande autour du vaste salon ; je ne pouvais qu'admirer à distance leur beauté rayonnante, et je n'avais pour reposer mes yeux, lorsqu'ils étaient éblouis, d'autre ressource que de contempler un meuble ou le dessin du tapis. M. Crimsworth se tenait debout, le coude appuyé sur la cheminée ; il était environné d'un groupe de femmes charmantes qui babillaient gaiement. Il m'aperçut dans un coin ; j'avais l'air triste et abattu, je ressemblais à un précepteur humilié : cette vue lui fit plaisir.

La danse commença : j'aurais, si l'on m'eût présenté à quelque jeune fille intelligente et belle, j'aurais aimé à lui montrer que je pouvais ressentir la joie qu'on peut avoir à épancher le trop-plein de son esprit, et à lui prouver que je savais faire partager mon plaisir ; mais je n'étais là qu'une masse inerte, un peu moins qu'un meuble ; personne ne se doutait que je fusse un être pensant, ayant une voix et un cœur. Des femmes souriantes passaient devant mes yeux, emportées par la valse ; mais leurs sourires se prodiguaient à d'autres qu'à moi ; leur taille souple et gracieuse était soutenue par d'autres mains que les miennes. Je m'éloignai pour échapper à cette vue qui me tantalisait, et, rien ne m'unissant à aucun des êtres vivants dont cette maison était remplie, j'allai me réfugier dans la salle à manger. Je regardai autour de moi, cherchant quelque chose qui pût m'être sympathique, et je rencontrai le portrait de ma mère. Je pris un flambeau pour le mieux voir ; je contemplai avec ardeur cette image dont la vue faisait gonfler ma poitrine ; j'avais son front et ses yeux, sa physionomie, son sourire et la couleur de son teint. Il n'y a pas de beauté qui plaise autant à l'homme que la vue de ses propres traits adoucis et purifiés dans un visage de femme ; c'est par ce motif que les pères regardent avec tant de complaisance la figure de leurs filles, où ils retrouvent souvent une ressemblance flatteuse. Je me demandais si ce portrait, qui me causait une si vive émotion, intéresserait un spectateur impartial, quand j'entendis ces mots :

« Voilà au moins une figure qui exprime quelque chose. »

Je me retournai vivement : un homme de grande taille, qui pouvait être mon aîné de cinq ou six ans, tout au plus, et dont l'extérieur était loin d'être vulgaire, se trouvait à côté de moi ; je n'en vis pas davantage ; mais cet ensemble suffit pour me faire reconnaître celui qui venait de parler.

« Bonsoir monsieur Hunsden, » balbutiai-je en le saluant ; et j'allais m'éloigner comme un sot effarouché ; Pourquoi cela ? parce que M. Hunsden était un manufacturier, un propriétaire d'usine, que j'étais un simple commis, et que mon instinct me poussait à me retirer devant un homme qui était mon supérieur. Je l'avais vu souvent à Bigben-Close, où il venait presque toutes les semaines pour s'entretenir d'affaires avec M. Crimsworth ; mais il ne m'avait jamais adressé la parole ; de plus, j'éprouvais contre lui un ressentiment involontaire, parce qu'il avait été plus d'une fois témoin des insultes que me prodiguait Édouard ; j'avais l'intime conviction qu'il me regardait comme un esclave sans dignité et sans courage, et c'est pour cela que je voulais fuir sa présence.

« Où allez-vous ? » me demanda-t-il quand il vit que je me disposais à me retirer.

J'avais déjà observé qu'il parlait d'un ton bref ; et prenant la chose en mauvaise part :

« Il croit pouvoir me traiter comme un pauvre commis, pensai-je ; mais je ne suis pas d'un caractère aussi souple qu'il se le figure, et la liberté qu'il prend à mon égard ne me plaît pas le moins du monde. »

Je lui répondis quelque chose d'insignifiant où il y avait plus de sécheresse que de courtoisie, et je voulus m'éloigner.

« Restez encore un instant, me dit-il en se plaçant en face de moi : il fait trop chaud dans le salon ; d'ailleurs vous ne dansez pas. »

Il avait raison : je ne trouvais rien dans son regard et dans sa voix qui me déplût, et mon amour-propre était flatté ; il s'adressait à moi parce qu'il avait besoin de parler à quelqu'un et qu'il cherchait à se distraire. Je déteste que l'on me témoigne de la condescendance ; mais j'aime à obliger les autres, et je restai sans me faire prier davantage.

« La peinture en est bonne, reprit M. Hunsden en levant de nouveau les yeux vers le portrait de ma mère.

— Trouvez-vous que cette figure soit jolie ? lui demandai-je.

— Non ; comment le serait-elle avec des joues creuses et des yeux caves ? mais elle a un certain charme qui vous attire ; elle est pensive, et l'on aimerait à causer avec cette femme d'autre chose que de toilette et de fadaises. »

C'était mon opinion, mais je ne lui en dis rien.

« Non pas, continua-t-il, que j'admire une pareille tête : elle manque de force et de caractère ; il y a dans la bouche quelque chose qui tient trop de la sen-si-ti-ve, dit-il en appuyant sur chaque syllabe ; d'ailleurs le mot aristocrate est gravé sur le front, dans la coupe de la figure, dans les lignes du cou et des épaules ; et je déteste les aristocrates.

— Vous pensez alors qu'une origine patricienne peut imprimer à la forme un certain cachet distinctif qui se révèle dans les traits et dans…

— Peste soit de l'origine patricienne ! Qui peut douter que vos gentillâtres n'aient leurs traits particuliers et leur cachet distinctif, aussi bien que nous autres manufacturiers et négociants du nord de l'Angleterre ? Mais où est la supériorité ? ce n'est assurément pas eux qui la possèdent ; quant à leurs femmes, c'est différent ; elles cultivent leur beauté dès leur enfance et parviennent, à force de soins bien entendus, à un certain degré de perfection qui les place au-dessus du vulgaire ; mais c'est encore une supériorité douteuse. Comparez ce portrait avec la figure de Mme Édouard Crimsworth ; laquelle des deux est la plus belle au physique ?

— Comparez-vous à son mari, monsieur Hunsden, répondis-je tranquillement.

— Oh ! je sais à merveille qu'il est beaucoup mieux taillé que je ne l'ai jamais été ; il a le nez droit, les sourcils arqués, etc., etc. ; toutefois ce n'est pas de sa noble mère qu'il tient ces avantages, mais bien du vieux Crimsworth qui était, m'a dit souvent mon père, un franc teinturier, aussi teinturier qu'il est possible de l'être, et l'un des plus beaux hommes qu'il y eût dans tout le comté ; c'est vous, monsieur William, qui êtes l'aristocrate de la famille ; et vous êtes loin d'être aussi beau garçon que votre frère le plébéien. »

Il y avait, dans la manière franche et nette dont parlait M. Hunsden, quelque chose qui me plaisait ; elle me mettait à l'aise, et je poursuivis la conversation avec un certain intérêt.

« Comment savez-vous que je suis le frère de M. Crimsworth ? lui demandai-je ; je croyais n'être pour vous, comme pour tout le monde, qu'un simple commis, employé dans ses bureaux.

— Assurément ; qu'êtes-vous de plus qu'un simple commis ? Vous faites la besogne de Crimsworth qui vous paye pour la faire, et maigrement encore. »

Je ne répondis pas à ces paroles qui frisaient l'impertinence ; et pourtant la façon dont elles étaient prononcées n'avait rien qui me blessât, elles piquaient seulement ma curiosité, et je souhaitais que M. Hunsden continuât à parler.

« Ce monde est absurde, reprit-il.

— Pourquoi cela, monsieur Hunsden ?

— Je m'étonne que vous me le demandiez ; vous êtes l'une des preuves les plus frappantes de l'absurdité à laquelle je fais allusion. Êtes-vous bien décidé à entrer dans l'industrie ?

— Je l'étais du moins très-sérieusement, lors de mon arrivée à X…

— La folie n'en était qu'un peu plus grande ; vous avez bien l'air d'un commerçant ! Quelle figure positive et mercantile !

— Mon visage est tel que Dieu l'a fait, monsieur Hunsden.

— Ce n'est pas pour une maison de commerce que Dieu vous l'a donné, encore moins qu'il vous a fabriqué cette tête-là ; que feriez-vous ici de vos bosses, de l'idéalité, de la conscienciosité, de l'amativité, de l'estime de vous-même et de la comparaison ? Toutefois, si vous aimez Bigben-Close, restez-y ; c'est votre affaire, et non la mienne.

— Peut-être n'avais-je pas à choisir !

— Oh ! cela ne me regarde pas ; allez où vous voudrez, faites ce qu'il vous plaira ; cela m'est fort indifférent. Et sur ce, je vais danser ; j'aperçois là-bas une très-jolie personne, assise au bout du canapé à côté de sa maman. Voyez-vous Sam Waddy qui s'avance auprès d'elle ? sans doute pour lui demander une contredanse ; mais je l'emporterai sur lui. »

Et M. Hunsden s'éloigna rapidement. Il devança Waddy, invita la jeune fille et l'emmena triomphant.

Elle était grande, bien faite, elle avait une toilette éblouissante, et ressemblait, du moins pour le genre de beauté, à Mme Edouard Crimsworth. Hunsden l'entraîna au milieu des tourbillons d'une valse rapide, et resta auprès d'elle jusqu'à la fin du bal ; je lisais dans le regard animé et dans le sourire de la jeune fille qu'il avait su lui plaire. La maman (une grosse femme enturbannée qu'on appelait mistress Lupton) paraissait également satisfaite ; des visions prophétiques flattaient sans aucun doute ses espérances maternelles : la famille Hunsden était de vieille souche, et, quel que fût le mépris que Yorke Hunsden (mon interlocuteur) professât pour les avantages de la naissance, il appréciait très-bien au fond de son âme la distinction qu'il tirait de son ancienne origine, dans une ville de parvenus où pas un habitant sur mille, disait-on, n'avait connu son grand-père. En outre ; la famille Hunsden, riche autrefois, avait conservé une belle aisance, et le bruit public affirmait que Yorke ne tarderait pas à rendre à sa maison la prospérité des anciens jours. La grosse figure de mistress Lupton pouvait donc sourire à bon droit en voyant l'héritier de Hunsden-Wood se montrer attentif pour sa Martha chérie ; quant à moi, dont les observations plus désintéressées étaient sans doute plus exactes, je vis bientôt que la jubilation de l'excellente femme reposait sur un terrain moins solide qu'elle ne se plaisait à le croire ; M. Hunsden me paraissait beaucoup plus désireux de produire une impression favorable que susceptible de la ressentir. Je ne sais pas ce qui pouvait me suggérer cette idée ; peut-être quelque chose d'étranger dans sa physionomie : sa taille, la coupe de son visage et de ses traits, indiquaient bien son origine anglaise ; mais il n'avait pas la réserve britannique ; on retrouvait dans son regard et dans ses manières un certain cachet gaulois ; il avait appris ailleurs l'art de se mettre parfaitement à son aise et de ne pas souffrir que la timidité insulaire vînt se placer entre lui et l'objet de ses désirs. Il ne visait pas à la distinction, mais il était loin d'être vulgaire ; il n'avait rien de bizarre, on ne pouvait pas dire qu'il fût original, et cependant il ne ressemblait à personne ; tout dans son extérieur et dans ses paroles annonçait une satisfaction complète, souveraine ; et parfois, pourtant, une ombre indescriptible passait tout à coup sur son visage, éclipse d'un instant qui révélait un profond mécontentement de la vie : alors sa parole devenait amère, il semblait douter de lui-même et de l'avenir, éprouver une vive souffrance, je ne saurais dire laquelle ; peut-être, après tout, n'était-ce qu'un mouvement de bile.

CHAPITRE IV.

On n'aime pas, en général, à reconnaître qu'on s'est mépris en choisissant telle ou telle profession ; et tout individu qui mérite le nom d'homme, rame longtemps contrevents et marée avant d'avouer qu'il s'est trompé de chemin et de s'abandonner au courant qui le ramène au point de départ. Le travail que j'avais à faire me déplaisait : je l'avais senti dès la première semaine. La chose en elle-même n'avait rien d'attrayant : copier des lettres d'affaires et les traduire formait une besogne assez aride ; mais, si tous mes ennuis s'étaient bornés à cette tâche fastidieuse, je les aurais supportés sans m'en plaindre. Je suis patient de ma nature ; et, soutenu par le double désir de gagner ma vie et de justifier à mes yeux et à ceux des autres la résolution que j'avais prise, j'aurais subi en silence les tortures que m'imposaient la rouille et les crampes de mes facultés les plus précieuses ; je ne me serais pas même dit tout bas que j'aspirais à la liberté ; j'aurais étouffé les soupirs que m'arrachaient la fumée, les miasmes, la vie monotone et tumultueuse de Bigben-Close, le besoin de respirer un air pur et de voir des arbres et des fleurs. J'aurais placé l'image du devoir, le fétiche de la persévérance, dans la petite chambre que j'occupais chez mistress King ; j'en aurais fait mes dieux lares, et je n'aurais pas permis à l'imagination, cette favorite qui avait tout mon amour, de m'arracher à leur culte. Mais ce n'était rien que d'avoir à faire une besogne ennuyeuse : l'antipathie qui existait entre mon patron et moi poussait chaque jour des racines plus profondes et m'entourait d'un nuage si épais que je ne voyais plus le moindre rayon de soleil ; je souffrais comme une plante qui croît à l'ombre humide et visqueuse de l'intérieur d'un puits.

Le sentiment qu'éprouvait Édouard à mon égard ne peut s'exprimer que par le mot antipathie ; un sentiment involontaire, et que développait tout ce qui venait de moi, un geste ou un regard, quelle que fût leur insignifiance. Mon accent méridional l'impatientait ; il s'irritait de l'éducation dont témoignait mon langage ; mon exactitude, mon travail et ma conduite irréprochables ajoutaient à son inimitié la saveur poignante de l'envie. Il craignait que je n'en vinsse un jour à trop bien réussir ; il m'aurait moins détesté, s'il m'avait cru son inférieur ; mais il supposait que je cachais sous mon silence des trésors intellectuels dont il était privé. Il m'aurait pardonné beaucoup de choses, s'il avait pu me mettre une seule fois dans une position ridicule ou mortifiante ; mais j'étais protégé par un esprit observateur, du tact, de la prudence ; et, quelle que fût la malignité d'Édouard, il ne réussit pas à tromper les yeux de lynx de ces gardiens vigilants. Sans cesse au guet, il espérait toujours que l'un ou l'autre finirait par se fatiguer et que sa malice pourrait enfin se glisser jusqu'à moi pendant qu'ils dormiraient ; mais le tact ne sommeille pas lorsqu'il est naturel.

Je venais de recevoir le premier terme de mes appointements et je rentrais chez moi, jouissant en secret de la pensée que le maître qui m'avait payé regrettait chaque penny de ce salaire si péniblement gagné (depuis longtemps j'avais cessé de regarder M. Crimsworth comme un frère ; il n'était pour moi qu'un tyran sans pitié, et ne cherchait pas à le cacher). Des pensées peu variées, mais vivaces, occupaient mon esprit ; deux voix s'élevaient dans mon âme et répétaient sans cesse les mêmes paroles : « C'est une vie intolérable, disait l'une. « Que faire pour la changer ? » répondait l'autre. Je marchais très-vite, nous étions au mois de janvier, et il faisait horriblement froid. Je venais d'entrer dans la rue que j'habitais, lorsque l'idée me vint tout à coup de me demander si mon feu serait allumé ; je levai les yeux vers les fenêtres de ma chambre : pas la moindre lueur n'en rougissait les vitres.

« Cette abominable servante l'a encore oublié, pensai-je, elle n'en fait jamais d'autres. » Et, peu attiré par les cendres froides que je trouverais en rentrant, je continuai ma promenade.

Il faisait une belle nuit ; les rues étaient sèches, la lune montrait son croissant près de la tour de l'église, et des millions d'étoiles scintillaient vivement sur tous les points du ciel. Je dirigeai mes pas du côté de la campagne sans en avoir conscience ; arrivé dans Grove-Street, je ressentais un vif plaisir en distinguant dans l'ombre la silhouette des arbres qui se trouvaient à l'extrémité de la rue, quand une personne, appuyée sur la grille de l'un des petits jardins qui précèdent les jolies maisons de ce faubourg, m'adressa la parole d'un ton vif et enjoué.

« Où diable courez-vous donc ainsi ? Loth n'a pas quitté Sodome avec plus de précipitation, au moment où le feu du ciel brûla cette ville maudite. »

Je m'arrêtai pour voir quel était l'individu qui m'adressait la parole : je sentis l'odeur d'un cigare et j'en aperçus l'étincelle ; un homme se penchait de mon côté, et sa grande taille se dessinait vaguement au milieu de la nuit étoilée.

« Quant à moi, je viens méditer au désert, reprit cette ombre. C'est une froide besogne, par le temps qu'il fait ; surtout quand, au lieu de Rébecca perchée sur la bosse d'un chameau, bracelets aux bras et bague au nez, le destin ne vous envoie qu'un simple commis enveloppé dans son tweed.

« Bonsoir, monsieur Hunsden, m'écriai-je, en reconnaissant l'individu à qui j'avais affaire.

— Enfin ! vous seriez pourtant passé devant moi sans me rien dire, si je n'avais pas eu la politesse de vous parler le premier.

— Je ne vous reconnaissais pas.

— Belle excuse, en vérité ! Vous auriez dû me reconnaître : je vous ai bien reconnu, moi, en dépit de votre course à toute vapeur. La police est-elle à vos trousses ?

— Je ne suis pas digne de sa colère, et je n'ai pas assez d'importance pour éveiller son attention.

— Bon Dieu ! quel motif de regret avez-vous, pour me répondre de cette voix lamentable ? Mais si ce n'est pas la police que vous fuyez si vite, est-ce le diable ?

— Je vais à lui, au contraire ; et bon train, comme vous voyez.

— Dans ce cas, vous avez de la chance ; c'est aujourd'hui mardi ; les charrettes et les gigs reviennent du marché par vingtaines, s'en allant à Dinneford, où il se trouve au moins toujours quelqu'un des siens. Ainsi donc, si vous voulez entrer et vous asseoir une demi-heure dans mon logis de garçon, vous pourrez le saisir au passage, sans vous donner grand'peine ; je crois néanmoins que vous ferez mieux de ne pas vous occuper de lui ce soir : il a tant de pratiques à servir tous les jours de marché ! Entrez cependant à tout hasard. »

Et il ouvrit la porte en disant ces paroles.

« Le souhaitez-vous ? lui demandai-je ; faut-il que j'entre, vraiment ?

— Faites ce qui vous plaira ; je suis seul, j'aurai du plaisir à causer avec vous pendant une heure ou deux ; mais si cela vous contrarie de m'accorder cette faveur, je n'insisterai point, je déteste importuner les gens. »

Il me convenait d'accepter cette invitation, et je suivis M. Hunsden, qui, après avoir traversé le jardin, me fit entrer dans un corridor qui conduisait à son parloir. Il me désigna un fauteuil qui était au coin du feu ; je m'y installai, et je promenai mon regard autour de la chambre où il m'avait introduit.

C'était une petite pièce à la fois élégante et confortable. Un bon feu remplissait la cheminée : un vrai feu des comtés du Nord, clair et bien nourri, ne ressemblant en rien à ces brasiers sordides du midi de l'Angleterre, où quelques morceaux de charbon pâlissent dans le coin d'une grille ; une lampe couverte d'un abat-jour et posée sur la table répandait une lumière égale et douce ; l'ameublement, y compris un divan et deux excellents fauteuils, était luxueux pour un jeune célibataire ; deux corps de bibliothèque garnissaient chaque côté de la cheminée, et les livres s'y trouvaient rangés dans un ordre parfait. La propreté scrupuleuse de cette pièce répondait à mes goûts : j'ai le désordre et la saleté en horreur ; j'en conclus que M. Hunsden partageait mes sentiments à cet égard. Tandis qu'il prenait sur la table quelques brochures périodiques pour les mettre à leur place, je jetai les yeux sur les tablettes qui se trouvaient à côté de moi ; les ouvrages français et allemands y étaient en plus grand nombre que les livres anglais ; j'y remarquai les anciens auteurs dramatiques qui ont illustré la France, et la plupart des écrivains modernes : Thiers, Villemain, Paul de Kock, Georges Sand, Eugène Sue ; en allemand, Goethe, Schiller, Zschokke, Jean Paul ; en anglais, quelques ouvrages d'économie politique ; je n'en vis pas davantage, car M. Hunsden appela mon attention sur un autre sujet.

« Vous allez prendre quelque chose, me dit-il ; vous devez en avoir besoin après avoir couru je ne sais où, par cette nuit canadienne ; toutefois je ne vous servirai ni eau-de-vie, ni porto, ni xérès : je ne possède aucun de ces poisons-là ; mais vous pouvez choisir entre une bouteille de vin du Rhin et une tasse de café. »

J'étais encore, à ce sujet, du même avis que M. Hunsden ; de tous les usages adoptés généralement, l'un de ceux qui me sont le plus antipathiques, est l'habitude où l'on est de s'imbiber de spiritueux et de vins alcooliques ; néanmoins, son nectar acide et tudesque ne me séduisait pas non plus, et je demandai du café.

M. Hunsden parut évidemment satisfait de mon choix ; il s'attendait à me voir désappointé en apprenant qu'il ne possédait ni vin d'Espagne ni liqueurs, et il me regarda en face pour se convaincre de la sincérité de ma demande, et se persuader qu'elle n'était pas le résultat d'une politesse affectée. Je compris sa pensée et je lui répondis par un sourire ; il sonna ; un plateau fut apporté quelques instants après. Une grappe de raisin et une demi-pinte d'une boisson acidulée formaient son repas du soir ; quant à ma tasse de café, elle était excellente ; je lui en fis mon compliment, et je ne lui cachai pas l'espèce de frisson que me donnait son souper d'anachorète. Un de ces nuages auxquels j'ai fait allusion en décrivant sa personne éteignit son sourire et remplaça par un regard distrait, qui ne lui était pas ordinaire, la finesse et la gaieté railleuse de son coup d'œil habituel. Je ne l'avais jamais observé avec beaucoup d'attention ; j'ai d'ailleurs la vue basse, et il ne me restait dans la mémoire qu'une idée vague de son ensemble et de sa physionomie ; en l'examinant avec soin, je fus surpris de la délicatesse toute féminine de ses traits ; sa grande taille, ses longs cheveux bruns, sa voix et ses manières, m'avaient fait croire à quelque chose de puissant et de massif, et mon visage, qu'il trouvait efféminé, était cependant plus accentué que le sien ; il devait exister entre son moral et son physique de singuliers contrastes : peut-être y avait-il entre le corps et l'âme une lutte incessante, car je lui soupçonnais plus d'ambition et de volonté que de vigueur musculaire ; et là probablement se trouvait la cause de ces accès d'humeur noire qui éclipsaient tout à coup sa verve et sa gaieté. Il *voulait*, mais il ne *pouvait* pas ; et l'esprit athlétique regardait avec colère et mépris son fragile compagnon. Quant au charme plus ou moins réel de sa figure, j'aurais voulu connaître l'opinion d'une femme à cet égard ; il me semblait devoir produire sur le beau sexe le même effet qu'un visage piquant et sans beauté a parfois sur les hommes ; ses longs cheveux, rejetés en arrière, laissaient voir un front blanc et suffisamment élevé ; la fraîcheur de ses joues avait quelque chose de fébrile, et ses traits, que le pinceau eût reproduits avec avantage, auraient été plus qu'insignifiants pour un statuaire ; changeant sans cesse, leur expression mobile leur faisait subir à chaque instant d'étranges métamorphoses, et lui donnait tantôt la physionomie d'un taureau soucieux, tantôt celle d'une jeune fille pleine de malice ; parfois même ces deux aspects se confondaient sur son visage, et y formaient un singulier ensemble.

« William, reprit-il en rompant le silence tout à coup, c'est une folie de rester chez mistress King, dans une horrible maison, lorsque vous pouvez prendre un logement dans Grove-Street et y avoir un jardin.

— Ce serait trop loin de mon bureau.

— Tant mieux ; cela vous obligerait à vous promener deux ou trois fois par jour et ce serait un grand bien ; êtes-vous tellement fossilisé que vous ne ressentiez jamais le désir de voir une feuille ou une fleur ?

— Je ne suis pas du tout un fossile.

— Qu'êtes-vous alors ? Vous restez du matin au soir, dans le bureau de Crimsworth, à gratter du papier, sans plus bouger qu'un automate ; ne demandant pas un jour de congé, ne prenant pas un plaisir ; toujours seul, oubliant qu'il existe de joyeux compagnons et ne sachant pas même boire.

— Et vous, monsieur Hunsden ?

— Je suis dans une position toute différente de la vôtre ; c'est une sottise que de vouloir comparer votre situation à la mienne ; et je maintiens mon dire : un homme qui endure patiemment ce qui devrait être insupportable, n'est qu'un fossile et rien de plus.

— Qui vous a dit que je souffrais avec patience ?

— Vous supposez donc que vous êtes un mystère ? L'autre soir vous vous étonniez de ce que je savais à quelle famille vous appartenez ; aujourd'hui vous vous émerveillez de ce que votre patience m'est connue.

Quel usage pensez-vous donc que je fasse de mes yeux et de mes oreilles ? Je me suis trouvé plus d'une fois dans votre bureau, au moment où Crimsworth vous traitait comme un chien ; par exemple, il vous demandait un livre, et, si vous vous trompiez de volume, il vous le jetait à la face ; il vous faisait ouvrir et fermer la porte comme si vous eussiez été son valet ; je ne dis rien de votre position chez lui, au bal qu'il a donné, où vous n'avez eu ni place ni danseuse, où vous erriez comme un pauvre subalterne sans savoir sur quel pied vous poser ; et avec quelle patience vous supportez tout cela !

— Concluez, monsieur Hunsden.

— La conclusion à tirer dépend de votre caractère, et de la nature des motifs qui dirigent votre conduite. Si votre patience a pour but de plaire à Crimsworth et d'améliorer votre position, vous êtes à la fois sage et prudent, mais ce qu'on appelle un mercenaire ; si vous croyez de votre devoir de plier sous l'insulte, et de répondre à l'injure par la résignation, vous êtes un pauvre diable qui n'avez rien d'un homme et ce n'est pas vous que je cherche ; si vous endurez tout cela parce que vous êtes flegmatique, insensible, trop mou pour résister, Dieu vous a fait alors pour qu'on vous écrasât ; couchez-vous donc, ne bougez pas, et laissez-vous broyer par le char de Jaggernaut. »

Comme on le voit, l'éloquence de M. Hunsden était loin d'être mielleuse ; ses paroles me déplurent : je crus reconnaître en lui un de ces individus qui, sensibles eux-mêmes, sont souvent impitoyables pour la sensibilité des autres ; d'ailleurs, bien qu'il ne ressemblât ni à Crimsworth ni à lord Tynedale, je ne l'en soupçonnai pas moins d'avoir l'esprit dominateur à sa manière. Il y avait dans ses reproches un certain despotisme qui visait à pousser l'opprimé à la révolte, et, en le regardant de plus près, je vis dans son regard et dans sa pose la détermination bien arrêtée de s'arroger une liberté sans limites qui devait souvent empiéter sur celle de ses voisins ; je ne pus m'empêcher de rire de cette inconséquence ; et mon officieux ami, qui s'attendait à me voir écouter ses paroles amères tout au moins avec calme, s'irrita de mon sourire.

« Vous êtes un aristocrate, je vous l'ai déjà dit, reprit-il, le front assombri et les narines dilatées ; quel rire et quel regard que le vôtre ! froidement railleur, indolent et mutin ; une ironie, une insolence toute patricienne ; vous auriez été un parfait gentilhomme ! Quel dommage que la fortune ait déjoué la nature ! regardez vos traits, votre taille, vos mains elles-mêmes ; partout le cachet de la distinction difforme. Si vous aviez hérité d'un manoir, d'un domaine et d'un titre, comme vous auriez maintenu vos droits, soutenu les privilèges de votre caste, élevé vos tenanciers dans le respect du peerage ! comme vous vous seriez opposé aux progrès, à l'avancement du peuple ! et que vous auriez bien défendu les bases pourries et croulantes de l'ordre nobiliaire, eût-il fallu pour cela marcher jusqu'au genou dans le sang des roturiers ! mais vous êtes sans pouvoir, échoué sur la grève du commerce, obligé de lutter avec des hommes qui vous écraseront toujours, car vous ne serez jamais un habile négociant. »

La première partie du discours de Hunsden ne me produisit aucune impression : je m'étonnai seulement de voir combien le préjugé faussait le jugement qu'il portait sur mon caractère ; mais sa dernière phrase me porta un coup d'autant plus vif qu'elle exprimait la vérité ; et, si je souriais actuellement, c'était de dédain pour moi-même.

Hunsden vit l'avantage qu'il venait de remporter, et continua sur le même ton :

« Vous n'arriverez jamais à rien dans le commerce, dit-il, à rien de plus qu'au pain sec et à l'eau claire qui vous font vivre aujourd'hui ; la seule chance que vous ayez de vous créer une position, c'est d'épouser une veuve ayant de la fortune, ou d'enlever une héritière.

— Je laisse la pratique de ces moyens à ceux qui les imaginent, répondis-je en me levant.

— Et c'est une faible chance, ajouta-t-il froidement. Vous ne trouveriez pas la veuve, encore moins l'héritière. Vous n'êtes pas assez séduisant pour réussir dans le premier cas, pas assez audacieux pour l'emporter dans le second. Peut-être comptez-vous sur votre distinction et sur votre intelligence ; portez votre air intelligent et distingué sur la place, et dites-moi ensuite à quel prix on l'a coté. »

Il était évident que M. Hunsden resterait toute la soirée au même diapason ; et, détestant la discordance dont j'avais déjà trop à souffrir tant que durait la journée, je pensai que le silence et la solitude étaient préférables à une conversation grinçante, et je souhaitai le bonsoir à mon interlocuteur.

« Est-ce que vous partez ? me dit-il ; bonsoir alors ; vous saurez bien trouver la porte. » Et il resta tranquillement auprès du feu tandis que je quittais sa maison.

J'avais une longue course à faire pour retourner chez moi ; je m'aperçus bientôt que je marchais d'un pas rapide, que je respirais avec effort et que mes ongles s'enfonçaient dans la paume de mes mains ; je ralentis mon pas et je desserrai les poings ; mais il me fut moins facile de calmer les regrets qui assaillaient mon esprit. « Pourquoi suis-je entré dans le commerce ? Pourquoi ai-je accepté ce soir l'invitation d'Hunsden ? Pourquoi demain, au point du jour, retournerai-je à mes galères ? » Je me fis ces questions toute la nuit, et toute la nuit j'attendis la réponse. Je ne pus dormir ; j'avais la tête en feu, les pieds glacés ; enfin les cloches des manufactures s'ébranlèrent, et je sautai du lit en même temps que mes compagnons d'esclavage.

CHAPITRE V.

« Il y a un terme à toute chose, » me répétais-je par une matinée glaciale de janvier, en descendant la rue qui conduisait de chez moi à l'usine de Crimsworth. Les ouvriers étaient à l'œuvre depuis une demi-heure environ, et la machine fonctionnait lorsque j'entrai dans le bureau ; on venait seulement d'y faire le feu, qui ne donnait que de la fumée, et Steighton n'était pas encore arrivé ; je fermai la porte ; je m'assis devant mon pupitre ; j'avais les doigts tellement engourdis, que je ne pouvais pas écrire, et ma pensée roula de nouveau sur le développement naturel de toute chose et sur la crise finale qui devait en résulter ; j'étais mécontent de moi, et j'en éprouvais un malaise qui troublait le cours de mes méditations.

« William, me disait ma conscience, tâche de savoir au moins ce que tu veux faire ; tu parles de crise finale : serais-tu à bout de patience ? il n'y a pas quatre mois que tu es entré dans le commerce. Quelle résolution ne te croyais-tu pas, quand tu répondis à lord Tynedale que tu voulais marcher sur les traces de ton père ? Une longue course, en vérité, que celle que tu auras faite ! Comment trouves-tu la ville de X… ? Quelles riantes pensées, quels souvenirs embaumés éveillent dans ton esprit ses entrepôts et ses manufactures ! Combien la perspective de cette journée sourit à l'imagination ! Copier des lettres jusqu'à midi ; aller prendre ton repas solitaire chez mistress King, revenir copier des lettres jusqu'au soir, puis rentrer dans ta chambre où tu retrouveras la solitude : car la compagnie de Brown, de Smith ou de Nicholl, ne te donne aucun plaisir. Quant à Hunsden, tu as pensé un moment que sa société pourrait t'être agréable ; comment trouves-tu l'épreuve que tu en as faite hier au soir ? Il a de l'intelligence, un esprit original, il va même jusqu'à te témoigner un certain intérêt ; mais tu ne peux pas l'aimer, ta dignité s'y oppose : il était là pendant qu'on t'humiliait ; il ne te verra jamais que sous un bien triste jour. Il y a d'ailleurs trop de différence entre vos deux positions ; et, quand elles seraient égales, vos deux esprits ne cadreraient pas ensemble : n'espère donc pas recueillir le miel de l'amitié sur cette plante épineuse… William, William ! où s'envole ta pensée ?… Tu t'éloignes du souvenir d'Hunsden, comme une abeille d'un rocher, un oiseau du désert, et tes aspirations déploient leurs ailes vers une terre bénie où tu oses, à la clarté du jour qui luit sur cette usine, rêver de repos, de sympathie et d'union ? tu ne les trouveras point ici-bas ; ce sont des anges ; l'âme du juste, purifiée de ses fautes, peut les rencontrer dans le ciel, mais ton âme ne sera jamais parfaite… Huit heures ! Allons, William, à l'ouvrage ! tes mains sont dégourdies.

— À l'ouvrage ! et pourquoi travailler ? me demandai-je tristement ; je ne parviens pas à contenter mon maître, en dépit de ce travail de forçat.

— À l'ouvrage ! reprit la voix intérieure.

— À quoi bon ? » répondis-je en grommelant.

Néanmoins j'ouvris un paquet de lettres, et je commençai ma tâche plus amère que celle de l'Israélite rampant sur le sol brûlé d'Egypte.

Vers dix heures, j'entendis la voiture de M. Crimsworth qui tournait dans la cour ; une minute après, il était dans le bureau ; il avait coutume de jeter, en entrant, un coup d'œil à Steighton et à moi, de pendre son mackintosh à un clou, de se chauffer un instant et d'aller ensuite à ses affaires ; il ne dévia pas de ses habitudes ; seulement le regard qu'il me lança fut plus dur, plus sombre qu'à l'ordinaire, et s'arrêta plus longtemps sur mon visage.

Midi sonna ; la cloche annonça la suspension des travaux ; les ouvriers allèrent dîner. Steighton partit comme eux, en me priant de fermer la porte et de prendre la clef du bureau lorsque je m'en irais à mon tour ; j'attachais une liasse de papiers et je me disposais à sortir, quand M. Crimsworth rentra et ferma la porte derrière lui ; ses narines frémissaient, et dans ses yeux brillait un feu sinistre.

« Attendez un instant, » me dit-il d'une voix brutale.

Seul avec Édouard, je me souvins des liens de famille qui existaient entre nous, et j'oubliai la distance qui séparait ma position de la sienne ; négligeant donc toute formalité respectueuse :

« C'est l'heure d'aller dîner, lui répondis-je d'un ton bref, en tournant la clef de mon pupitre.

— Restez ici et ne touchez pas à cette clef, dit-il ; laissez-la dans la serrure.

— Pourquoi cela ? demandai-je.

— Faites ce que je vous ordonne, et surtout pas de questions ; vous êtes mon serviteur, obéissez. Qu'avez-vous… »

La rage étouffa sa voix et l'empêcha de continuer sa phrase.

« Ce que j'ai fait ? vous pouvez le voir, lui dis-je, tous les papiers sont là.

— Hypocrite et bavard, pleurnicheur impudent ! s'écria-t-il.

— Assez ! lui dis-je ; il est temps de régler nos comptes, Édouard Crimsworth. Voilà trois mois d'épreuve que je passe à votre service, et je ne crois pas qu'il y ait sous le soleil d'esclavage plus répugnant ; cherchez un autre commis, je ne reste pas davantage.

— Vous osez me signifier votre départ ! » dit-il en saisissant le fouet de sa voiture qui était placé auprès de son mackintosh.

Je me mis à rire sans prendre la peine de cacher mon mépris.

Il exhala sa fureur par une demi-douzaine de jurons blasphématoires, sans oser pourtant brandir le fouet qu'il tenait à la main.

« Je vous connais enfin et je vous démasque, ver de terre gémissant ! Qu'avez-vous dit de moi dans toute la ville ? Répondez, scorpion infâme !

— Moi ! je n'ai jamais eu la moindre tentation de parler de vous, croyez-le bien.

— Vous mentez ! Vous vous plaignez de moi sans cesse. Vous avez été dire partout que je vous donnais de faibles appointements et que je vous traitais comme un chien. Plût au ciel que vous en fussiez un ! Je ne bougerais pas d'ici avant de vous avoir enlevé jusqu'au dernier morceau de chair. »

Il agita son fouet, et la mèche en effleura mes cheveux ; mon sang bouillonna dans mes veines ; je bondis, et, me plaçant en face de mon frère :

« Quittez votre fouet, d'abord ; expliquez-vous ensuite, m'écriai-je.

— À qui donc parlez-vous ? demanda-t-il avec fureur.

— À vous, monsieur. Je ne vois personne que vous ici. Vous dites que je vous ai calomnié, que je me suis plaint du salaire que vous me donnez et du traitement que vous me faites subir ; je me demande sur quelle base reposent ces assertions.

— Vous allez le savoir, répondit-il d'une voix pleine de colère ; tournez-vous d'abord du côté de la fenêtre, que je voie rougir votre front d'airain lorsque je dévoilerai vos mensonges et votre hypocrisie. J'ai eu le plaisir de m'entendre insulter hier, à l'hôtel de ville, par l'orateur qui combattait l'opinion que j'avais émise, et qui, à ce propos, s'est permis certaines allusions que je n'ai pu tolérer : des phrases sur les gens sans entrailles, les tyrans domestiques, n'ayant au cœur nulle affection de famille ; et, quand je me suis levé pour répondre à ce jargon ridicule, j'ai été accueilli par les huées de la populace, auxquelles votre nom, s'étant trouvé mêlé, m'a fait découvrir l'auteur de cette odieuse attaque, ce traître de Hunsden, l'infâme ! qui, pendant ce temps-là, gesticulait comme un forcené ; or, vous avez causé avec lui, au bal que j'ai donné il y a un mois, et je sais que vous l'avez vu hier au soir ; niez-le, si vous l'osez.

— Je ne l'essayerai même pas ; je l'avoue franchement, au contraire ; et, si Hunsden vous a fait siffler par le peuple, il en avait, certes, de justes motifs. Jamais il n'exista d'homme plus méchant et plus brutal que vous, de frère plus dénaturé, de maître plus impitoyable ; oh ! vous méritez bien l'exécration populaire. »

Crimsworth rugit et fit claquer son fouet au-dessus de ma tête.

Le lui arracher des mains, le briser et le jeter dans la cheminée, fut l'affaire d'une minute ; Edouard se précipita vers moi.

« Ne me touchez pas, ou je vous traîne devant le magistrat le plus voisin, » lui criai-je en évitant son attaque.

Les hommes du caractère de Crimsworth perdent toujours quelque chose de leur insolence, quand on leur résiste avec fermeté ; l'idée de comparaître devant un magistrat ne souriait nullement à Edouard, et il savait bien que je n'aurais pas manqué de faire ce dont je le menaçais. Il me regarda pendant quelques instants de l'air d'un taureau furieux qui s'étonne de se sentir maîtrisé ; puis il se redressa, pensant, après tout, que son argent lui donnait une supériorité suffisante sur un pauvre hère comme moi, et qu'il possédait un moyen plus sûr et plus digne de se venger que de s'aventurer à me châtier corporellement.

« Sortez de chez moi, dit-il ; retournez dans votre paroisse, comme un gueux que vous êtes ; mendiez, volez, mourez de faim ou soyez transporté ; faites ce qui vous plaira ; mais, si j'apprends jamais que vous ayez remis le pied sur un pouce de terre qui m'appartienne, je vous ferai bâtonner comme un chien.

— Il n'est pas probable que je vous en donne l'occasion, répondis-je ; une fois hors de chez vous, qui me tenterait d'y revenir ? Je quitte une prison, un tyran détesté ; rien de ce qui m'attend ne saurait être aussi odieux que l'existence avec laquelle je brise : ne craignez donc pas mon retour.

— Partez, où je vous fais sortir de force, » s'écria-t-il exaspéré.

Je me dirigeai tranquillement vers mon pupitre, je mis dans mes poches tout ce qui m'appartenait, je refermai le pupitre et j'en posai la clef sur la table.

« N'emportez rien d'ici, laissez tout à sa place, ou je vous fais arrêter et fouiller par un agent de police.

— Regardez si rien ne vous manque, » répondis-je ; et prenant mon chapeau, après avoir mis mes gants, je sortis du bureau pour n'y jamais rentrer.

Je me rappelle qu'au moment où la cloche avait sonné, quelques minutes avant l'entrée de M. Crimsworth, mon appétit se faisait vivement sentir, et que j'attendais avec impatience le signal du dîner ; à présent je n'avais plus faim : la scène que je venais d'avoir avec mon patron avait effacé l'image attrayante du gigot aux pommes de terre ; mais j'avais besoin de marcher afin de rétablir l'équilibre entre le physique et le moral. Je m'éloignais rapidement, le cœur déchargé d'un poids énorme ; je me sentais libre ; je venais de rompre ma chaîne sans que ma dignité personnelle eût reçu la moindre atteinte ; l'avenir se déployait devant moi, les murailles noircies de la Close ne bornaient plus mon horizon ; j'avais échangé cette enceinte fumeuse pour les champs sans limites où je me trouvais alors. Je levai les yeux, j'arrivais à Grovetown, un village de villas situé à cinq milles de X… La fin du jour approchait, un brouillard pénétrant s'élevait de la rivière que côtoyait la route, et couvrait la terre d'une ombre épaisse ; mais l'azur du ciel n'en était pas assombri ; un calme profond régnait partout ; les ouvriers travaillaient encore dans les usines ; l'eau bouillonnante troublait seule le silence, car la rivière était profonde et gonflée ; je m'arrêtai, pour regarder son onde rapide et tumultueuse, et je gravai dans ma mémoire la scène que j'avais sous les yeux, afin d'en conserver le souvenir. Quatre heures sonnèrent à l'horloge de Grovetown ; les derniers rayons du soleil glissaient à travers les branches nues des vieux chênes qui entouraient l'église, et donnaient au paysage le caractère que je souhaitais en ce moment ; j'attendis, immobile, que le dernier son de la cloche s'éteignît dans les airs ; puis l'oreille, les yeux et le cœur satisfaits, je quittai le mur où j'étais appuyé, et je repris le chemin qui conduisait à X…

CHAPITRE VI.

Je rentrai dans la ville ayant très-faim ; le dîner que j'avais oublié se représentait à mon esprit sous, une forme des plus séduisantes, et c'est d'un pas rapide, aiguillonné par un vif appétit, que je remontai la rue qui conduisait chez moi. Il était nuit lorsque j'arrivai à ma porte ; l'air était glacé, et je frissonnai en pensant aux charbons éteints qui remplissaient ma grille et dont la cendre n'avait pas une étincelle : mais, a ma grande satisfaction, un bon feu brûlait dans l'âtre de mon petit salon, et la pierre du foyer avait été soigneusement balayée. Je revenais à peine de la surprise où me plongeait ce phénomène, lorsqu'un étonnement plus grand encore vint me saisir : quelqu'un était assis dans le fauteuil que j'occupais habituellement, et s'y prélassait les bras croisés sur la poitrine et les jambes étendues sur le tapis du foyer ; malgré ma vue basse et la clarté douteuse qui éclairait la pièce, j'eus bientôt reconnu M. Hunsden. La manière dont nous nous étions quittés la veille ne me rendait pas sa visite précisément agréable, et je lui souhaitai le bonsoir avec aussi peu de cordialité que possible. J'étais fort intrigué de savoir pourquoi il était venu, surtout quels motifs l'avaient poussé à intervenir aussi activement entre mon frère et moi ; cependant je ne pouvais me décider à lui faire de questions à cet égard ; je ne demandais pas mieux qu'il s'expliquât, mais je voulais que cette explication fût spontanée chez lui ; d'ailleurs je n'attendis pas longtemps.

« Vous me devez de la reconnaissance, me dit-il sans autre préambule.

— J'espère, lui répondis-je, que la dette n'est pas lourde ; je suis trop pauvre pour contracter un engagement quelconque, je ne pourrais pas y faire honneur.

— Dans ce cas-là, mettez-vous en faillite ; car vous me devez énormément : vous n'aviez pas de feu lorsque je suis arrivé, j'en ai fait faire, et j'ai forcé votre maritorne à souffler jusqu'à ce qu'enfin il brûlât convenablement ; remerciez-moi, c'est le moins que vous puissiez en pareille occasion.

— Lorsque j'aurai soupé ; j'ai trop faim actuellement ; je ne puis remercier personne tant que je n'aurai pas mangé. »

Et sonnant la bonne, je lui dis de m'apporter de la viande froide et de me servir le thé.

« De la viande froide ! s'écria Hunsden, quand la servante fut sortie. Quel glouton vous faites ! de la viande et du thé ! mais vous allez mourir d'indigestion.

— Non, monsieur Hunsden, non ; je digérerai fort bien, soyez tranquille. »

J'éprouvais le besoin de le contredire ; j'étais irrité par la faim, irrité de le voir chez moi, irrité de la franchise de son langage.

« C'est parce que vous mangez trop que vous avez un si mauvais caractère, poursuivit-il.

— Qu'en savez-vous ? Cela vous ressemble bien, répondis-je, de trancher la question sans la connaître ; tel que vous me voyez, je n'ai pas encore dîné ; mais de quoi vous mêlez-vous ? »

J'avais dit ces mots d'un ton rogue et avec un certain emportement. Hunsden me regarda et se mit à rire.

« Pauvre garçon ! dit-il d'une voix plaintive ; n'avoir point encore dîné ! Son maître n'aura pas voulu qu'il s'en allât. Est-ce pour vous punir, William, que Crimsworth vous a imposé un jeûne aussi rigoureux ?

— Non, monsieur… »

Par bonheur, au moment où j'allais répondre quelque chose d'un peu vif, mon souper arriva, et je tombai immédiatement sur le pain et sur la viande que la bonne avait placés devant moi. Lorsque j'eus fait disparaître tout ce que j'avais mis sur mon assiette, je m'humanisai au point d'inviter M. Hunsden à s'approcher de la table et à faire comme moi, s'il en éprouvait le moindre désir.

« Je n'ai certainement pas envie de manger, » dit-il ; mais rappelant la servante, il lui demanda un verre d'eau, et un seau de charbon : « M. Crimsworth, ajouta-t-il, aura bon feu tant que je serai auprès de lui. »

Quand la bonne eut exécuté ses ordres, il roula son fauteuil devant la table, et s'y accoudant en face de moi :

« Eh bien, me dit-il, vous voilà donc sans place… ? »

Je venais, quelques instants auparavant, de considérer mon départ de l'usine comme une véritable délivrance ; mais, dans la disposition d'esprit où je me trouvais alors, je me plus à envisager la chose comme un tort sérieux qui m'avait été fait.

« Oui, monsieur, et grâce à vous, répondis-je ; c'est à je ne sais quelle intervention de votre part que je dois d'avoir été remercié ; du moins c'est là le motif que m'a donné M. Crimsworth.

— Ah ! il vous a parlé de cela ? et que pense-t-il de son ami Hunsden ? rien de flatteur probablement ?

— Il vous qualifie de misérable et vous accuse de trahison !

— Eh ! qu'en peut-il savoir ? il me connaît à peine. Je suis de ces gens réservés qui ne se dévoilent pas tout d'abord ; plus tard, quand il m'aura vu plus souvent, il découvrira que j'ai d'excellentes qualités ; les Hunsden n'ont jamais eu leurs pareils pour traquer un coquin ; tout lâche scélérat est leur proie naturelle ; dès qu'ils l'ont rencontré, il faut qu'ils le poursuivent et le mènent jusqu'aux abois. Vous me demandiez tout à l'heure de quoi je me mêlais, parce que je m'intéresse à vos affaires ? Cette question nous a toujours été adressée de père en fils ; se mêler des affaires des autres, c'est le caractère distinctif de notre famille ; nous avons l'odorat fin pour découvrir les abus ; nous sentons un fourbe à la distance d'un mille ; nous sommes réformateurs par nature ; il faut absolument que nous redressions tous les torts ; et il m'est impossible d'habiter la même ville que Crimsworth, de me trouver chaque semaine avec lui, d'être, témoin de sa conduite envers vous, bien que vous me soyez personnellement indifférent, sans que le démon ou l'ange de ma race s'agite en moi-même. J'ai donc suivi mon instinct ; je me suis opposé à un tyran et j'ai brisé une chaîne. »

Ces paroles m'intéressaient vivement ; elles me révélaient à la fois et le caractère d'Hunsden et les motifs qui l'avaient fait agir ; elle m'intéressaient même au point qu'absorbé par les idées qu'elles faisaient naître dans mon esprit, j'oubliai d'y répondre.

« M'êtes-vous reconnaissant ? » me demanda-t-il enfin, voyant que je persistais dans mon silence. Il est certain qu'au fond je ressentais pour lui une véritable gratitude, presque de l'amitié, malgré le soin qu'il avait eu de me dire que c'était par amour de la justice et non pour moi qu'il avait agi de la sorte ; mais la nature humaine est perverse : au lieu de répondre par l'affirmative, je lui dis au contraire que je ne me sentais nullement disposé à la gratitude ; et je l'engageai, s'il désirait avoir la récompense de son dévouement chevaleresque, à la chercher dans un monde meilleur, car il n'était pas probable qu'il la trouvât dans celui-ci. Il me répliqua en me qualifiant d'aristocrate sans sou ni maille et sans cœur ; ce à quoi je ripostai en l'accusant de m'avoir retiré le pain de la bouche. « Votre pain, malheureux ! s'écria-t-il, mais il était empoisonné ; vous le receviez des mains d'un tyran ; car je vous le répète, Crimsworth n'est pas autre chose : tyran de ses ouvriers, tyran de ses commis, et, un jour ou l'autre, il le deviendra de sa femme.

— Que m'importe, monsieur ! le pain est du pain ; et, grâce à votre manie de réformateur, j'ai perdu celui qui me faisait vivre.

— Ce que vous dites là est assez raisonnable, reprit Hunsden ; je suis agréablement surpris de vous entendre faire une observation qui prouve autant de bon sens ; je m'étais imaginé, d'après ce que j'avais vu jusqu'ici de votre caractère, que la joie de recouvrer votre liberté aurait, au moins pour quelque temps, effacé de votre esprit toute idée de prévoyance ; cette préoccupation du nécessaire ajoute encore à l'estime que vous m'avez inspirée.

— Comment pourrais-je faire autrement ? Il faut bien que je vive, que je me procure le nécessaire dont vous parlez ; je ne puis y arriver qu'en travaillant ; et, je vous le répète, vous m'avez ôté le pain de la bouche en me faisant perdre ma place.

— Quelles sont vos intentions ? poursuivit-il froidement. Vous avez des parents qui ont de l'influence ; ne pourraient-ils pas vous placer avantageusement ?

— Des parents influents ? Qui cela ? je voudrais bien les connaître !

— Les Seacombe.

— J'ai rompu avec eux. »

Hunsden me regarda d'un air incrédule.

« Rompu avec eux, et définitivement, lui répétai-je.

— Vous voulez dire que ce sont eux qui ont brisé avec vous ?

— Comme vous voudrez. Ils m'ont offert leur patronage à condition que j'entrerais dans l'Église ; j'ai refusé net, et, repoussant leur bienveillance, j'ai préféré venir me jeter dans les bras de mon frère, d'où m'arrache aujourd'hui l'intervention d'un étranger ; intervention cruelle, monsieur, que je n'avais pas sollicitée. »

Je ne pus m'empêcher de sourire en disant ces paroles ; Hunsden en fit autant.

« Je comprends à merveille, dit-il en plongeant ses yeux dans les miens, où il voyait évidemment ce que j'avais au fond du cœur. Sérieusement, William, n'avez-vous rien à attendre des Seacombe ?

— Rien, si ce n'est la répulsion que je leur inspire. Comment serait-il permis à des mains tachées de l'encre d'une maison de commerce, souillées de la graisse d'une filature, de salir de leur contact une main aristocratique ?

— Ce serait difficile, j'en conviens ; mais vous avez tellement l'extérieur d'un Seacombe, les traits, le langage, les manières, qu'ils ne peuvent pas vous renier.

— La chose est faite ; ainsi n'en parlons plus.

— Le regrettez-vous ?

— Non.

— Pourquoi cela ?

— Parce que ce sont des gens pour lesquels je n'ai jamais eu de sympathie.

— Vous êtes pourtant des leurs ?

— Cela prouve que vous ne me connaissez pas : je suis le fils de ma mère, mais je ne suis pas le neveu de mes oncles.

— Toujours est-il que l'un d'eux est un lord, bien qu'à vrai dire un peu obscur et d'une fortune médiocre ; et l'autre un honorable, c'est à considérer.

— Ne le croyez pas, monsieur Hunsden ; j'aurais accepté la proposition qui m'était faite, que je ne me serais jamais courbé sous la volonté de mes oncles avec assez de bonne grâce pour m'attirer leur faveur. J'aurais sacrifié mon repos sans acquérir leur patronage.

— C'est probable. Ainsi vous avez pensé que le plus sage était de suivre vos propres inspirations ?

— Précisément, et c'est ce que je ferai toute ma vie ; je ne peux ni comprendre ni adopter celles des autres ; encore moins les mettre à exécution.

— Très-bien ! répondit Hunsden en bâillant ; ce que je vois de plus clair là dedans, c'est que cela ne me regarde pas. » Il s'étendit dans son fauteuil et bâilla une seconde fois. « Je voudrais bien savoir l'heure qu'il est, poursuivit-il ; j'ai un rendez-vous à sept heures.

— Il est sept heures moins un quart, répondis-je, en regardant à ma montre.

— Dans ce cas-là je vais partir. Vous ne voulez pas rester dans le commerce ? dit-il en s'appuyant sur le coin de la cheminée.

—Je n'en ai pas l'intention.

— Et vous ferez bien ; ce serait une folie de continuer ; mieux vaudrait accepter la proposition de vos oncles et entrer dans l'Église.

— Il faudrait d'abord, commencer par me régénérer ; un bon prêtre doit approcher de la perfection.

— Vous croyez cela ! dit Hunsden avec ironie.

— Je le crois et j'ai raison ; je ne possède aucune des qualités particulières qui constituent le bon prêtre, et je subirai plutôt une pauvreté rigoureuse que de prendre une carrière pour laquelle je ne suis pas né.

— Vous êtes difficile à satisfaire ; vous ne voulez entrer ni dans le commerce ni dans les ordres ; vous ne pouvez être ni avocat, ni médecin, ni gentleman, puisque vous n'avez pas le sou. Que voulez-vous faire ? je vous conseille de voyager.

— Sans argent ?

— Précisément, pour en acquérir. Vous parlez le français, avec un horrible accent, j'en conviens ; mais enfin vous le parlez. Traversez la mer et voyez quelle chance de réussite vous offrira le continent.

— Dieu sait combien je serais heureux d'y aller ! m'écriai-je avec une ardeur involontaire.

— Eh ! qui vous en empêche ? avec cinq ou six guinées, par exemple, vous irez à Bruxelles, en supposant que vous soyez économe.

— La nécessité m'apprendrait à l'être si je ne l'étais déjà.

— Partez alors, et que votre esprit vous serve ; je connais Bruxelles presque aussi bien que X…, et les gens de votre nature doivent y faire leur chemin plus facilement qu'à Londres.

— Mais il faut que je travaille, monsieur Hunsden ; et comment pourrai-je obtenir de l'emploi dans une ville où je ne connais personne ?

— Vous n'avez pas ici une feuille de papier, une plume et de l'encre ?

— Si, » répondis-je, en m'empressant de lui donner tout ce qu'il demandait, prévoyant bien ce qu'il allait faire.

Il écrivit quelques lignes, plia et cacheta sa lettre, y mit l'adresse et me la présenta ; « Voilà, dit-il, un pionnier qui vous aplanira les premières difficultés de la route ; vous n'êtes pas homme, je le sais, à mettre la tête dans un sac, avant de savoir comment vous l'en retirerez, et vous avez raison ; je déteste l'insouciance, et je ne me mêlerais pour rien au monde des affaires d'un homme imprévoyant. Ceux qui ne songent à rien pour eux-mêmes, sont encore dix fois plus imprudents quand il s'agit des autres.

— C'est une lettre de recommandation ? lui dis-je en prenant la missive qu'il me présentait.

— Oui, mon cher ; avec cela dans votre poche vous êtes sûr de ne jamais vous trouver dans un dénûment absolu, ce qui serait pour vous, comme pour moi, une véritable dégradation. L'individu auquel je vous adresse a toujours deux ou trois places à obtenir pour les personnes qu'il recommande, et je suis sûr de l'intérêt que vous lui inspirerez immédiatement.

— Cela me convient à merveille, répondis-je.

— Et votre reconnaissance, où est-elle ? demanda M. Hunsden. Ne savez-vous pas comment on dit merci ?

— J'ai quinze guinées et une montre que m'a donnée ma grand'mère, il y a dix-huit ou dix-neuf ans, répondis-je ; avec cela, je me trouve le plus heureux de la terre, et je n'envie le sort de personne.

— Mais votre reconnaissance ?

— Je partirai bientôt, je vous assure ; demain matin, si la chose est possible ; je ne resterai pas à X... un jour, une heure de plus qu'il ne faudra.

— Fort bien ; mais il serait assez convenable de reconnaître l'assistance que l'on vous prête pour en arriver là ; dépêchez-vous ; sept heures vont sonner, il faut que je vous quitte ; j'attends, pour m'en aller, que vous m'ayez dit merci.

— Dérangez-vous un peu, monsieur Hunsden ; j'ai besoin d'une clef qui est derrière vous ; je veux avoir fait mon portemanteau avant de me mettre au lit. »

Sept heures sonnèrent.

« Ce garçon-là est un païen, » dit Hunsden en prenant son chapeau, et il sortit de la chambre avec un certain rire qu'il s'adressait à lui-même. J'eus envie de courir après lui ; mon intention bien formelle était de partir le lendemain ; et je n'aurais certainement pas l'occasion de lui dire adieu.

La porte de la rue se referma lourdement.

« Qu'il s'éloigne, me dis-je. Nous nous reverrons un jour. »

CHAPITRE VII.

Peut-être, lecteur, n'êtes-vous jamais allé en Belgique ; peut-être ne connaissez-vous pas la physionomie de cette contrée, dont les lignes sont gravées si profondément dans ma mémoire.

Quatre tableaux forment les murs de la cellule qui renferment pour moi les souvenirs du passé : 1° celui d'Eton : là, tout est perspective, horizon vague et lointain, fraîcheur et verdure, feuilles et fleurs tout humides de rosée ; mais sous un ciel de printemps dont l'azur est couvert de gros nuages renfermant la tempête : car le soleil n'a pas toujours brillé sur mon enfance.

Après Eton, la ville de X…, peinture sombre et enfumée dont la toile est déchirée ; un ciel jaune, des nuages de bistre, pas de soleil, pas d'azur ; çà et là, dans les faubourgs, un feuillage rare et flétri : vue repoussante dont mes regards se détournent.

Le troisième tableau m'attire, c'est devant lui que je m'arrête. Peut-être, un peu plus tard, découvrirai-je la toile où sont gravés mes derniers souvenirs ; laissons-la, quant à présent, derrière la draperie qui la dérobe à mes yeux.

Belgique ! nom peu romanesque, peu poétique, et pourtant celui qui réveille en mon cœur l'écho le plus doux et le plus profond ; celui que je répète à minuit, quand seul je rêve au coin du feu ; celui dont la puissance évoque le passé, brise la pierre du sépulcre et fait surgir les morts ; je le redis tout bas, et les souvenirs, les émotions depuis longtemps endormis, s'élèvent entourés d'une auréole ; mais tandis que, l'œil fixé sur leurs formes vaporeuses, j'essaye de les reconnaître, elles s'affaissent comme le brouillard absorbé par la terre, et s'éteignent avec le son qui les a suscitées.

Lecteur, nous sommes en Belgique ; ne dites pas que le pays est plat et ennuyeux ; ce n'est point ainsi qu'il m'apparut la première fois que je le contemplai. Rien ne pouvait m'être insipide, le jour où, par une belle matinée de février, je quittai la ville d'Oslende et me trouvai sur la route de

Bruxelles ; je possédais à cette époque une faculté de jouir d'une extrême puissance, dont rien n'avait émoussé la sensibilité ; j'étais jeune, d'une santé parfaite, je ne connaissais aucun plaisir, la liberté me souriait pour la première fois, et son influence vivifiante décuplait mes forces et mon courage ; je ne doutais de rien ; je ressentais ce qu'éprouve le voyageur en gravissant la montagne d'où il est sûr de voir lever le soleil dans toute sa gloire : qu'importe que le sentier soit rocailleux ? il ne l'aperçoit pas ; ses regards sont rivés au sommet que rougissent déjà les rayons dont il va contempler la splendeur ; nulle déception à craindre ; il est certain de se trouver face à face avec le soleil ; et la brise qui rafraîchit son front prépare au dieu du jour un vaste sentier d'azur, au milieu des nuages irisés qui flamboient à l'horizon.

Je n'ignorais pas que le travail était ma destinée, et je comptais sur de nombreux obstacles ; mais, soutenu par mon courage, attiré par l'espérance, je ne me plaignais pas de mon sort. Je gravissais la colline dans l'ombre ; je rencontrais des épines et des cailloux sous mes pas : pourquoi m'en occuper ? mes yeux ne voyaient que le ciel, et j'oubliais les pierres qui me déchiraient les pieds, les ronces qui me lacéraient le visage.

La tête sans cesse à la portière (les chemins de fer n'existaient pas alors), je regardais avec délices ; que voyais-je se dérouler devant moi ? je vous le dirai sincèrement : des marécages pleins de roseaux, des champs fertiles, que le morcellement de la culture faisait ressembler à d'immenses potagers ; des arbres taillés comme des saules ébranchés, limitant l'horizon ; d'étroits canaux glissant lentement à côté de la route ; des maisons de ferme peintes de diverses couleurs ; des chaumières dégoûtantes, un ciel gris, d'une teinte morte ; de l'eau sur le chemin, dans les champs, sur les toits ; pas un seul objet qui fût agréable à voir ; et cependant pour moi le paysage était mieux que pittoresque, je lui trouvais de la beauté. Cette impression dura jusqu'à la nuit, malgré l'humidité des jours précédents, qui avait détrempé le sol et fait un marais du pays tout entier ; la pluie recommença vers le soir, et c'est au milieu des ténèbres les plus profondes et sous un ciel fondant en eau, que j'arrivai à Bruxelles dont j'entrevis seulement les réverbères. Un fiacre me conduisit à l'hôtel de la Croix-Verte, qui m'avait été indiqué par un compagnon de route ; j'y soupai copieusement, et j'allai me coucher et dormir d'un sommeil de voyageur. Le lendemain matin, je m'éveillai avec la conviction que j'étais encore à X… Il faisait grand jour, et, persuadé que j'avais oublié l'heure et que j'arriverais trop tard à mon bureau, je sautai de mon lit en toute hâte. Cette impression pénible s'évanouit devant le sentiment de ma liberté, lorsqu'après avoir écarté mes rideaux je promenai mes regards autour de la pièce où je me trouvais alors : quelle différence avec la petite chambre enfumée, bien qu'assez confortable, où j'avais passé deux nuits à Londres en attendant le paquebot ! Loin de moi, pourtant, de profaner le souvenir que j'en ai conservé ; pauvre petite chambre ! c'est là que, gisant dans l'ombre et le silence, j'ai entendu pour la première fois la grande cloche de Saint-Paul annoncer à Londres qu'il était minuit ; je me rappelle encore l'impression que me produisit cette voix puissante et d'un flegme colossal, versant dans l'air ses notes profondes rythmées. C'est de l'étroite fenêtre de cette chambre noircie que j'ai entrevu le dôme de l'église à travers le brouillard. On n'éprouve qu'une seule fois les émotions qu'éveillent une première vue, une première audition ; garde-les bien, ô ma mémoire ! conserves-en le parfum dans un flacon scellé, et dépose-le en un lieu sûr. Je me levai donc. Les voyageurs se plaignent, dit-on, des hôtels étrangers, de la nudité des chambres qu'on y trouve, et de leur manque de confortable ; la mienne me parut superbe et très-gaie : elle avait de si belles fenêtres, avec de si grands carreaux, si propres et si clairs ! il y avait un si beau miroir sur ma table de toilette, une si grande glace au-dessus de la cheminée ! le plancher était si brillant ! Je sortis de chez moi dès que je fus habillé ; les marches de l'escalier tout en marbre m'inspiraient presque du respect. Au premier étage, je rencontrai une servante ; elle avait des sabots, un jupon rouge très-court, une camisole d'indienne, la figure plate et l'air stupide ; je lui adressai la parole en français, elle me répondit en flamand d'un ton rien moins que poli ; mais je la trouvai charmante ; elle n'était assurément ni aimable, ni jolie, mais pittoresque ; elle me rappelait certaines figurines dès tableaux hollandais que j'avais vus autrefois chez mon oncle Seacombe.

J'entrai dans une grande salle, que je trouvai majestueuse ; le carreau en était noir, ainsi que le poêle et presque tous les meubles ; jamais, pourtant, je ne me suis senti plus disposé à la gaieté qu'en m'asseyant devant cette table noire, couverte à moitié d'une nappe blanche, comme d'un drap funéraire, et en me servant du café qu'on m'avait apporté dans une petite cafetière également noire. Le poêle pouvait attrister d'autres yeux que les miens par sa couleur ; mais il répandait une chaleur incontestable. Deux gentlemen étaient assis dans son voisinage, et causaient ; impossible de les comprendre, tant ils parlaient avec rapidité : cependant le français, dans leur bouche, avait pour mon oreille des sons pleins d'harmonie (je ne sentais pas alors tout ce qu'il y a d'affreux dans l'horrible accent belge.) L'un de ces messieurs reconnut bientôt à quelle nation j'appartenais, probablement aux quelques mots que j'adressai au garçon : car, bien que ce fût inutile, je persistai à parler français dans mon exécrable patois du midi de l'Angleterre. Le monsieur en question, après m'avoir regardé une ou deux fois, m'accosta poliment et m'adressa la parole en anglais ; j'aurais donné beaucoup pour m'exprimer en français avec la même facilité ; sa phrase correcte et rapide, son excellente prononciation, firent naître dans mon esprit une idée assez juste du caractère cosmopolite de la capitale de la Belgique, et c'est la première fois que j'eus la preuve de cette aptitude pour les langues vivantes que j'ai reconnue plus tard chez presque tous les Bruxellois.

Je faisais tous mes efforts pour soutenir la conversation et pour prolonger le repas ; tant que je restais à table causant avec ce gentleman, j'étais un homme indépendant, un voyageur comme un autre ; mais la dernière assiette enlevée, ces deux messieurs partis, l'illusion cessa, et je me retrouvai en face de la réalité. Moi, pauvre esclave dont les fers venaient de se briser, moi qui, depuis vingt et un ans, jouissais pour la première fois d'une semaine de liberté, il fallait reprendre ma chaîne et me courber de nouveau sous les ordres d'un maître.

Toutefois il est dans ma nature de ne pas retarder l'accomplissement d'une chose pénible quand elle est nécessaire ; je ne saurais goûter aucun plaisir avant d'avoir fini ma tâche, et il m'aurait été impossible de me promener tranquillement dans la ville avant d'avoir remis à son adresse la lettre de M. Hunsden et d'être sur la piste d'une nouvelle position. Je m'arrachai donc aux délices d'une liberté dont je ne pouvais plus jouir, et prenant mon chapeau, j'entraînai mes jambes récalcitrantes vers le quartier où demeurait M. Brown.

Il faisait un temps superbe ; je ne voulus pas même jeter les yeux vers le ciel, ni regarder les maisons devant lesquelles je passais ; je n'avais plus qu'une idée : celle de trouver la demeure de M. Brown, qui habitait la rue Royale ; j'arrivai enfin à sa porte, je frappai et je fus immédiatement introduit.

J'entrai dans une petite pièce où je me trouvai en présence d'un homme d'un certain âge, ayant l'air sérieux et respectable ; il me reçut très-poliment ; je lui présentai ma lettre, et, après quelques paroles insignifiantes, mais gracieuses, il me demanda s'il pouvait m'être utile par ses conseils et par son expérience ; je lui répondis que j'en avais le plus grand besoin, que je n'étais pas un gentleman voyageant pour son plaisir, mais un pauvre commis sans emploi qui cherchait une place quelconque et en avait besoin immédiatement.

« Recommandé par M. Hunsden, me dit-il, vous pouvez être sûr que je vous aiderai de tout mon pouvoir. »

Il réfléchit pendant quelques instants et m'indiqua une place à Liège dans une maison de commerce, puis une autre chez un libraire de Louvain.

« Commis et boutiquier ! dis-je en moi-même. Non. »

J'avais essayé du livre de compte, j'en avais assez ; d'autres occupations devaient me convenir davantage ; d'ailleurs je voulais rester à Bruxelles.

« Je ne connais pas dans cette ville de position à prendre, répondit M. Brown ; à moins cependant que vous ne soyez disposé à entrer dans l'enseignement ; je suis lié avec le chef d'une grande institution qui cherche dans ce moment-ci un professeur de latin et d'anglais.

— Cela me conviendrait à merveille, monsieur, répliquai-je, saisissant avec ardeur la proposition qui m'était faite.

— Comprenez-vous assez bien le français pour enseigner l'anglais à des Belges ? » demanda M. Brown.

Je pouvais répondre par l'affirmative : j'avais appris cette langue avec un Français même ; je la parlais d'une manière intelligible, sinon très-couramment ; je la lisais avec facilité et je l'écrivais d'une façon convenable.

« Dans ce cas, répondit M. Brown, je crois pouvoir vous promettre cette place de professeur. M. Pelet ne refusera certainement pas la personne que je lui aurai proposée ; revenez ce soir à cinq heures, je vous mettrai en rapport avec lui. »

Je remerciai M. Brown et je partis pour revenir dans la soirée. Maintenant que j'avais accompli la tâche que je m'étais imposée, je pouvais prendre quelques instants de plaisir, regarder autour de moi et flâner librement ; jouir de la pureté du ciel, de la douceur de l'air, admirer la rue Royale, les hôtels qu'elle renferme, tout jusqu'aux palissades et aux portes du parc. Je me souviens de m'être arrêté devant la statue du général Belliard, d'avoir monté le grand escalier qui se trouve un peu plus loin ; et je me rappelle qu'ayant jeté les yeux dans une rue étroite située en face de moi, je vis gravé sur la porte d'une grande maison : « Pensionnat de demoiselles. » Le mot pensionnat me fit éprouver une sensation pénible, l'idée de contrainte se réveillait dans mon esprit ; c'était l'heure où sortent les externes, je cherchai parmi elles une jolie figure ; mais leurs chapeaux fermés empêchaient qu'on ne pût voir leurs visages, et d'ailleurs elles eurent bientôt disparu.

Cinq heures sonnaient comme je rentrais chez M. Brown : il était assis à la place où je l'avais laissé le matin ; mais il n'était pas seul, un monsieur était debout près de la cheminée : c'était mon futur maître. Deux mots suffirent pour nous mettre en rapport ; un salut réciproque termina la cérémonie. Je suppose que mon salut n'eut rien d'extraordinaire, car j'étais d'une tranquillité parfaite ; celui de M. Pelet fut extrêmement poli, sans avoir rien d'affecté ; nous prîmes chacun un siège et nous nous assîmes en face l'un de l'autre. Il me dit alors, d'une voix assez agréable, en articulant avec soin, par égard pour mes oreilles étrangères, que M. Brown lui avait parlé de moi en des termes qui lui permettaient de m'attacher, sans le moindre scrupule, à son établissement, en qualité de professeur de latin et d'anglais ; il me fit cependant plusieurs questions par respect pour la forme, me témoigna toute la satisfaction qu'il éprouvait de mes réponses, et fixa mes appointements à la somme de mille francs par an, plus la nourriture et le logement. « Vous pourrez en outre, ajouta-t-il, employer les heures où vous ne serez pas occupé chez moi, à donner des leçons dans d'autres établissements, et utiliser ainsi les loisirs que vous laisseront nos élèves. »

Je fus touché de cette concession ; plus tard, je vis même que j'étais mieux payé qu'on ne l'est en général à Bruxelles, où l'instruction est très-bon marché à cause du grand nombre de professeurs que l'on y trouve. Il fut convenu que j'entrerais en fonctions le lendemain, et nous nous séparâmes.

M. Pelet était un homme d'environ quarante ans ; d'une taille moyenne, assez maigre, ayant le visage pâle, les joues creuses, les yeux enfoncés, des traits réguliers, une figure agréable, fine et spirituelle, qui attestait son origine, car il était né de parents français ; mais dont le caractère gaulois, toujours un peu dur, était modifié par des yeux bleus d'une grande douceur et par une certaine expression de mélancolie. C'était en somme un être intéressant et qui vous prévenait tout d'abord en sa faveur ; je m'étonnai seulement de ne lui trouver aucun des traits caractéristiques de sa profession, et je craignis qu'il n'eût pas la fermeté nécessaire pour diriger convenablement sa maison : bref, M. Pelet, du moins à l'extérieur, présentait un contraste frappant avec M. Crimsworth.

Je fus donc très-surpris, en arrivant dans les classes où il me conduisit le lendemain, d'y trouver un nombre considérable d'élèves, très-jeunes pour la plupart, et dont la tenue collective annonçait une discipline sévère et une pension florissante et parfaitement conduite ; un profond silence régnait sur tous les bancs ; si, par hasard, un chuchotement ou un murmure venait à se faire entendre, il suffisait que l'œil pensif du maître se tournât de ce côté pour que tout rentrât immédiatement dans l'ordre ; et je ne pouvais assez m'étonner de la puissance de ce moyen de répression aussi doux qu'efficace.

« Consentiriez-vous à donner votre première leçon tout de suite, afin de connaître la force de vos élèves ? » me demanda M. Pelet quand nous eûmes fini de parcourir toutes les classes.

Cette question me prenait au dépourvu ; j'avais compté au moins sur un jour ou deux de préparation ; mais il est toujours mauvais d'hésiter au début d'une carrière, et, allant m'asseoir devant le pupitre du professeur, je me trouvai en face de mes élèves ; je me recueillis un instant pour composer la phrase avec laquelle j'allais entrer en matière, et que je fis la plus courte possible.

« Messieurs, prenez vos livres de lecture.

— Anglais ou français, monsieur ? » demanda un jeune Flamand trapu, à face de pleine lune et modestement vêtu d'une blouse.

La réponse était facile : « Anglais, » répliquai-je.

Il était important que je prisse tout d'abord une position avantageuse ; et pour cela je devais éviter les explications et les développements qui auraient livré à la critique de mes élèves mon français peu correct.

« Commencez, » repris-je, lorsque chacun eut tiré son livre du fond de son pupitre. C'était le Vicaire de Wakefield, généralement en usage dans les pensions étrangères, parce qu'on suppose qu'il contient de bons éléments de conversation anglaise ; mais du runique ou du sanscrit n'aurait pas moins ressemblé au langage des habitants de la Grande-Bretagne que les mots prononcés par Jules Vanderkelkov, le jeune Flamand à figure ronde. Bon Dieu ! quel sifflement nasillard et enroué ! tout dans la gorge et dans le nez, car c'est ainsi qu'on parle en Flandre. Toutefois je lui laissai finir la page sans lui adresser la moindre observation ; il en conjectura qu'il prononçait l'anglais comme un natif de Londres, et témoigna la satisfaction qu'il en éprouvait par un petit air glorieux très-réjouissant à voir.

J'écoutai ses camarades avec le même silence ; puis quand le douzième eut terminé son bredouillage enchiffrené, je posai le livre sur la table en disant d'une voix-solennelle :

« Assez, messieurs ; » et je fixai sur eux tous un œil ferme et sévère ; quand on regarde un chien avec dureté pendant quelques minutes, il ne tarde pas à manifester l'embarras qu'il éprouve ; et mes jeunes Belges montrèrent bientôt les symptômes d'un malaise évident ; c'était ce que j'attendais ; lorsque je vis les figures s'allonger et s'assombrir, je joignis lentement les mains et je m'écriai d'une voix de poitrine : « Quelle horreur ! mais c'est affreux ! »

Ils se regardèrent en rougissant, firent la moue et balancèrent leurs talons ; certes, ils étaient mécontents ; mais j'avais fait sur eux l'impression que je désirais produire ; il ne me restait plus qu'à me placer dans leur propre estime à la hauteur d'où je venais de les faire descendre, et la chose était difficile à un homme qui avait peur de se trahir par son mauvais langage.

« Écoutez, messieurs ! » repris-je en mettant dans ma voix la pitié qu'un être supérieur éprouve pour celui dont l'ignorance avait d'abord excité son mépris ; et recommençant le premier chapitre du *Vicaire de Wakefield*, j'en lus quelque vingt pages d'une voix lente et distincte, qu'ils écoutèrent avec la plus grande attention.

Quand la leçon eut duré près d'une heure, je me levai gravement :

« C'est assez pour aujourd'hui, messieurs, leur dis-je ; demain nous recommencerons, et j'espère que je serai plus satisfait. »

Je saluai mes élèves, et je sortis de la classe avec M. Pelet.

« À merveille ! me dit mon principal, quand nous fûmes rentrés dans le parloir ; vous avez fait preuve d'habileté, monsieur, et je vous en félicite ; car, dans l'instruction, l'adresse vaut autant que le savoir. »

Il me conduisit ensuite à la chambre que je devais occuper. C'était une fort petite pièce, meublée d'un lit excessivement étroit, que, par bonheur, je devais occuper seul ; malgré sa petitesse, ma chambre avait deux fenêtres ; la lumière ne payant pas d'impôt en Belgique, les habitants l'admettent volontiers dans leurs demeures. L'une de ces fenêtres donnait sur la cour où les élèves prenaient leurs ébats pendant la récréation ; l'autre était fermée par des planches dont la vue me causa un certain étonnement.

Qu'aurait-on découvert, si les planches avaient été enlevées ? M. Pelet devina sans doute quelle était ma pensée, car il s'empressa de me dire que cette fenêtre donnait sur un jardin appartenant à un pensionnat de demoiselles : « Et, vous le sentez, les convenances exigent... Vous comprenez, monsieur ? — Oui, oui, » répondis-je d'un air approbateur. Mais lorsque M. Pelet fut sorti, je m'approchai de la fenêtre dans l'espoir de découvrir entre les planches une crevasse, une petite fente que je pusse élargir et qui me permît de jeter un coup d'œil sur le terrain défendu ; mais les planches étaient parfaitement saines, très-bien jointes et solidement clouées ; c'est étonnant combien je fus désappointé. « Il aurait été si agréable, pensais-je, d'avoir sous les yeux des arbres et des fleurs ! si amusant d'épier ces demoiselles, d'assister à leurs jeux, d'étudier le caractère de la femme dans ses diverses phases, sans sortir de chez soi, abrité par un rideau de mousseline ! Au lieu de cela, grâce aux absurdes préjugés d'une vieille duègne, je n'avais autre chose à regarder que le sable d'une cour ou les murs insipides d'un pensionnat de garçons. Et ce n'est pas seulement le premier jour que les planches de cette maudite fenêtre m'inspirèrent ces réflexions ; bien des fois, surtout dans les instants de lassitude, j'ai tourné les yeux vers cette croisée tantalisante, éprouvant le désir de tout briser, afin de plonger mes regards sur la verte oasis que je rêvais derrière ces affreux panneaux de bois. Je savais qu'un arbre s'élevait auprès de ma fenêtre, j'en avais entendu les branches heurter pendant la nuit mon contrevent inamovible ; et, quand j'étais là aux heures de récréation, la voix de ces demoiselles arrivait jusqu'à moi. À parler franchement, mes spéculations poétiques étaient souvent troublées par les sons peu mélodieux qui, de ce paradis invisible, montaient bruyamment dans ma retraite ; et, pour tout dire, je me demandais lesquels, de nos élèves ou de celles de Mlle Reuter, avaient les meilleurs poumons ; dès qu'il s'agissait de crier, cela ne faisait plus le moindre doute : les jeunes filles l'emportaient évidemment sur les garçons. À propos, j'oubliais de dire que Mlle Reuter, mais cela se devine, était la vieille prude qui avait fait planchéier ma seconde fenêtre ; je dis vieille, bien que je ne connusse pas son âge ; mais cela devait être, à en juger d'après ses scrupules et sa prudence de duègne ; personne, d'ailleurs, ne disait qu'elle fût jeune ; elle s'appelait Zoraïde, et je me rappelle combien je m'amusai la première fois que je l'entendis nommer ainsi. Les populations du continent se permettent des fantaisies à propos de noms de baptême, que nous autres Anglais nous sommes trop raisonnables pour concevoir ; notre calendrier est vraiment trop restreint, Peu à peu les obstacles s'aplanirent devant moi ; j'avais, en moins de cinq ou six semaines, vaincu les difficultés inséparables de tout début dans une carrière nouvelle. Je parlais maintenant le français avec assez de facilité pour être à l'aise en face de mes élèves ; je les avais mis tout d'abord sur un bon pied ; et, comme je sus les y maintenir, jamais l'idée de révolte ne germa parmi eux : chose extraordinaire pour des Flamands, et qu'apprécieront tous ceux qui connaissent les usages des pensions belges, et la manière dont les élèves s'y conduisent avec leurs professeurs. Avant de terminer ce chapitre, je dirai un mot du système que je suivis à cet égard ; peut-être mon expérience pourra-t-elle servir à ceux qui seraient placés dans la même position que moi.

Il n'est pas besoin d'une grande finesse pour arriver à connaître le caractère des jeunes Brabançons ; mais il faut un peu de tact pour trouver une méthode qui soit en rapport avec leurs facultés.

Ils ont en général une faible intelligence et un corps vigoureux ; il en résulte une impuissance réelle à combattre la force d'inertie qui est dans leur nature : non-seulement ils ont l'esprit obtus, mais encore ils sont entêtés, lourds comme du plomb, et comme le plomb difficiles à mouvoir. Il serait donc absurde de leur demander un grand effort d'esprit ; ayant la mémoire courte, la compréhension difficile, la faculté de réfléchir peu développée, ils s'éloignent avec répugnance de tout ce qui exige une étude sérieuse, une attention soutenue ; dès lors, si un professeur maladroit exige de leur part cet effort détesté, s'il emploie la rigueur pour tâcher de les y contraindre, ils lui opposent la résistance bruyante et désespérée des pourceaux ; et, bien qu'ils ne soient pas braves quand ils sont isolés, ils montrent un acharnement incroyable lorsqu'ils se trouvent réunis.

Il fallait donc ne demander qu'une faible dose d'application à des natures si peu faites pour en avoir, aider par tous les moyens possibles ces intelligences opaques et contractées, se montrer doux et patient, composer même, jusqu'à un certain point, avec ces dispositions perverses ; mais une fois arrivé au comble de l'indulgence, il devenait indispensable de s'arrêter, de vouloir et d'exiger fermement, sans quoi la faiblesse vous eût précipité dans l'abîme où vous n'auriez pas tardé à recevoir des preuves de la reconnaissance flamande sous la forme de boue et de crachats brabançons. Vous pouviez aplanir tous les obstacles que présente le sentier de l'étude, en élaguer toutes les ronces ; mais, cette besogne terminée, il fallait prendre l'élève par le bras et le forcer à suivre tranquillement le chemin que vous aviez préparé. Lorsque j'avais fait descendre mes explications au niveau de l'intelligence du plus borné de mes élèves, que je m'étais montré le plus doux, le plus tolérant des professeurs, un mot, un geste impertinent, un murmure d'insubordination, me changeait tout à coup en despote, et je n'offrais plus qu'une alternative au coupable : le repentir et l'obéissance, ou l'expulsion ignominieuse. Ce système me réussit complètement, et mon autorité s'établit peu à peu sur une base inébranlable : « L'enfant est le père de l'homme, » a-t-on dit ; et je restais frappé de la justesse de cet axiome lorsqu'en regardant mes élèves je me rappelais l'histoire de leurs ancêtres : la pension de M. Pelet offrait en raccourci l'image de la Belgique.

CHAPITRE VIII.

Et M. Pelet, comment vivais-je avec lui ? parfaitement bien. Je n'avais qu'à me louer de sa conduite à mon égard, de sa bonté pleine de délicatesse, de ses procédés affectueux ; jamais un mot qui trahît sa supériorité de position, jamais de froideur ni d'importunité, bien qu'il se montrât d'une invariable sécheresse pour ses maîtres d'étude. Un jour que ma figure exprima sans doute combien j'étais douloureusement surpris de la différence qu'il établissait entre eux et moi, il s'en aperçut et me dit en souriant d'un air de mépris : « Ce ne sont que des Flamands. » Il ôta son cigare de ses lèvres et cracha sur le plancher. Certes les deux pauvres garçons étaient Belges et avaient la figure nationale, où l'infériorité intellectuelle est gravée de manière à ne pas pouvoir s'y méprendre : mais ce n'en était pas moins des hommes ; qui plus est, des hommes honnêtes, et je ne voyais pas comment leur qualité d'aborigènes de ce pays plat et insipide motivait le mépris et la sévérité dont on les accablait ; le sentiment de cette injustice empoisonnait quelque peu la satisfaction que je ressentais de l'affabilité de mon chef. Il ne m'en était pas moins fort agréable, lorsque ma tâche quotidienne était remplie, de trouver dans mon supérieur un camarade intelligent, d'un esprit vif et joyeux ; si parfois il était un peu caustique ou un peu trop insinuant, si je croyais voir que sa douceur était plus apparente que réelle, si de temps à autre je soupçonnais le tranchant de l'acier ou la dureté du caillou sous le velours (qui d'entre nous est parfait ?), je ne me sentais pas le courage, en sortant de cette atmosphère d'insolence et de brutalité qui m'enveloppait à X…, de chercher à découvrir des défauts que l'on me cachait scrupuleusement. J'étais résolu à prendre M. Pelet pour ce qu'il voulait paraître, à le croire bienveillant, affectueux même, jusqu'au moment où il me donnerait la preuve du contraire. Il était célibataire, et je m'aperçus bientôt qu'il avait, à l'endroit des femmes et du mariage, toutes les idées françaises, toutes les notions d'un Parisien ; il y avait même dans sa voix, lorsqu'il parlait du *beau sexe*, une froideur, ou quelque chose de blasé, qui ne me donnait pas très-bonne opinion de ses principes et de ses mœurs ; mais il était trop bien élevé pour insister sur un sujet qui me déplaisait, et, comme il avait à la fois de l'esprit et de l'instruction, il nous était facile de causer des heures entières sans aller chercher dans la fange nos sujets d'entretien. Je détestais la manière dont il parlait de l'amour ; j'ai toujours eu en horreur les propos licencieux ; il le comprit, et, d'un mutuel accord, nous évitâmes tout ce qui pouvait nous ramener sur ce terrain glissant.

La maison de M. Pelet, l'office et la lingerie étaient dirigées par sa mère, une vieille Française, qui autrefois avait été jolie, du moins elle le disait, et je m'efforçais de le croire. Elle était fort laide à l'époque où je l'ai connue, et de cette laideur particulière aux vieilles femmes du continent ; peut-être aussi la manière dont elle s'habillait la rendait-elle encore plus laide qu'elle ne l'était vraiment : toujours sans bonnet dans la maison, en dépit de ses cheveux gris, et toujours échevelée, ne portant jamais chez elle qu'une vieille camisole de cotonnade et traînant des savates qui ne tenaient pas à ses pieds ; mais voulait-elle sortir le dimanche et les jours de fête, par exemple, elle endossait une robe de belle étoffe aux couleurs éclatantes, s'affublait d'un grand châle et d'un chapeau couronné de fleurs, sans que le résultat fût plus avantageux. Ce n'était point une méchante femme, mais une bavarde sempiternelle, indiscrète à l'excès ; elle ne quittait guère la cuisine et paraissait fuir la présence de son auguste fils, de qui elle avait une crainte respectueuse, et qui parfois la tançait vertement : par bonheur, il était rare qu'il s'en donnât la peine.

Mme Pelet avait sa société particulière, ses visiteurs, qu'elle recevait dans ce qu'elle appelait son cabinet, une petite pièce caverneuse attenante à la cuisine et dans laquelle on entrait en descendant plusieurs marches ; il m'est arrivé bien souvent de trouver Mme Pelet établie sur la première de ces marches, un couteau à la main, une assiette de bois sur les genoux, absorbée par la triple occupation de manger, de causer avec la bonne et de gronder la cuisinière. Elle ne s'asseyait jamais à la table de son fils, et ne paraissait pas même au réfectoire pendant les repas des élèves. Ces détails sonneront assez mal à des oreilles anglaises ; mais nous sommes en Belgique, non pas en Angleterre, et la coutume des deux pays est loin d'être la même.

Cette manière de vivre m'étant bien connue, je fus excessivement surpris, lorsqu'un jeudi soir (le jeudi était toujours un demi-congé) quelqu'un ayant frappé à la porte de ma chambre où je corrigeais les cahiers de mes élèves, je vis entrer la servante, qui, après m'avoir présenté les compliments de sa maîtresse, me dit que Mme Pelet me priait de venir goûter avec elle dans son cabinet particulier.

« Plaît-il ? » m'écriai-je, pensant avoir mal entendu ; l'invitation fut répétée ; je suivis la bonne, et, tout en descendant l'escalier, je me demandais quel caprice avait pu entrer dans le cerveau de la vieille dame.

Son fils était allé passer la soirée à la société philharmonique ou à je ne sais quel autre club dont il faisait partie ; ce n'était donc pas pour nous réunir qu'elle m'avait fait appeler. Une idée bizarre me traversa l'esprit tout à coup, au moment où je posais la main sur le bouton de la serrure du cabinet de Mme Pelet.

« Si elle allait me parler d'amour ! pensai-je. J'ai entendu raconter de singulières choses à ce sujet de là part de vieilles femmes ; et ce goûter ! n'est-ce pas la fourchette à la main qu'elles entament généralement ce genre d'affaires ? »

Un véritable effroi s'empara de toute ma personne, et je me serais certainement enfui dans ma chambre dont j'aurais verrouillé la porte, si je m'étais appesanti sur cette idée ; mais devant un danger inconnu, quelle que soit la terreur qu'il m'inspire, j'éprouve le besoin de l'envisager en face, de m'assurer de toute son étendue, et je réserve la fuite pour le cas où mes pressentiments auront été justifiés. Je tournai donc le bouton de la serrure, et, franchissant la porte fatale, je me trouvai en présence de la mère de mon chef.

Bonté divine ! le premier coup d'œil que je lui jetai sembla confirmer toutes mes appréhensions : elle avait sa robe de mousseline vert pomme, son bonnet de dentelle garni de roses rouges ; et sur la table, mise avec un soin scrupuleux, j'apercevais des fruits, des gâteaux, du café, une bouteille de quelque chose, probablement très-doux. La sueur froide perlait déjà sur mon front et je dirigeais mon regard vers la porte, quand, à mon indicible soulagement, mes yeux rencontrèrent le visage d'un tiers assis auprès du poêle. C'était une femme et, qui plus est, une vieille femme, aussi rubiconde et aussi grasse que Mme Pelet était jaune et maigre ; sa toilette ne le cédait en rien à celle de mon hôtesse, et une guirlande de fleurs printanières de nuances diverses entourait la forme de son chapeau de velours violet.

J'avais à peine eu le temps de faire ces remarques sommaires, lorsque Mme Pelet, venant à moi d'un pas qui avait l'intention d'être élastique et léger, m'adressa la parole en ces termes :

« Monsieur est bien bon d'avoir quitté ses livres et de s'être dérangé de ses études, à la demande d'une personne aussi insignifiante que moi ; monsieur aura-t-il l'obligeance de mettre le comble à sa bonté, en me permettant de le présenter à ma très-chère amie, Mme Reuter, qui habite la maison voisine, le pensionnat de jeunes demoiselles ?

— Ah ! je savais bien qu'elle était vieille, dis-je en moi-même, et je pris un siège après avoir salué les deux amies ; Mme Reuter quitta son fauteuil et vint se mettre à table en face de moi.

— Comment trouvez-vous la Belgique, monsieur ? vous y plaisez-vous ? » me demanda-t-elle avec un accent du plus franc bruxellois ; je sentais maintenant toute la différence qui existait entre la prononciation élégante et pure de M. Pelet, par exemple, et le parler guttural et traînard des Flamands ; je répondis quelques phrases de politesse banale, très-surpris de voir une femme aussi commune à la tête d'une institution dont j'avais toujours entendu faire le plus grand éloge. Et certes, il y avait de quoi s'étonner : Mme Reuter ressemblait beaucoup plutôt à une grosse fermière, ou à une maîtresse d'auberge, qu'à la directrice rigide d'un pensionnat de jeunes filles. En général, sur le continent, ou du moins en Belgique, les vieilles femmes se permettent une liberté de manières et de langage que repousseraient nos vénérables aïeules comme honteuse et dégradante ; Mme Reuter, à en juger par sa figure réjouie, ne devait pas faire exception à la règle brabançonne ; elle avait surtout une certaine manière de cligner de l'œil gauche, tandis que son œil droit restait à demi fermé, qui me paraissait plus que bizarre. Je cherchai d'abord à comprendre les motifs que ces deux singulières créatures avaient pu avoir pour m'inviter à partager leur goûter ; je ne pus y parvenir, et, me résignant à une mystification indubitable, je tâchai du moins de faire honneur aux confitures et aux gâteaux que mes deux compagnes me servaient à profusion ; elles mangeaient ainsi que moi, et d'un appétit qui n'avait rien de féminin. Lorsque la plupart des solides eurent été absorbée, on m'offrit un petit verre ; je le refusai ; quant à ces deux dames, elles composèrent un mélange que j'appellerai du punch, en remplirent chacune un bol qu'elles placèrent sur un guéridon, et, s'étant rapprochées du poêle, elles m'engagèrent à venir m'asseoir à côté d'elles.

« Maintenant parlons affaires, » me dit la mère de M. Pelet. Et la brave dame me débita un discours évidemment préparé, où elle me disait qu'elle m'avait demandé de lui faire le plaisir de descendre chez elle pour donner à son amie, Mme Reuter, le moyen de me soumettre une proposition importante, qui pourrait m'être excessivement avantageuse.

« Pourvu que vous soyez sage ; il est vrai que vous en avez bien l'air, me dit Mme Reuter. Prenez une goutte de punch ; c'est une boisson agréable et surtout très-saine après un repas copieux. » Je m'inclinai en lui faisant un signe négatif ; elle poursuivit : « Je sens, reprit-elle après avoir siroté gravement une gorgée du susdit punch, je sens profondément toute l'importance de la commission dont ma chère fille a bien voulu me charger ; car vous saurez, monsieur, que le pensionnat voisin est dirigé par ma fille.

— Je croyais que c'était vous, madame, qui en étiez la directrice.

— Moi ! oh ! non, monsieur ; je gouverne seulement la maison, je surveille les domestiques et la cuisine, comme le fait ici mon amie Mme Pelet ; mais rien de plus. Est-ce que vous avez cru par hasard que je faisais la classe aux élèves ? »

Elle se mit à rire aux éclats, tant cette supposition lui paraissait bouffonne.

« J'ai pu le croire, répondis-je ; si vous ne donnez pas de leçons, madame, c'est-assurément parce que vous ne le voulez pas ; et tirant mon mouchoir de ma poche, je l'agitai, en me le passant devant le nez avec une grâce toute française, et en m'inclinant avec respect devant ma vieille interlocutrice.

— Quel charmant jeune homme ! murmura Mme Pelet à l'oreille de Mme Reuter qui, moins sentimentale, en sa qualité de Flamande, ne fit que rire un peu plus fort.

— « J'ai peur que vous ne soyez un homme dangereux, me dit cette dernière ; si vous faites des compliments de cette force-là, vous effrayerez Zoraïde ; mais si vous voulez être raisonnable, je vous garderai le secret et je ne lui dirai pas combien vous êtes flatteur. Maintenant, écoutez-moi : elle a entendu dire que vous étiez un excellent professeur ; et comme elle désire avoir tout ce qu'il y a de mieux dans son institution (car Zoraïde fait tout comme une reine), elle m'a chargée de voir s'il y aurait moyen de s'arranger avec vous et m'a priée de sonder Mme Pelet à cet égard. Zoraïde est la prudence en personne ; jamais elle ne fait un pas avant d'avoir examiné le terrain où elle va poser le pied ; je crois qu'elle ne serait pas très-contente si elle savait que je vous ai découvert ses intentions ; elle ne m'a pas dit d'aller jusque-là ; mais j'ai pensé qu'il n'y avait aucun danger à vous faire cette confidence ; Mme Pelet d'ailleurs partage mon opinion. Mais prenez garde ; n'allez pas nous trahir auprès de ma fille ; elle est si discrète ! elle ne peut pas comprendre que l'on ait du plaisir à causer de choses et d'autres.

— C'est absolument comme mon fils ! s'écria Mme Pelet.

— Ah ! le monde a bien changé, répondit l'autre ; ce n'est plus comme de notre temps ; la jeunesse d'aujourd'hui a le caractère si vieux ! Mais, pour en revenir à nos moutons, monsieur, Mme Pelet aura la bonté d'instruire son fils des intentions de ma fille ; il vous en parlera à son tour ; et demain dans la journée vous viendrez à la maison, où vous demanderez Mlle Reuter. Ayez bien soin d'aborder la question comme si M. Pelet était la seule personne qui vous en eût parlé ; surtout ne prononcez pas mon nom ; car je ne voudrais pour rien au monde déplaire à Zoraïde…

— Bien, bien ! soyez tranquille, dis-je, en interrompant ce bavardage qui commençait à m'ennuyer. Je consulterai M. Pelet, et les choses s'arrangeront comme vous paraissez le désirer. Bonsoir, mesdames ; je vous suis infiniment obligé.

— Vous vous en allez déjà ! s'écria Mme Pelet ; prenez encore quelque chose, monsieur ; une pomme cuite, un biscuit, une seconde tasse de café.

— Merci, madame, merci ; au revoir ; » et je sortis du cabinet.

Lorsque je fus rentré dans ma chambre, je me pris à réfléchir sur ce curieux incident ; l'affaire me paraissait étrange et surtout singulièrement conduite. Au fond j'en éprouvais une vive satisfaction ; être admis dans un pensionnat de demoiselles, quel événement dans ma vie ! ce devait être si intéressant de donner des leçons à des jeunes filles ! et puis enfin, pensai-je en regardant les planches de ma fenêtre, je pourrai voir ce mystérieux jardin, et contempler à la fois les anges et leur Éden.

CHAPITRE IX.

M. Pelet ne pouvait pas s'opposer à la demande de Mlle Reuter, puisque, dans l'arrangement que nous avions fait ensemble, il avait, de lui-même, fait entrer en ligne de compte les leçons que je pourrais donner pendant mes heures de loisir ; il fut donc convenu, dès le lendemain, que j'aurais la liberté de consacrer au pensionnat de Mlle Reuter quatre après-midi par semaine.

Quand vint le soir, je me dirigeai vers la maison de Mlle Zoraïde, afin de terminer cette affaire ; il m'avait été impossible d'y songer plus tôt, ayant eu à m'occuper de mes élèves pendant toute la journée. Je me rappelle qu'avant de sortir de chez moi, j'agitai dans mon esprit cette question importante : à savoir si je devais quitter mes habits de tous les jours et faire un peu de toilette. « À quoi bon ! pensai-je, pour une vieille fille sèche et roide ! car, bien que sa mère ait encore un excellent appétit, la chère demoiselle peut compter quarante et quelques hivers ; d'ailleurs, fût-elle jeune et jolie, que je n'en serais pas moins laid ; pourquoi, dès lors, faire une toilette qui deviendrait inutile ? » Et je partis, non sans jeter un coup d'œil furtif sur mon miroir, où j'aperçus un visage irrégulier, des yeux bruns enfoncés sous un front large et carré, un teint sans fraîcheur, quelque chose de jeune, moins les attraits de la jeunesse, rien qui pût gagner l'amour d'une femme et servir de but aux flèches de Cupidon.

Je fus bientôt arrivé au pensionnat de demoiselles ; je tirai le cordon de la sonnette, la porte s'ouvrit, et j'entrai dans un vestibule à carreaux blancs et noirs, dont les murailles étaient couvertes d'une peinture qui avait la prétention d'imiter le marbre ; en face de moi était une porte vitrée, laissant apercevoir une pelouse et des arbustes qui produisaient un effet charmant sous les derniers rayons d'un soleil printanier, car nous étions alors au milieu du mois d'avril.

C'était le jardin rêvé ; malheureusement je n'eus pas le temps d'y arrêter mes regards ; la portière, après m'avoir répondu que sa maîtresse était à la maison, avait ouvert une porte qui se trouvait à ma gauche, et l'avait refermée derrière elle après m'avoir introduit dans un salon dont le plancher était peint et verni. Des fauteuils et deux canapés couverts de housses blanches, un poêle en faïence verte, des tableaux sur les murs, une pendule dorée et des vases sur la cheminée, un lustre appendu au plafond, des glaces, des consoles, des rideaux de mousseline et un beau guéridon, composaient l'ameublement de cette pièce, d'une propreté éclatante, mais d'un aspect qui aurait été glacial, sans une large porte qui, ouverte à deux battants, laissait voir un salon plus petit, d'un ameublement plus intime, et où les yeux se reposaient avec plaisir ; le parquet y était couvert d'un tapis ; on y voyait un piano, un divan, une chiffonnière, et, ce qui surtout faisait le charme de cette pièce, une fenêtre descendant très-bas, garnie à l'intérieur de rideaux cramoisis, à l'extérieur de feuilles de lierre et de branches de vigne, et donnant sur le jardin, qu'on voyait à travers ses carreaux d'une merveilleuse transparence.

« Monsieur Crimsworth, probablement ! » dit quelqu'un derrière moi.

Je tressaillis sans le vouloir et je me retournai avec vivacité ; la vue du petit salon m'avait tellement absorbé, que je ne m'étais pas aperçu qu'on eût ouvert la porte de la pièce précédente. C'était Mlle Reuter qui m'avait adressé la parole et qui maintenant se trouvait en face de moi ; je la saluai, et recouvrant aussitôt mon sang-froid, car je m'embarrasse difficilement, j'entamai la conversation en lui disant combien cette petite pièce était charmante et en la félicitant de l'avantage que son jardin donnait à son établissement.

« Oui, dit-elle, et c'est là ce qui me fait rester ici ; j'aurais sans cela, et depuis longtemps, pris une maison plus vaste et plus commode ; mais je ne peux pas emporter mon jardin, et il me serait difficile, pour ne pas dire impossible, d'en trouver un de la même étendue et qui fût aussi agréable. »

Je fus entièrement de son avis. « Mais vous ne l'avez pas vu, dit-elle en se levant ; approchez-vous de la fenêtre, monsieur » Elle ouvrit la croisée, et me penchant au dehors, j'embrassai du regard cette région inconnue. C'était une bande de terrain cultivé, assez longue, pas très-large, traversée au milieu par une allée bordée d'arbres fruitiers énormes ; une pelouse, un massif de rosiers, un parterre garni de fleurs occupaient le premier plan ; au fond se trouvait un bosquet de lilas, d'acacias et de faux ébéniers. L'aspect m'en était d'autant plus agréable que depuis longtemps je n'avais pas vu le moindre jardin. Mais ce ne fut pas seulement sur les poiriers et les cytises que j'arrêtai mes yeux ; je les détournai bientôt des arbrisseaux gonflés de séve pour les reporter sur Mlle Reuter.

Je m'attendais à trouver une personne longue et jaune, vêtue de noir, une figure monacale au fond d'un bonnet blanc attaché sous le menton ; et j'avais sous les yeux une petite femme rondelette, qui ne devait pas avoir plus de vingt-six ou vingt-sept ans ; aussi blanche qu'une Anglaise aurait pu l'être ; ayant, au lieu de bonnet, des cheveux bruns dont les boucles abondantes encadraient un visage peu régulier, mais expressif, que malgré moi j'examinai attentivement. Qu'est-ce qui prédominait dans sa physionomie ? la sagacité, un jugement ferme et sûr ? Je le pensais ; toutefois je découvrais dans ce visage une sérénité de regard, une fraîcheur de teint plus séduisantes que l'expression des qualités positives dont je croyais m'apercevoir. Nous abordâmes la question qui faisait le sujet de ma visite. Mlle Reuter n'était pas bien sûre, disait-elle, que la détermination qu'elle allait prendre à mon égard fût une chose raisonnable : j'étais bien jeune, les parents pouvaient s'en offusquer. « Mais il est bon parfois d'obéir à son propre mouvement, et il vaut mieux s'imposer aux parents que de se laisser mener par eux. Le mérite d'un professeur n'est pas une question d'âge ; et d'après ce que j'ai entendu dire et ce que j'observe moi-même, ajouta Mlle Reuter, vous m'inspirez plus de confiance que M. Ledru, le professeur de piano, qui approche pourtant de la cinquantaine et qui, de plus, est marié.

— J'espère, répondis-je, me montrer digne de cette bonne opinion ; je me crois d'ailleurs incapable de trahir la confiance que vous voulez bien me témoigner.

— Au reste, dit-elle, vous serez surveillé de près, il faut vous y attendre. » Et nous passâmes à la discussion des intérêts.

Mile Zoraïde, en femme prudente, se tint sur la réserve ; elle commença par m'amener adroitement à déclarer mes prétentions ; elle ne me marchanda pas d'une manière positive, mais, quand j'eus dit un chiffre, elle m'opposa je ne sais combien de raisons, et m'entortilla doucement de ses circonlocutions qui, bref, me fixèrent à cinq cents francs par an ; c'était peu, mais j'acceptai. Le jour commençait à baisser ; nous n'avions pas encore terminé complètement, et l'ombre s'épaississait de plus en plus. Je la laissais parler sans me hâter de conclure ; j'éprouvais un certain plaisir à l'entendre ; je m'amusais du talent qu'elle déployait dans cette affaire, Édouard, plus pressant et plus dur en paroles, ne se serait pas montré plus pratique et plus habile : les explications, les motifs, les considérants tombaient de ses lèvres avec une précision dont le triomphe, après avoir obtenu le rabais qu'elle m'avait imposé, fut de me prouver son désintéressement et jusqu'à sa générosité.

Lorsque j'eus consenti, elle n'eut plus rien à dire, et je fus bien obligé de penser à m'en aller ; je serais volontiers resté plus longtemps. Qu'allais-je retrouver dans ma chambre ? le vide et l'isolement. C'est maintenant surtout que j'avais du plaisir à regarder Mlle Reuter ; à la clarté douteuse du crépuscule, ses traits me semblaient plus doux, et je pouvais dans l'ombre m'imaginer qu'elle avait le front aussi large qu'il était élevé, que sa bouche avait autant de douceur qu'elle possédait de fermeté. Je me levai cependant et je lui tendis la main, tout en sachant que c'était contraire aux habitudes flamandes.

« À l'anglaise, dit-elle en me donnant la sienne avec bonté.

— C'est l'un des privilèges de mon pays, mademoiselle ; croyez bien que je le réclamerai toujours. »

Elle se mit à rire avec cette tranquillité particulière qu'elle semblait mettre dans tout ce qu'elle faisait et qui avait pour moi un charme singulier ; du moins, c'est l'impression que j'en ressentis alors.

Ce soir-là Bruxelles, me parut une ville délicieuse ; il me semblait qu'une carrière brillante, où m'attendaient la gloire et le bonheur, venait de s'ouvrir devant moi par cette douce soirée d'avril. L'homme est un être si impressionnable ! ou du moins l'homme tel que j'étais à cette époque.

CHAPITRE X.

La matinée du lendemain fut pour moi d'une longueur désespérante. J'attendais avec impatience le moment où, dans l'après-midi, je pourrais de nouveau pénétrer dans le pensionnat voisin, et donner ma première leçon dans cet aimable séjour. La récréation avait lieu à midi, le goûter à une heure ; je tuai le temps comme je pus ; enfin deux heures sonnèrent à Sainte-Gudule et marquèrent l'heureux instant que j'attendais depuis la veille.

Je rencontrai M. Pelet au bas de mon escalier. « Comme vous avez l'air rayonnant ! me dit-il. Que s'est-il donc passé ? Je ne vous ai jamais vu comme ça.

— J'aime probablement ce qui est nouveau, répondis-je.

— Très-bien, je comprends ; mais soyez sage. Vous êtes bien jeune, trop jeune pour le rôle que vous avez à remplir ; croyez-moi, prenez garde.

— Mais quel danger y a-t-il ?

— Je n'en sais rien ; seulement ne vous abandonnez pas à de trop vives impressions : c'est tout ce que je vous recommande. »

L'idée de ces vives impressions dont la cause existait probablement, puisque j'avais à les craindre, faisait vibrer mes nerfs d'une façon délicieuse, et je ne pus m'empêcher de sourire. Mes élèves masculins, vêtus de blouses, ne m'avaient jamais fait éprouver d'autre émotion que la colère ; et le calme plat où se traînaient mes journées était le véritable fléau de mon existence. J'allais donc vivre ! Je m'éloignai rapidement de M. Pelet ; et, tandis que je franchissais l'étroit couloir, j'entendis son rire, un véritable rire français, libertin et moqueur.

Une minute après, je sonnais à la porte voisine et j'étais introduit de nouveau dans le vestibule que j'avais vu la veille. Je suivis la portière qui descendit une marche, tourna à gauche et me fit entrer dans une espèce de corridor ; une porte latérale s'ouvrit, et Mlle Reuter, aussi gracieuse que potelée, apparut à mes yeux. Une simple robe de mousseline de laine dessinait admirablement sa taille ronde et son buste aux proportions heureuses ; un col et des manchettes de dentelle complétaient sa toilette, et de charmantes bottines parisiennes faisaient valoir son pied délicat et bien fait ; mais quelle gravité sur sa figure ! Un air affairé, un regard froid et presque sévère remplaçaient la grâce et l'affabilité que je m'attendais à voir ; le « bonjour, monsieur » qu'elle m'adressa fut assurément très-poli, mais il avait quelque chose de si méthodique et de si banal qu'il étendit comme un linge mouillé sur mes vives impressions. La portière s'était retirée en apercevant sa maîtresse, et je marchais lentement à côté de l'institutrice.

« C'est la première classe qui prendra sa leçon aujourd'hui, me dit Mlle Reuter ; je crois que la lecture et la dictée sont les exercices qui vous conviendront le mieux, d'autant plus qu'un professeur éprouve toujours un certain embarras lorsqu'il se trouve en face d'élèves dont il ignore les moyens et le degré d'instruction. »

L'expérience me démontra qu'elle avait bien jugé ; quant à présent, je ne pouvais qu'approuver et me soumettre. Au bout du corridor se trouvait une grande salle, ou plutôt une antichambre spacieuse où nous entrâmes ; une porte vitrée conduisait dans le réfectoire ; en face, une autre porte également vitrée donnait sur le jardin ; un escalier tournant occupait le côté gauche de cette vaste pièce. On entrait dans la classe par une porte à deux battants située près de l'escalier ; au moment d'ouvrir cette porte, Mlle Reuter me jeta un regard pénétrant, sans doute afin de voir si j'étais assez recueilli pour entrer dans son *sanctum sanctorum*, j'imagine qu'elle me trouva d'un sang-froid satisfaisant, car elle ouvrit la porte et je la suivis dans la pièce où elle entrait. Le bruit d'une assemblée qui se lève, accompagné d'un frôlement de robes, salua notre arrivée ; je franchis, sans lever les yeux, l'étroite allée qui s'ouvrait entre deux rangées de bancs et de pupitres, et j'allai prendre possession d'une chaise et d'une table placées sur une estrade, de façon à dominer la première division. Une sous-maîtresse, également élevée d'une ou deux marches, surveillait l'autre partie de la classe ; derrière moi, et attaché à une cloison mobile qui séparait cette pièce d'une autre salle d'étude, se trouvait un grand tableau noir où je devais élucider, à l'aide d'un morceau de craie, les difficultés grammaticales qui pouvaient survenir pendant le cours de la leçon ; une éponge humide, placée à côté du crayon, me fournirait le moyen d'effacer les mots que j'aurais écrits, lorsqu'ils ne seraient plus nécessaires à ma définition. Je remarquai tous ces détails avant de me permettre un coup d'œil sur les bancs qui s'allongeaient devant moi ; j'examinai le morceau de craie, je me tournai pour regarder le tableau, je tâtai du doigt l'éponge afin de voir si elle était suffisamment humide, et, me jugeant alors assez calme pour affronter la vue de mon auditoire, je levai les yeux et je regardai avec assurance autour de moi. Mlle Reuter avait disparu ; la sous-maîtresse, qui occupait l'estrade parallèle à la mienne, restait seule pour me garder ; elle était dans l'ombre, d'ailleurs j'ai la vue basse, et je ne pus que me faire une idée vague de son ensemble ; elle me parut maigre, osseuse, un peu blême, avec une attitude où l'affectation se mêlait à l'indolence. En face de moi, et rayonnant à la clarté que versait une large fenêtre, se trouvait une rangée d'élèves ou plutôt de jeunes filles de quatorze à vingt ans. Rien n'était plus modeste et plus simple que la manière dont elles portaient leurs cheveux. D'assez beaux traits, des joues roses, de grands yeux, des formes développées, abondaient parmi elles. Je fus ébloui ; mon stoïcisme fléchit, mes yeux se baissèrent et c'est d'une voix affaiblie que je murmurai ces mots :

« Prenez vos cahiers de dictée, mesdemoiselles. »

Ce n'est pas ainsi que j'avais ordonné aux petits Flamands de M. Pelet de prendre leurs livres de lecture. Les pupitres s'ouvrirent, et, derrière les tablettes dressées qui me dérobaient le visage des chercheuses de cahiers, j'entendis ricaner et chuchoter.

« Je vais pouffer de rire, disait l'une.

— As-tu vu comme il a rougi, Eulalie ?

— C'est un blanc-bec.

— Tais-toi, Hortense ; il nous écoute. »

Les pupitres se fermèrent et les têtes reparurent. J'avais remarqué les trois élèves dont je viens de citer les paroles, et je ne me fis aucun scrupule de les regarder d'un œil ferme lorsqu'elles brillèrent de nouveau après cette éclipse passagère. Leur impertinence m'avait rendu tout mon courage ; ce qui m'avait profondément troublé, c'était l'idée que ces jeunes filles, au front si pur sous leurs cheveux modestement lissés, étaient presque des anges ; maintenant j'étais soulagé, elles avaient détruit d'un mot l'illusion qui oppressait mon cœur.

Ces trois jeunes filles étaient à peine à un demi-mètre du bas de mon estrade, et comptaient parmi les plus grandes de la classe ; on les nommait Eulalie, Hortense et Caroline. Eulalie était grande et bien faite ; ses cheveux blonds encadraient une de ces figures de vierge qu'ont souvent représentées les peintres de l'école hollandaise ; pas un angle dans toute sa personne, rien qui dérangeât l'harmonie de ses lignes courbes, de ses formes arrondies ; pas même l'ombre d'un sentiment ou d'une pensée qui troublât la fraîcheur de son teint pâle et transparent ; sans les battements réguliers de sa poitrine et le mouvement de ses paupières, on aurait pu s'y tromper et la prendre pour quelque belle madone de cire.

Hortense, d'une taille moyenne et peu gracieuse, avait, plus de vivacité qu'Eulalie, et sa figure vous frappait davantage ; elle était brune, un peu haute en couleur, avec des yeux où pétillaient la folie et la malice ; elle pouvait avoir de la raison et du bon sens ; mais rien dans sa physionomie ne révélait ces qualités.

Caroline était petite, bien qu'évidemment parvenue au terme de sa croissance ; ses cheveux aussi noirs que l'aile d'un corbeau, ses yeux bruns, ses traits d'une régularité parfaite, sa peau olivâtre, unie et transparente sur le visage, pâle et mate sur le cou, formaient un ensemble que certaines personnes considèrent comme l'idéal de la beauté. Comment, avec cette pâleur et cette pureté de lignes vraiment classique, arrivait-elle à paraître voluptueuse ? je ne saurais l'expliquer. Peut-être ses lèvres et ses yeux s'entendaient-ils pour produire ce résultat qui ne restait douteux pour aucun spectateur : sensuelle aujourd'hui, elle serait galante avant dix ans ; l'histoire de ses folies futures était déjà gravée sur son visage.

Si je considérais ces trois jeunes filles d'un air calme, il y avait encore plus d'assurance dans les regards qui répondaient aux miens. Eulalie, les yeux fixés sur moi, semblait attendre, avec certitude de l'obtenir, le tribut spontané que méritaient ses charmes. Hortense me regardait avec audace et me dit en ricanant et avec une aisance impudente :

« Dictez-nous quelque chose de facile pour commencer, monsieur. »

Caroline rejeta la tête en arrière, et, me favorisant d'un sourire de sa façon, elle découvrit ses dents admirables, qui étincelèrent entre ses lèvres épaisses comme celle d'une quarteronne aux veines embrasées ; aussi belle que Pauline Borghèse, elle eut en ce moment l'air presque aussi impur que Lucrèce Borgia. Elle était d'une illustre famille, et plus tard, ayant su la réputation qu'avait acquise sa noble mère, je ne m'étonnai plus des qualités précoces de la fille.

Je compris tout d'abord que ces trois demoiselles se considéraient comme les reines du pensionnat et s'imaginaient éclipser par leur splendeur le reste de leurs compagnes. En moins de cinq minutes elles m'avaient révélé leur caractère ; en moins de temps encore ma poitrine s'était cuirassée d'indifférence et mon regard voilé d'austérité.

« Écrivez, mesdemoiselles, » repris-je d'une voix aussi froide que si je me fusse adressé à Jules Vanderveld et Compagnie.

La dictée commencée, mes trois belles m'interrompirent continuellement par des remarques et des questions inutiles auxquelles je répondis brièvement, lorsque toutefois je crus nécessaire d'y répondre.

« Monsieur, comment dit-on point et virgule en anglais ?

— Semi colon, mademoiselle.

— Semi-collong ! quel drôle de mot. (Ricanement.)

— J'ai une si mauvaise plume que je ne peux pas écrire.

— Mais, monsieur, vous allez trop vite ; on ne peut pas vous suivre.

— Je n'y comprends rien, moi. »

Ici un murmure ayant éclaté, la sous-maîtresse ouvrit les lèvres pour la première fois :

« Silence, mesdemoiselles ! » dit une voix sèche.

Mais le silence fut loin de se rétablir ; au contraire, les trois jeunes filles du premier banc n'en parlèrent qu'un peu plus haut.

« C'est si difficile, l'anglais !

— Je déteste la dictée.

— Quel ennui d'écrire ce que l'on ne comprend pas ! »

Les autres élèves commencèrent à rire, le désordre était partout ; il devenait indispensable de prendre une mesure efficace.

« Passez-moi votre dictée, mademoiselle, » dis-je à Eulalie d'un ton bref ; et, me penchant au-dessus de ma table, je pris son cahier avant qu'elle me l'eût présenté. « La vôtre, mademoiselle ! » continuai-je, mais avec plus de douceur, en m'adressant à une jeune fille maigre et pâle qui appartenait à la seconde division et que j'avais remarquée comme étant à la fois la plus laide et la plus attentive de la classe ; elle quitta sa place et m'apporta son cahier, qu'elle me donna en me faisant la révérence d'un air grave et modeste. La dictée d'Eulalie était couverte de ratures, de pâtés, et remplie d'erreurs plus ou moins ridicules ; celle de la pauvre laide, que l'on appelait Sylvie, était clairement écrite, elle contenait peu de fautes d'orthographe et pas un seul contre-sens.

Je corrigeai les deux exercices à haute voix, en m'arrêtant sur chaque faute ; et lorsque j'eus fini :

« C'est honteux ! dis-je à Mlle Eulalie en déchirant sa dictée, dont je lui rendis les morceaux. Quant à vous, mademoiselle, poursuivis-je en adressant un sourire à Sylvie, c'est bien ; je suis content de vous. »

Sylvie parut satisfaite ; Eulalie enfla et rougit comme un dindon furieux ; mais la mutinerie fut étouffée. Un silence affecté remplaça les provocations de mes trois coquettes, dont l'air maussade et taciturne me convenait beaucoup mieux que l'arrogance ; et je continuai ma leçon sans être interrompu.

La cloche annonça la fin des études ; j'entendis la nôtre que l'on sonnait en même temps et celle d'un collège public situé dans le voisinage. L'ordre fut immédiatement détruit : chaque élève se leva avec précipitation ; je me hâtai de prendre mon chapeau et de quitter la classe avant la sortie des externes qui, au nombre d'une centaine environ, étaient emprisonnées dans la salle voisine, et dont le départ s'annonçait avec bruit.

J'entrais à peine dans le corridor, lorsque j'aperçus Mlle Reuter qui s'avançait vers moi.

« Entrez un instant, » me dit-elle en ouvrant la porte d'une salle à manger d'où elle venait de sortir.

La porte n'était pas refermée que les externes se précipitaient dans le corridor et arrachaient leurs manteaux, leurs chapeaux et leurs cabas, des patères auxquelles ils étaient suspendus. La voix aigre d'une sous-maîtresse dominait cette clameur sans parvenir à mettre un peu d'ordre au milieu des élèves, qui semblaient ignorer ta discipline ; et pourtant j'étais dans un pensionnat qui passait pour l'un des mieux tenus de Bruxelles.

« Eh bien, vous avez donné votre première leçon, me dit Mlle Reuter d'une voix calme et posée, comme si elle n'eut point eu conscience du chaos dont nous n'étions séparés que par une simple muraille. Avez-vous été content de vos élèves, ou leur conduite vous a-t-elle donné quelque motif de plainte ? Ne me cachez rien ; vous pouvez avoir en moi la confiance la plus entière. »

Je me sentais heureusement la force de diriger ces demoiselles sans qu'on vînt à mon aide ; l'éblouissement que j'avais éprouvé tout d'abord était presque entièrement dissipé ; le contraste que présentait la réalité avec la peinture que je m'étais faite d'un pensionnat de jeunes filles, m'amusait beaucoup plus qu'il ne me désappointait ; j'étais donc peu disposé à me plaindre de mes élèves.

Merci mille fois, mademoiselle, répondis-je ; tout s'est fort bien passé.

— Et les trois jeunes personnes du premier rang ? demanda-t elle en me regardant d'un air de doute.

— Elles ont été fort convenables. »

Mlle Reuter cessa de me questionner ; mais je vis dans son regard astucieux et pénétrant, où la sagacité remplaçait l'éclat et la chaleur, qu'elle m'avait parfaitement compris : « Soyez aussi discret que vous voudrez, disait ce regard froid et positif, je ne suis pas dupe de vos paroles ; je sais parfaitement ce que vous me dissimulez. »

Et, par une transition aussi douce qu'imperceptible, l'institutrice eut bientôt changé de ton et de manière. Son visage perdit sa froideur : elle sourit, me demanda, en bonne voisine, des nouvelles de M. et de Mme Pelet, et se mit à causer de la pluie et du beau temps. Je répondis à ses questions ; elle continua de babiller, je la suivis dans tous ses détours ; bref elle aborda tant de sujets divers et parla si longtemps, qu'il était facile de voir qu'elle avait un but en me retenant ainsi. Rien, dans ses paroles, ne trahissait une intention quelconque ; mais, tandis que ses lèvres proféraient des lieux communs pleins d'affabilité, ses yeux ne quittaient pas mon visage : non pas qu'elle me regardât en face, mais du coin de l'œil et comme à la dérobée ; elle cherchait à s'assurer de mon véritable caractère, à deviner mon côté faible, à découvrir les points saillants de ma nature, mes excentricités et mes goûts, dans l'espoir de trouver une crevasse où elle pût mettre le pied afin de s'y établir et de se rendre maîtresse de ma personne. N'allez pas croire qu'elle songeât à se faire aimer ; l'influence qu'elle voulait conquérir était tout simplement celle d'un diplomate habile qui a besoin de dominer les gens qu'il doit gouverner. J'étais désormais attaché à son établissement : il fallait bien qu'elle me connût et qu'elle cherchât à quel sentiment ou à quelle idée j'étais accessible, afin de prendre sur moi l'autorité qu'elle voulait avoir sur toutes les personnes de sa maison.

Je m'amusais de ses efforts et je prenais plaisir à retarder la conclusion qu'elle devait tirer de cet examen ; je commençais une phrase où je laissais percer une faiblesse qui éveillait son espérance, et, déployant tout à coup une fermeté qui détruisait son espoir, je voyais son regard plein de ruse passer de la joie à l'abattement. Le dîner qu'on annonça vint mettre un terme à cette petite guerre, et nous nous séparâmes sans avoir ni l'un ni l'autre remporté le moindre avantage ; il m'avait été impossible d'attaquer Mlle Reuter et j'avais manœuvré de façon à déjouer ses plans d'attaque. Je lui tendis la main en sortant, elle me donna la sienne : une main petite et blanche, mais glacée. Je cherchai ses yeux et l'obligeai à me regarder ; son visage avait repris l'expression que je lui avais trouvée en arrivant : il était calme et froid. Je partis désappointé.

» J'acquiers de l'expérience, me disais-je en revenant chez M. Pelet. Voyez cette petite femme ! ressemble-t-elle aux créatures que l'on trouve dans les livres ? À en croire les romanciers et les poëtes, la femme ne serait pétrie que de sentiments bons ou mauvais, parfois violents et toujours spontanés. En voici un exemple aussi frappant qu'irrécusable ! une nature en apparence toute féminine, et dont la froide raison est le principal ingrédient ; non, le prince de Talleyrand n'était pas plus insensible que Zoraïde Reuter. »

J'appris plus tard que l'insensibilité s'alliait à merveille aux penchants énergiques.

CHAPITRE XI.

Nous avions causé si longtemps, l'institutrice et moi, que le dîner était presque fini lorsque j'arrivai chez M. Pelet. L'exactitude aux repas était l'une des règles principales de la maison ; et, si l'un des maîtres flamands se fût présenté au réfectoire après que la soupe eût été servie, notre principal l'aurait salué d'une réprimande publique et certainement privé de potage et de poisson pour le punir de sa faute ; mais dans la circonstance, ce gentleman, aussi partial que poli à mon égard, se contenta de hocher la tête et dépêcha civilement un domestique à la cuisine, tandis que je déployais ma serviette en disant mon Benedicite mental. Le susdit domestique m'apporta donc de la purée de carotte (c'était un jour maigre), et, avant de renvoyer la morue qui composait le second service, M. Pelet eut soin de m'en réserver un morceau. Le dîner fini, les élèves se précipitèrent dans la cour, où les suivirent Kint et Vandam, les deux maîtres d'étude. Pauvres garçons ! que je les aurais plaints, s'ils avaient eu l'air moins stupides et moins étrangers à tous les événements d'ici-bas, que je les aurais plaints de cette obligation de se trouver sans cesse et en tous lieux sur les talons de ces gamins incultes ! même en dépit de leur épaisseur, je me sentais disposé à me traiter de privilégié impertinent, tandis que je me dirigeais vers ma cellule, où m'attendait sinon le plaisir, du moins la liberté. Mais je devais jouir, ce soir-là, d'une faveur plus grande encore.

« Eh bien, mauvais sujet ! me cria notre chef d'institution comme je mettais le pied sur la première marche de l'escalier ; où allez-vous donc ? venez que je vous gronde un peu !

— Je vous demande pardon, monsieur, d'être arrivé si tard ; ce n'est vraiment pas ma faute, lui dis-je en le suivant dans son salon particulier.

— C'est précisément ce que j'ai besoin d'apprendre, » me répondit M. Pelet en m'introduisant dans une petite pièce confortable où brûlait un bon feu de bois.

Il sonna, dit au domestique d'apporter le café, me désigna un fauteuil, et je me trouvai au coin d'une bonne cheminée, en face d'un homme aimable et à côté d'un guéridon chargé d'une cafetière, de deux tasses et d'un sucrier abondamment rempli. Tandis que M. Pelet choisissait un cigare, ma pensée se reportait vers les deux maîtres d'étude que j'entendais s'égosiller dans la cour, où leur voix enrouée n'obtenait aucun résultat.

« C'est une grande responsabilité que la surveillance des enfants, remarquai-je.

— Plaît-il ? dit M. Pelet en me regardant.

— Il me semble, répondis-je, que MM. Yandam et Kint doivent être parfois bien fatigués de leur besogne.

— Des bêtes de somme ! » murmura le chef d'institution d'un air méprisant.

Je lui offris une tasse de café.

— Servez-vous, mon ami, me dit-il d'un ton affable, et racontez-moi ce qui vous a retenu chez Mlle Reuter ; les leçons finissent à quatre heures, dans son établissement comme dans le mien ; et il en était plus de cinq lorsque vous êtes revenu.

— Mlle Reuter désirait causer avec moi.

— Ah ! vraiment ! et sur quel sujet ? puis-je le demander ?

— Je ne saurais trop vous le dire ; elle a parlé de tout et de rien.

— Un sujet fertile ! La conversation s'est-elle passée devant les élèves ?

— Non monsieur ; elle m'a fait, comme vous, entrer dans son salon.

— Et sa mère, cette vieille duègne qui vient souvent ici, était-elle présente à l'entretien ?

— Non, j'ai eu l'honneur de me trouver en tête-à-tête avec Mlle Reuter.

— C'est charmant ! dit M. Pelet en regardant les tisons avec un malin sourire.

— Honni soit qui mal y pense ! répliquai-je d'un ton significatif.

— C'est que, voyez-vous, je connais un peu ma petite voisine.

— Dans ce cas, monsieur, vous pourrez peut-être m'aider à comprendre pourquoi elle m'a fait asseoir devant elle pendant une heure, à cette fin de me débiter un discours interminable sur les questions les plus frivoles.

— Elle sondait votre caractère.

— Je l'avais pensé.

— A-t-elle trouvé votre côté faible ?

— Quel est-il ?

— Le sentiment, mon cher ! Toute femme qui voudra jeter la ligne dans ton cœur, mon pauvre Crimsworth, y rencontrera une source inépuisable de sensibilité. »

Mon sang bouillonna dans mes veines et me jaillit au visage.

« Certaines femmes le pourraient assurément, monsieur.

— Mlle Zoraïde est-elle de ce nombre ? Parle franchement, mon fils ; elle est jeune encore ; un peu plus âgée que toi il est vrai, mais juste assez pour unir la tendresse d'une petite maman à l'amour d'une épouse dévouée ; n'est-ce pas que cela t'irait supérieurement ?

— Non, monsieur ; je n'éprouve point le désir d'avoir une mère dans la femme que j'épouserai.

— Elle est alors un peu trop vieille pour vous ?

— Nullement ; je ne lui trouverais pas un jour de trop, si elle me convenait sous d'autres rapports.

— Et sous quels rapports ne vous convient-elle pas, William ?

— Elle est assurément fort agréable ; elle a une taille charmante, et j'admire ses cheveux et son teint.

— Bravo ! mais son visage, qu'en dites-vous ?

— Qu'elle a un peu de dureté dans les traits, particulièrement dans la bouche.

— Vous avez raison, dit M. Pelet, qui se mit à rire en lui-même ; la coupe de ses lèvres annonce du caractère, de la fermeté ; mais, ne trouvez-vous pas qu'elle a le sourire aimable ?

— Dites plutôt fin et rusé.

— C'est encore vrai ; toutefois c'est à ses sourcils qu'elle doit surtout cette expression de finesse artificieuse ; les avez-vous remarqués ? »

Je répondis négativement.

« Vous ne lui avez donc pas vu baisser les yeux ?

— Non.

— C'est dommage ; observez-la pendant qu'elle brode ou qu'elle tricote : on la prendrait alors pour la personnification de la paix intérieure, tant il y a de sérénité dans l'attention qu'elle donne à son ouvrage, en dépit de la discussion qui s'agite autour d'elle ou des intérêts importants dont s'occupent les personnes qui l'entourent ; elle n'a pas l'air de savoir ce qui se passe ; son humble esprit féminin est tout entier à son aiguille ; ses traits sont immobiles ; pas le moindre sourire d'approbation, ou le plus léger signe de blâme ; ses petites mains poursuivent assidûment la tâche modeste qu'elle a entreprise ; pourvu qu'elle puisse achever cette bourse, terminer ce bonnet grec, elle sera contente, c'est toute son ambition. Un homme vient-il à s'approcher d'elle : un calme plus profond, une modestie plus grande encore se répandent sur ses traits et l'enveloppent tout entière ; observez alors ses sourcils, et dites-moi s'il n'y a pas du chat dans l'un et du renard dans l'autre.

— Je ne manquerai pas de le remarquer à la première occasion.

— Ce n'est pas tout, continua M. Pelet ; la paupière s'agite, les cils pâles se relèvent pendant une seconde, l'œil bleu darde son regard furtif et scrutateur entre les plis du voile qui l'abrite, et disparaît de nouveau dans l'ombre. »

Je ne pus m'empêcher de sourire ; M. Pelet en fit autant.

« Pensez-vous qu'elle se marie un jour ? demandai-je après quelques instants de silence.

— Les oiseaux s'apparient-ils ? répondit l'instituteur.

Elle a certainement l'intention de se marier dès qu'elle trouvera un parti convenable ; et personne mieux qu'elle ne sait le genre d'impression qu'elle est capable de produire ; personne plus qu'elle n'aime à vaincre sans bruit, et je serais bien étonné si elle ne laissait point sur ton cœur l'empreinte de ses pas insidieux.

— Oh ! certes non ! Mon cœur n'est pas une planche sur laquelle on puisse marcher.

— Mais le doux attouchement d'une patte de velours ne lui ferait aucun mal !

— Jusqu'à présent je n'ai pas eu à m'en défendre ; elle ne me fait nullement patte de velours, elle est au contraire avec moi toute cérémonie et toute réserve.

— C'est pour avoir une base plus solide : le respect comme fondation, l'amitié pour premier étage, et l'amour couronnant l'édifice.

— Et l'intérêt, monsieur, croyez-vous qu'il puisse être oublié ?

— Non pas ; c'est le ciment qui doit relier entre elles les pierres de chaque étage. Mais parlons un peu des élèves ; n'y a-t-il pas de belles études à faire, parmi toutes ces jeunes têtes ?

— Des études de caractère probablement curieuses ; mais il est difficile de découvrir beaucoup de choses à une première entrevue.

— Ah ! vous affectez la discrétion ; mais, dites-moi, n'avez-vous pas été un peu ébloui en face de tant de jeunesse et d'éclat ?

— Oui, au premier coup d'œil ; néanmoins j'eus bientôt ressaisi mon empire sur moi-même, et j'ai donné donné ma leçon avec tout le sang-froid désirable.

— Je ne vous crois pas du tout.

— Rien n'est plus vrai cependant. J'avais cru d'abord voir des anges ; elles ne m'ont pas laissé longtemps avec cette illusion. Trois de ces jeunes filles, des plus âgées et des plus belles, entreprirent de me dévoiler la vérité et l'ont fait avec tant d'adresse qu'il ne m'a pas fallu cinq minutes pour savoir ce qu'elles sont : trois franches coquettes, et rien de plus.

— Je les connais parfaitement, s'écria M. Pelet. Elles sont toujours au premier rang à la promenade comme à l'église : une blonde superbe, une charmante espiègle et une belle brune.

— Précisément.

— De ravissantes créatures ; des têtes à inspirer un artiste ; quel groupe on ferait en les réunissant ! Eulalie avec son air calme, son front d'ivoire encadré de bandeaux à reflets si doux ; Hortense avec ses lèvres vermeilles, ses joues roses, son regard piquant et mutin, ses cheveux tordus et nattés, qui s'enroulent en nœuds épais, comme si elle n'avait su que faire de leur opulente abondance. Et Caroline de Blémont ! ah ! quelle beauté parfaite ! quelle figure de houri entourée d'un voile de cheveux noirs ! quelle bouche fascinatrice ! quels yeux splendides ! Votre Byron l'eût adorée ; et vous, froid insulaire, vous jouez l'austérité en présence d'une pareille Aphrodite ? »

J'aurais pu rire de l'enthousiasme du chef d'institution, si je l'avais cru réel ; mais il y avait dans ses paroles, ou plutôt dans la manière dont il les débitait, quelque chose qui trahissait un ravissement de mauvais aloi ; je sentais qu'il jouait la passion afin de gagner ma confiance et de m'entraîner à lui ouvrir mon cœur. Je souris à peine ; il continua : « Avoue-le, William, ne trouves-tu pas que Zoraïde n'est plus qu'une grosse maman, aux charmes épais et vulgaires, en face de la merveilleuse beauté de ses élèves ? »

Cette question me déconcerta ; mon principal s'efforçait évidemment pour des motifs à lui connus, et dont je ne soupçonnais pas la profondeur, de faire naître en moi des pensées et des désirs que réprouvent la droiture et les mœurs. L'iniquité même de cette insinuation en devenait l'antidote, et quand il eut ajouté : « Une belle fortune attend ces trois adorables jeunes filles ; avec un peu d'adresse, un garçon intelligent et distingué comme vous, pourrait se rendre maître de la main et de la bourse de celle des trois dont il aurait voulu se faire aimer. » Je lui répondis par un regard et une exclamation qui le troublèrent ; il se mit à rire d'un air contraint, m'affirma qu'il avait voulu plaisanter et me demanda si j'avais pu croire qu'il parlât sérieusement ; au même instant la cloche qui annonçait la fin de la récréation se fit entendre ; c'était l'un des jours où M. Pelet donnait une leçon de littérature à ses élèves ; il n'attendit pas ma réponse, quitta le salon, et s'éloigna en fredonnant quelque refrain de Béranger.

CHAPITRE XII.

Chaque leçon que je donnais chez Mlle Reuter me fournissait une nouvelle occasion de comparer l'idéal avec la réalité. Que savais-je de la nature féminine avant mon arrivée à Bruxelles ? moins que rien ; j'avais à cet égard une idée vague, un pressentiment confus à travers lequel mon imagination voyait briller une forme vaporeuse, quelque chose d'insaisissable comme un nuage que la vue seule peut atteindre. Maintenant que je me trouvais en contact avec cette substance éthérée, je la voyais très-palpable, souvent pesante, parfois très-dure, ayant en elle un mélange de plomb et de fer.

Idéalistes qui rêvez de fleurs humaines, d'anges féminins répandus ici-bas, jetez les yeux sur cette esquisse dessinée d'après nature ; je l'ai prise dans une salle d'étude où une centaine d'échantillons de l'espèce jeune fille offraient à l'observateur un assortiment varié composé de Françaises, d'Autrichiennes, de Belges, d'Anglaises et de Prussiennes. Le plus grand nombre appartenait à la classe bourgeoise ; mais on trouvait parmi elles des comtesses, les filles de trois généraux, de plusieurs colonels, de divers employés du gouvernement, futures grandes dames, assises côte à côte avec de jeunes personnes destinées à être un jour demoiselles de magasin. Toutes étaient vêtues du même uniforme et avaient à peu près les mêmes manières, La majorité donnait le ton à l'établissement, et se faisait remarquer par sa turbulence, par une certaine rudesse, un manque absolu d'égards pour ses professeurs, d'indulgence pour ses compagnes, un égoïsme ardent à satisfaire ses désirs, et un complet oubli des besoins et de l'intérêt des autres. La plupart savaient mentir avec audace toutes les fois que le mensonge offrait quelque avantage. Elles possédaient toutes à merveille l'art des paroles flatteuses quand elles avaient quelque chose à obtenir, et celui de vous tourner le dos à l'instant où l'amabilité cessait d'être profitable. Il était rare qu'elles fussent en querelle ouverte les unes avec les autres ; mais la délation et la médisance étaient universelles ; le règlement défendait les amitiés intimes, et ces demoiselles ne paraissaient avoir pour leurs compagnes que le degré d'affection nécessaire aux relations banales qui préservent des ennuis de la solitude. On les supposait élevées dans l'ignorance la plus complète du vice ; on employait pour les y maintenir des précautions innombrables. Comment se fait-il que, parmi ces ignorantes, on aurait à peine trouvé une jeune fille de quatorze ans qui pût regarder un homme en face avec simplicité ; et qu'elles répondissent invariablement au regard le plus naturel d'un œil masculin, par un air d'impudente coquetterie ou une œillade à la fois niaise et lascive ? Je ne sais rien des arcanes de l'Église catholique, et je suis loin d'être intolérant en matière religieuse ; mais je soupçonne que cette impudicité précoce, si frappante et si générale dans les contrées papistes, prend sa source dans la discipline, sinon dans les préceptes de l'Église romaine. Je rapporte ce que j'ai vu : ces jeunes filles appartenaient aux classes les plus respectables de la société ; on les élevait avec un soin scrupuleux, et cependant la masse avait l'esprit complètement dépravé.

Choisissons dans le nombre une ou deux individualités qui nous servent de spécimen.

Le premier portrait que je trouve dans mon album est celui d'Aurélia Koslow, jeune Allemande (ou plutôt demi-sang russe et germain) envoyée à Bruxelles pour y achever son éducation. Elle a dix-huit ans, les jambes courtes, le buste long, très-développé sans être bien fait ; la taille roide, horriblement comprimée par un corset cruellement baleiné ; de gros pieds torturés dans des bottines trop étroites ; une petite tête, des cheveux lissés, nattés, pommadés, huilés, gommés avec la dernière perfection ; une toilette des plus soignées, un front bas, de petits yeux gris vindicatifs, quelque chose du Tartare : le nez légèrement aplati, les pommettes des joues un peu saillantes : néanmoins on ne peut pas dire qu'elle soit laide, grâce probablement à une certaine fraîcheur. Quant au moral, une ignorance crasse, une inintelligence complète ; incapable d'écrire et de parler correctement sa propre langue : stupide en français, et ne pouvant pas même écorcher un mot d'anglais. Il y a pourtant douze ans qu'Aurélie est en pension ; mais, comme elle a toujours fait faire ses devoirs par l'une ou l'autre de ses compagnes, et qu'au lieu d'apprendre ses leçons elle les récite en les lisant dans son livre qu'elle tient caché sur ses genoux, il n'est pas étonnant que ses progrès aient été peu rapides. Je ne sais pas comment elle emploie sa journée et quelles sont ses habitudes, puisque je ne la vois que pendant les heures de leçon : toutefois, à en juger d'après son pupitre et ses cahiers, je crois pouvoir affirmer qu'elle est souverainement malpropre ; sa toilette extérieure est, comme je l'ai dit, faite avec beaucoup de soin ; mais en passant derrière elle j'ai vu que son cou avait besoin d'être nettoyé, et que l'état de sa chevelure n'inspirait pas le désir d'en toucher les nattes luisantes, encore moins celui de glisser les doigts entre ses mèches engluées ; sa conduite à mon égard a quelque chose d'étrange, considérée au point de vue d'une complète innocence : lorsque j'arrive, elle donne un coup de coude à sa voisine, et se permet un rire étouffé d'un singulier caractère ; dès que je suis à ma place, elle fixe les yeux sur moi, elle s'efforce d'attirer mon attention par ses regards tour à tour langoureux et brillants ; et comme je suis à l'épreuve de toute cette artillerie, car nous méprisons ce qui nous est offert sans que nous l'ayons demandé, elle a recours aux soupirs, aux gémissements, et profère des sons inarticulés dans une langue inconnue ; si, en traversant la classe, je viens à passer auprès du banc qu'elle occupe, elle avance le pied afin de rencontrer le mien ; et s'il arrive que, n'ayant pas vu cette manœuvre, j'effleure de ma botte l'extrémité de son brodequin, elle étouffe un rire qui devient bientôt convulsif par la contrainte qu'elle affecte ; si au contraire j'évite le piège, elle exprime la mortification qu'elle en éprouve par des injures qu'elle grommelle en mauvais français et qu'elle m'adresse avec un épouvantable accent germanique.

Auprès d'elle est une Flamande qu'on appelle Emma Dronsart ; petite, massive, ayant l'encolure et la taille épaisses, les membres courts, le teint rouge, la peau blanche, les traits bien faits et réguliers ; des yeux bien fendus et d'un brun clair, des cheveux châtains, les dents bien rangées ; pas beaucoup plus de quinze ans, mais la force et l'apparence d'une Anglaise de vingt ans. Ce portrait ne vous représente-t-il pas une jeune fille un peu trop ramassée, n'ayant pas d'élégance, mais l'air simple et tout rond ; une bonne personne dans toute la force du terme ? pourtant je n'ai jamais parcouru du regard cette rangée de têtes juvéniles, sans rencontrer les yeux d'Emma qui attendent les miens et qui réussissent presque toujours à les arrêter au passage, des yeux singuliers, une figure étrange, pleine de fraîcheur et de jeunesse, et qui ressemble à celle de la Gorgone. Le front trahit un caractère maussade et soupçonneux ; une perversité profonde se lit dans cet œil d'une transparence de glace, et la perfidie de la panthère se joue autour de ces lèvres envieuses. Elle est généralement immobile ; sa grosse taille ne semble pas devoir se courber aisément, et sa tête large à la base, étroite au sommet, tourne avec lenteur sur son cou bref et massif. L'expression habituelle de sa physionomie est la dureté et le mécontentement, que varie parfois un sourire méchant et perfide. Ses compagnes l'évitent : car, si mauvaises qu'elles soient pour la plupart, il y en a peu dans le nombre d'aussi profondément vicieuses.

À la tête de la seconde division était Juanna Trista, mi-belge, mi-espagnole. Née aux îles d'une mère flamande qu'elle avait perdue, elle avait été envoyée à Bruxelles par son père, d'origine catalane, et que des opérations commerciales retenaient aux colonies. Je suis étonné qu'en voyant cette jeune fille quelqu'un ait pu consentir à la recevoir sous son toit. Elle avait quinze ans, et le même crâne que celui d'Alexandre VI. Les organes de la bienveillance, de la vénération, de l'attachement et de la conscience, étaient imperceptibles chez elle ; en revanche ceux de l'amour-propre, de la fermeté, de la destructivité, de la combativité, s'y montraient sous un volume énorme ; la partie postérieure de sa tête conique était large et saillante, et le sommet fuyant et déprimé ; toutefois ses traits fortement accentués n'étaient pas sans une certaine beauté ; d'un tempérament bilieux, elle avait la peau brune et le teint pâle, les yeux et les cheveux noirs, les formes anguleuses et rigides, mais bien proportionnées, et l'on gardait longtemps l'impression qu'elle vous avait causée. Sans être d'une maigreur extrême, elle avait la figure décharnée, le regard famélique ; son front étroit ne présentait que l'espace nécessaire pour écrire ces deux mots : haine et révolte ; mais la couardise se lisait quelque part sur son visage, probablement dans son œil inquiet et farouche.

Derrière elle étaient deux rangées de Flamandes vulgaires, parmi lesquelles se faisaient remarquer deux ou trois exemples de cette difformité physique et morale que l'on rencontre si fréquemment en Belgique et en Hollande, et qui semble prouver que le climat y est assez insalubre pour amener la dégénérescence de l'esprit et du corps. Ces créatures inférieures se trouvaient sous la domination de Juanna Trista ; elle usa de son influence sur elles pour organiser pendant ma leçon un tumulte d'une grossièreté brutale, que je me vis contraint d'étouffer en lui ordonnant de quitter sa place et de me suivre hors de la classe avec deux de ses complices, que j'enfermai dans la grande salle ; quant à elle, je l'emprisonnai dans un cabinet dont je retirai la clef.

Mlle Reuter, présente à cette exécution, me regardait avec effroi ; jamais pareille sévérité n'avait été déployée dans son établissement. J'opposai d'abord un visage impassible à son visage effrayé, puis un sourire qui la flatta peut-être, et qui du moins l'eut bientôt rassurée.

Juanna Trista n'est partie d'Europe qu'après y être restée assez longtemps pour payer par l'ingratitude et la méchanceté la plus noire tous ceux qui lui avaient rendu service ou témoigné de la bienveillance. Elle est allée rejoindre son père aux Antilles, se réjouissant à la pensée d'avoir là-bas des esclaves qu'elle pourrait, disait-elle, battre et fouler aux pieds suivant son bon plaisir.

Ces trois portraits sont peints d'après nature ; j'en possède bien d'autres dont le caractère n'est pas moins prononcé, mais tout aussi peu agréable, et je les épargne au lecteur.

Vous croyez sans doute que je vais maintenant, pour contraster avec cette triste peinture, vous montrer quelque tête virginale entourée d'une auréole, quelque touchante personnification de l'innocence pressant la colombe de paix sur sa poitrine.

Vous vous trompez ; je n'ai rien vu de pareil, et je ne peux pas le retracer. De toutes les élèves de Mlle Reuter, celle qui possédait les plus heureuses dispositions était une jeune personne de la campagne, nommée Louise Path ; elle était douce et bonne, mais ignorante, commune dans ses manières et n'ayant pas su échapper à une dissimulation contagieuse ; pour toutes ces jeunes filles la franchise et la bonne foi n'existaient pas, les mots d'honneur et de loyauté n'avaient pour elles aucun sens. La moins répréhensible de tout le pensionnat était la pauvre Sylvie dont j'ai déjà parlé ; intelligente et distinguée dans ses habitudes, elle avait autant de sincérité que sa religion lui permettait d'en avoir ; mais d'une santé déplorable, qui avait entravé sa croissance et jeté sur son esprit comme un voile de tristesse, on la destinait au couvent, et son âme s'était courbée tout entière sous la direction qu'on lui avait fait prendre ; déjà préparée à la vie qui l'attendait, elle avait abdiqué toute indépendance, et avait remis sa pensée entre les mains d'un confesseur despotique. Aveuglément soumise à la volonté d'un autre, elle ne se permettait ni de juger, ni de choisir, et accomplissait avec la passivité d'un automate les moindres choses qui lui étaient commandées. C'était l'élève modèle du pensionnat Reuter ; pâle créature, chez laquelle un peu de vie sommeillait encore, mais dont la magie du prêtre avait soutiré l'âme.

Il y avait dans la maison quelques Anglaises ; on pouvait les diviser en deux catégories : les filles d'aventuriers que le déshonneur ou les dettes avaient chassés de leur pays et que j'appellerai Anglaises continentales ; pauvres enfants n'ayant jamais eu d'intérieur régulier ni de bons principes, encore moins de bons exemples ; partageant la vie errante de leurs pères, allant de France en Allemagne, de Prusse en Belgique et de pension en pension catholique, où elles ramassaient au hasard quelques bribes de connaissances, beaucoup de mauvaises habitudes, où elles perdaient les premières notions de morale et d'instruction religieuse qu'elles avaient pu recevoir, et les remplaçaient par une stupide indifférence pour tous les sentiments qui élèvent l'humanité. On les distinguait à leur air d'abattement habituel et maussade, triste résultat de la perte du respect de soi-même et des injures qu'elles subissaient constamment de leurs camarades papistes, qui les détestaient comme Anglaises et les méprisaient comme hérétiques.

Je n'en ai pas rencontré plus de cinq ou six de la seconde catégorie, pendant tout le temps que j'ai donné des leçons chez Mlle Reuter. Je les appellerai Anglaises insulaires, par opposition avec les précédentes. Des vêtements irréprochables sous le rapport de la propreté, mais arrangés sans soin et portés avec indifférence ; des cheveux mal peignés, si on les comparait aux chevelures pommadées et pimpantes de leurs compagnes ; une certaine roideur dans la marche en dépit d'une taille souple, des mains effilées et blanches, un visage moins régulier que celui des Belges, mais plus intelligent, des manières graves et modestes, les caractérisaient entre toutes. À la décence native qui vous frappait chez elles tout d'abord ; on distinguait au premier coup d'œil l'élève du protestantisme de l'enfant nourrie au biberon de l'Église romaine et livrée aux mains des jésuites. Elles étaient fières, ces filles d'Albion ; à la fois enviées et ridiculisées par leurs compagnes, elles éloignaient l'insulte par une froide politesse et répondaient à la haine par un silence dédaigneux ; elles semblaient fuir la société des autres et vivaient seules au milieu d'une foule nombreuse.

Trois sous-maîtresses dirigeaient cette multitude composée d'éléments si divers ; trois Françaises : Mlles Pélagie, Suzette et Zéphyrine. Les deux premières ne sortaient pas du commun des martyrs : leur physionomie, leur éducation, leur intelligence, leurs pensées, leurs sentiments, tout en elles était ordinaire ; j'aurais à écrire un chapitre sur leurs personnes que je ne pourrais pas en dire davantage. Zéphyrine avait un extérieur et des manières plus distingués que Suzette et Pélagie ; mais c'était au fond une franche coquette Parisienne, perfide, mercenaire et sans cœur. Je voyais quelquefois une quatrième maîtresse qui venait tous les jours donner des leçons d'ouvrage à l'aiguille, de tricot, de broderie, etc. ; je ne l'apercevais qu'en passant, lorsque je traversais le carré où elle était assise, entourée d'une douzaine de métiers et d'élèves. Je n'avais donc pas l'occasion d'étudier son caractère, ni même d'observer sa personne ; je remarquais seulement qu'elle avait l'air bien jeune et sans doute peu d'énergie, car ses élèves me paraissaient en révolte perpétuelle ; du reste elle ne demeurait pas dans la maison, et s'appelait, je crois, Mlle Henri.

Au milieu de cet assemblage de créatures vulgaires, insignifiantes, mal tournées et stupides, vicieuses et répulsives (plus d'un aurait appliqué cette dernière épithète aux deux ou trois Anglaises solitaires, roides, mal habillées et modestes, dont j'ai parlé tout à l'heure), la fine institutrice brillait comme une étoile au-dessus d'un marécage couvert de feux follets ; profondément convaincue de sa supériorité, elle puisait dans cette conviction une joie intérieure qui lui faisait oublier les soucis inséparables de sa profession, et lui donnait une égalité de caractère, une sérénité de visage que rien ne semblait pouvoir troubler. Elle aimait, en entrant dans la classe (qui ne l'aurait pas aimé comme elle ?), à sentir qu'il suffisait de sa présence pour apaiser le tumulte, alors que les reproches et les cris des sous-maîtresses ne parvenaient pas même à se faire entendre des élèves ; elle jouissait du contraste qu'elle formait avec son entourage, et prenait plaisir à se voir décerner la palme que personne auprès d'elle ne pouvait lui disputer (les trois sous-maîtresses étaient laides). Remplie de tact et d'habileté, elle savait si bien distribuer les récompenses, dispenser les éloges, abandonnant à ses subalternes la tâche ingrate de blâmer et de punir, qu'on la regardait sinon avec tendresse, du moins avec une profonde déférence. Les sous-maîtresses ne l'aimaient pas ; mais elles lui étaient soumises parce qu'elles reconnaissaient leur infériorité. Quant aux professeurs qui venaient dans la maison, elle les dominait complètement : celui-ci par la façon adroite dont elle avait su prendre son mauvais caractère ; celui-là en flattant ses manies ; un troisième en lui faisant des compliments ; tel autre, d'une timidité reconnue, en lui imposant une certaine crainte respectueuse par une attitude sévère et un langage décisif.

Pour moi, je lui échappais encore ; elle m'observait sans cesse, employant les manœuvres les plus ingénieuses pour découvrir l'endroit sensible, et malgré ses déceptions elle persévérait toujours : tantôt elle me flattait avec délicatesse ; tantôt elle me moralisait, ou sondait jusqu'à quel point je pouvais être intéressé ; un autre jour elle affectait la faiblesse et la frivolité, sachant qu'il est des hommes qui tiennent ces défauts pour des grâces féminines ; le lendemain, se rappelant qu'il en est d'autres assez fous pour admirer le jugement d'une femme, elle causait avec un sens parfait. Il m'était à la fois agréable et facile de déjouer ses efforts ; de sourire tout à coup en lui montrant que je voyais dans son jeu, au moment où elle croyait m'avoir gagné. Rien ne la décourageait ; mais il faut bien l'avouer, à force de tâter du doigt tous les points de la cassette, elle finit par faire jouer le ressort caché qui en retenait le couvercle, et par poser la main sur le joyau qui s'y trouvait contenu ; l'a-t-elle pris, l'a-t-elle brisé ou, le coffret en se refermant lui blessa-t-il la main ?… Continuez votre lecture, et vous le saurez bientôt.

J'étais venu donner ma leçon, bien que je fusse très-souffrant ; j'avais un mauvais rhume, une toux violente, et, après avoir parlé pendant deux heures sans un instant de repos, je sortais de la classe littéralement épuisé. Je rencontrai Mlle Reuter dans le corridor ; elle remarqua ma pâleur et me le dit avec une certaine sollicitude.

« Je suis fatigué, répondis-je.

— Vous ne partirez pas sans avoir pris quelque chose, » reprit-elle avec un intérêt croissant.

Elle me fit entrer dans le parloir et me témoigna la plus grande bienveillance. Le lendemain elle entra dans la classe en même temps que moi pour voir si les fenêtres étaient fermées, s'il n'y avait pas de courant d'air, et me pria d'un ton affectueux de ne pas me donner trop de peine et de ne pas me fatiguer. Lorsque je partis, elle me présenta la main sans que je la lui eusse demandée ; pouvais-je faire autrement que de lui exprimer par une légère pression combien j'étais sensible à cette faveur et combien j'en étais reconnaissant ? Ce témoignage de ma gratitude fit naître un sourire joyeux sur ses lèvres ; elle me parut charmante ; et pendant toute la soirée je ne pensai qu'au lendemain et j'appelai de tous mes vœux l'instant où je pourrais la voir encore.

Je ne fus pas trompé dans mon attente ; elle resta dans la classe pendant tout le temps que dura ma leçon ; à quatre heures, elle sortit avec moi de la salle d'étude, et me demanda de mes nouvelles avec le plus vif intérêt. Pourquoi parler si haut, me donner tant de peine ? je n'étais pas raisonnable de me fatiguer ainsi. Bref, elle me gronda d'une manière si touchante, que je m'arrêtai près de la porte vitrée qui conduisait au jardin pour entendre le sermon jusqu'au bout ; la porte était ouverte ; c'était par un beau jour ; tout en écoutant cette gronderie caressante, je regardais les fleurs baignées de lumière et je me sentais heureux. Les externes commençaient à sortir de leurs classes et à envahir le passage.

« Voulez-vous venir dans le jardin pendant quelques minutes, jusqu'à ce que les enfants soient passées ? » me demanda-t-elle.

Je descendis les marches du perron sans lui répondre ; mais je me retournai et mes yeux lui dirent clairement : « Ne viendrez-vous pas avec moi ? »

L'instant d'après nous marchions l'un à côté de l'autre dans les allées bordées de pommiers nains dont les branches étaient couvertes de fleurs ; le ciel était bleu, l'air calme ; une journée de mai dans tout son éclat et son parfum. Entouré de fleurs et de verdure, ayant près de moi une femme aimable et souriante, que pouvais-je ressentir ? La vision que j'avais eue autrefois de ce jardin, à l'époque où je ne pouvais l'entrevoir, me semblait éclipsée par la réalité : mon rêve n'avait jamais eu tant de douceur.

Lorsqu'à un détour de l'allée nous ne vîmes plus la maison, lorsque les arbres, maintenant couverts de feuilles, nous eurent masqué les murs et jusqu'aux toits des voisins, je donnai le bras à Mlle Reuter et je la conduisis vers un banc que j'apercevais niché au milieu des lilas ; elle voulut bien s'asseoir et je me plaçai à côté d'elle ; nous causions ; du moins elle me parlait avec cet abandon qui établit une communication directe entre les deux pensées, et, tandis que je l'écoutais, je ne sais quelle lumière se fit dans mon esprit et me révéla soudain que je devenais amoureux. La cloche annonça le dîner à la fois chez M. Pelet et chez Mlle Reuter ; j'étais forcé de partir ; je la retins au moment où elle allait s'éloigner :

« J'ai bien envie de quelque chose, lui dis-je.

— De quoi ? demanda-t-elle naïvement.

— D'une fleur.

— Prenez-en dix, quinze ou vingt, si vous voulez.

— Non ; une me suffira ; pourvu que ce soit vous qui l'ayez cueillie et vous qui me la donniez.

— Quel caprice ! » répondit-elle. Mais se dressant sur la pointe des pieds, elle cueillit une belle branche de lilas, qu'elle m'offrit avec grâce ; je pris la fleur et m'éloignai satisfait du présent, et rempli d'espoir pour l'avenir.

À cette journée pleine de charme succéda une nuit tiède et sereine comme une belle nuit d'été. Je me rappelle qu'ayant à corriger beaucoup de devoirs, l'heure était fort avancée lorsque j'eus fini mon travail ; j'étais fatigué ; il faisait chaud dans ma chambre, et, voulant respirer, j'ouvris la fenêtre qui donnait sur le jardin de ces demoiselles. J'avais fini par obtenir de Mme Pelet qu'on fît enlever les planches qui obstruaient cette fenêtre, puisque donnant des leçons chez Mlle Reuter, il n'y avait pas plus d'inconvénient à ce que je visse mes élèves pendant la récréation que pendant les heures d'étude. Je m'appuyai sur la pierre et je me penchai au dehors ; au-dessus de ma tête, le ciel transparent et sombre était sans nuage ; un clair de lune splendide faisait pâlir la lumière tremblante des étoiles ; sous mes yeux s'étendait une masse de verdure parsemée de rayons argentés, au milieu d'une ombre épaisse et d'où s'exhalait le parfum des fleurs tout humides de rosée ; pas une feuille qui bougeât, pas un souffle dans l'air. Ma fenêtre ouvrait directement au-dessus d'une allée qu'on appelait l'*Allée défendue*, parce qu'il n'était pas permis aux élèves de s'y promener, à cause de sa proximité de notre maison ; c'était l'endroit le plus couvert du jardin, celui où les lilas et les cytises avaient le plus d'épaisseur et où je m'étais assis dans la journée avec Mlle Reuter ; je n'ai pas besoin de dire que ma pensée était auprès d'elle, tandis que mes yeux erraient dans les allées du jardin où nous nous étions promenés ensemble. La façade de la maison déployait ses longues rangées de fenêtres au delà des bosquets et du parterre ; ma vue s'y arrêta ; je me demandai dans quelle partie du bâtiment pouvait être sa chambre ; la clarté d'une lampe qui brillait à travers les persiennes d'une croisée attira bientôt mon attention.

« Elle veille encore ! pensai-je ; il est cependant bien près de minuit. Quelle séduisante personne ! poursuivis-je en moi-même. Quel doux souvenir elle vous laisse dans la mémoire ! Ce n'est pas qu'elle soit précisément jolie ; non ; mais peu importe, il y a dans son ensemble une harmonie qui me plaît ; j'aime ses cheveux bruns, ses yeux bleus, son frais visage, son cou si blanc ; j'admire sa capacité réelle ; l'idée qu'on peut épouser une de ces beautés poupines et niaises que l'on rencontre dans le monde m'a toujours fait horreur. Cela va encore pendant la lune de miel ; mais la passion éteinte, quelle affreuse chose que de trouver sur son cœur un squelette de bois recouvert de cire ; que de serrer dans ses bras une idiote et de se rappeler qu'on l'a faite son égale, que dis-je ? son idole ; qu'il faudra passer le reste de cette vie odieuse avec une créature incapable de comprendre vos paroles, d'apprécier vos pensées, de partager vos sentiments et vos souffrances.

« Zoraïde est instruite ; elle a du tact, du jugement, du caractère, de la discrétion… Si elle n'avait pas de cœur ? Cependant quel bon sourire jouait sur ses lèvres quand elle m'a donné cette branche de lilas ! J'ai quelquefois pensé, il est vrai, qu'elle était fausse, rusée, intéressée ; mais ce que j'ai pris pour de l'astuce et de la dissimulation, ne peut-il pas être l'effort d'un caractère plein de douceur, pour traverser avec calme les difficultés de la vie ? Quant à l'intérêt… elle désire certainement faire ses affaires ; mais qui peut l'en blâmer ? Alors même que ses principes manqueraient de solidité, ce ne serait vraiment pas sa faute ; si, au lieu d'être catholique, on en eût fait une protestante, n'aurait-elle pas pu allier la droiture et la probité la plus sévère à toutes ses perfections ? Supposons qu'elle épouse un Anglais, ne reconnaîtra-t-elle pas bientôt, avec le tact et l'intelligence dont la nature l'a douée, la supériorité de ce qui est juste et honnête sur les plus habiles stratagèmes ? Il serait digne d'un homme de cœur de tenter cette expérience ; demain je poursuivrai le cours de mes observations. Elle voit que j'épie tous ses mouvements ; comme elle supporte cet examen avec calme ! elle paraît en être plus contente que fâchée. »

Une mélodie jetée dans l'air vint suspendre ce monologue. C'était un cor de chasse dont on sonnait habilement dans le voisinage du parc. À cette heure de la nuit et sous les rayons paisibles de ce beau clair de lune, les sons adoucis par l'éloignement produisaient un effet si puissant que j'arrêtai ma pensée, afin de mieux les entendre ; ils s'éloignèrent, s'affaiblirent peu à peu et ne tardèrent pas à s'éteindre, laissant mon oreille préparée au silence qui les avait précédés ; mais quel murmure s'approchant de plus en plus venait tromper cette attente ? Quelqu'un semblait avoir parlé. Oui, c'était bien la voix d'un homme que j'entendais au-dessous de ma fenêtre ; une autre voix lui répondait ; et j'aperçus bientôt deux personnes qui descendaient l'allée défendue. Elles se trouvaient dans l'ombre, je distinguais à peine la silhouette de leur corps ; mais quand elles furent près de moi, la lune frappa leurs visages, et me montra Mlle Reuter et M. Pelet se tenant par le bras ou par la main, je ne sais plus lequel des deux.

« À quand donc le jour des noces, ma bien-aimée ? disait-il.

— Mais tu sais bien, François, répondait Mlle Reuter, qu'il m'est impossible de me marier avant les vacances.

— Trois mois encore ! s'écria le chef d'institution. Comment pourrai-je attendre si longtemps, moi qui me sens toujours près d'expirer d'impatience à tes pieds, Zoraïde ?

— Eh bien ! si tu meurs, l'affaire sera terminée, sans contrat et sans notaire ; je n'aurai besoin que d'une robe de deuil ; cela me donnera moins de peine que de songer à un trousseau.

— Cruelle Zoraïde ! vous riez de la souffrance d'un homme qui vous adore ; et, non contente de vous faire un jeu de ses tourments, vous lui imposez toutes les tortures d'une affreuse jalousie : car, niez-le tant que vous voudrez, je suis sûr que vous avez encouragé de vos regards cet écolier de Crimsworth ; il n'aurait certainement pas osé devenir amoureux de vous, sans l'espoir que vous lui avez inspiré.

— Je ne vous comprends pas, François ; M. Crimsworth amoureux de moi ?

— Éperdument, Zoraïde.

— Est-ce lui qui vous l'a dit ?

— Non ; mais il rougit toutes les fois que votre nom est prononcé. »

Un rire de triomphe annonça la joie que cette nouvelle causait à Mlle Reuter (c'était du reste un mensonge que cette assertion de M. Pelet ; je n'allais pas encore tout à fait jusque-là). Mon principal continua l'entretien, affirmant, sans ambage et d'une façon peu galante, que ce serait une folie, une sottise que de songer à prendre pour mari un blanc-bec ayant dix ans de moins qu'elle. (Avait-elle donc trente-deux ans ? Je ne l'aurais jamais cru.) Elle nia formellement qu'elle eût à mon égard des intentions matrimoniales ; et, persuadé ou non de la vérité de ces paroles, le chef d'institution ne l'en pressa pas moins de lui donner une réponse définitive.

« Vous êtes jaloux, François, » répliqua-t-elle en riant toujours ; puis, se rappelant soudain que cette coquetterie n'était pas conséquente avec la réputation de modestie et de gravité qu'elle désirait garder, elle ajouta d'une voix posée : « Je ne nierai pas, mon cher François, que ce jeune Anglais n'ait fait quelques efforts pour se concilier mon affection ; mais, bien loin d'avoir encouragé ses désirs, je l'ai toujours traité, au contraire, avec autant de froideur que le permettait la plus stricte politesse. Croyez bien, mon cher ami, qu'étant votre fiancée, je ne voudrais pour rien au monde donner de l'espoir à aucun autre. »

M Pelet continua sans doute à exprimer de la défiance, du moins à en juger par la réponse suivante :

« Quelle folie ! Comment pourrais-je vous préférer un étranger, un inconnu ? et d'ailleurs, sans vouloir vous flatter, M. Crimsworth ne saurait vous être comparé ni au moral ni au physique : il n'est certainement pas joli garçon ; il y a des personnes qui lui trouvent l'air intelligent et distingué, mais quant à moi… »

Ils s'éloignaient, et le reste de la phrase n'arriva pas à mon oreille. J'attendis leur retour ; mais le bruit d'une porte qui s'ouvrit et se referma aussitôt m'annonça qu'ils venaient de rentrer dans la maison. J'écoutai longtemps encore, tout resta silencieux ; plus d'une heure après j'entendis mon principal qui montait dans sa chambre ; je jetai un dernier regard sur la façade qui était au fond du jardin : la lampe solitaire venait de s'éteindre, et avec elle, du moins pour quelque temps, la foi que j'avais eue dans l'amour et dans l'amitié. Je me couchai immédiatement ; mais la fièvre qui brûlait mes veines m'empêcha de fermer les yeux.

CHAPITRE XIII.

Le lendemain matin je me levai au point du jour ; une fois habillé, je passai une demi-heure environ, le coude appuyé sur ma commode, à chercher par quels moyens je recouvrerais mes forces et rendrais à mon esprit abattu son énergie et sa vigueur accoutumées. Il n'entrait pas dans mes intentions de faire une scène à M. Pelet, de lui reprocher sa perfidie et de lui envoyer un cartel ; je résolus tout bonnement d'aller aux bains et de me traiter par un plongeon fortifiant. Le remède produisit l'effet que j'en attendais. J'étais de retour à sept heures, et j'avais retrouvé assez de calme et d'empire sur moi-même pour faire à M. Pelet mon salut ordinaire, pour lui tendre la main et pour écouter cette appellation flatteuse de « mon fils, » prononcée du ton caressant dont le traître se servait à mon égard, sans rien lui témoigner des sentiments qui fermentaient dans mon cœur : non pas que j'eusse des pensées de vengeance, Dieu sait que je ne suis pas d'une nature vindicative ; mais le souvenir de la trahison et de l'insulte vivait en moi, charbon ardent, bien que recouvert de cendre. Je ne voudrais certainement pas blesser un homme, parce que je ne peux plus ni l'aimer ni avoir confiance en lui ; mais les impressions que j'éprouve ne se gravent pas sur le sable, et ne sont pas aussi vite effacées qu'elles ont été ressenties. Lorsque j'ai acquis la preuve certaine que le caractère et les principes de mon ami sont incompatibles avec les miens, lorsque je suis bien assuré qu'il est entaché de défauts qui révoltent ma conscience, je romps avec lui et pour toujours ; c'est ainsi que j'avais fait avec Édouard. Quant au chef d'institution, l'expérience que j'avais acquise était encore bien récente. Devais-je briser avec lui ? C'est la question que je m'adressais en tournant mon café avec la moitié de mon petit pain, car nous n'avions pas de cuillers. M. Pelet était assis en face de moi : son pâle visage avait sa finesse habituelle, mais on y voyait quelque chose de plus sombre qu'à l'ordinaire ; et son regard, qui se fixait avec sévérité sur les élèves et sur les maîtres d'étude, reprenait sa douceur lorsqu'il se tournait de mon côté.

« Les circonstances me guideront, » pensai-je ; et, rencontrant le sourire gracieux du principal, je me félicitai d'avoir ouvert ma fenêtre la nuit précédente et d'avoir pu, à la clarté de la lune, découvrir les sentiments cachés sous cette figure trompeuse. Maintenant que sa fourberie m'était connue, je le dominais, de toute la hauteur où me plaçait cette triste découverte. Derrière son sourire, j'entrevoyais son âme, et ses paroles flatteuses ne voilaient plus pour moi la perfidie de sa pensée.

Mais Zoraïde Reuter m'avait-elle si profondément blessé qu'il n'y eût pas à ma souffrance de guérison possible ? Non ; le premier accès de fièvre passé, la raison vint à mon aide. Elle me prouva d'abord que la perte que j'avais faite méritait peu de regrets : elle admettait que l'extérieur de Zoraïde aurait bien pu me convenir ; mais elle affirmait qu'il n'y avait aucune harmonie entre son âme et la mienne et que la discorde aurait bientôt éclaté dans le ménage. D'après elle, je devais non-seulement étouffer mon chagrin, mais encore me réjouir d'avoir échappé au piège que l'on m'avait tendu. Elle fit si bien que je pus, même le jour suivant, aborder l'institutrice sans permettre à mes nerfs de tressaillir, à mes lèvres de trembler. Je passai devant Zoraïde avec aisance ; elle me tendit la main, je ne voulus pas m'en apercevoir. Elle m'avait salué avec une grâce charmante ; son sourire était tombé sur moi comme un rayon sur la pierre. Elle me suivit dans la classe et, les yeux rivés sur ma figure, elle demandait à chaque pli de mon visage de lui dire la cause d'un changement qu'elle ne s'expliquait pas. « Je vais lui répondre, » me dis-je ; et, arrêtant mes yeux sur les siens, elle put voir dans mon regard que le mépris avait remplacé le respect et la tendresse. Elle ne changea pas de physionomie ; ses joues devinrent seulement un peu plus roses ; elle s'approcha de l'estrade où je venais de m'asseoir, elle en monta les degrés comme attirée par une force irrésistible, et vint se placer à côté de moi, sans trouver rien à dire ; je feuilletais négligemment un livre, ne voulant pas la délivrer de l'embarras qu'elle éprouvait.

« J'espère que votre rhume est tout à fait guéri, me dit-elle enfin à voix basse.

— Et moi, mademoiselle, j'espère, lui répondis-je, que la promenade que vous avez faite cette nuit dans le jardin ne vous a pas enrhumée. »

Douée d'une compréhension rapide, elle sut immédiatement à quoi s'en tenir. Une légère pâleur couvrit sa figure ; mais pas un de ses muscles ne bougea ; elle descendit de l'estrade avec calme, alla reprendre sa place, peu éloignée de la mienne, et s'occupa de terminer une petite bourse en filet. C'était un jour de composition, c'est-à-dire que j'avais à dicter aux élèves une série de questions qu'elles devaient résoudre de mémoire.

Tandis que ces demoiselles réfléchissaient aux difficultés que je leur avais posées, je pouvais à loisir observer Mlle Reuter. Ses yeux étaient fixés sur la bourse, qui avançait rapidement ; tout en ayant l'air tranquille, on devinait qu'elle se tenait sur ses gardes ; son attitude indiquait un mélange bien rare de repos et de vigilance, et je me sentais, en la regardant, forcé d'admirer malgré moi son caractère à la fois doux et fort et le merveilleux empire qu'elle avait sur elle-même.

Elle savait que je lui avais retiré mon estime ; elle avait vu dans mon regard une froideur méprisante, et pour elle, qui convoitait l'approbation de tous ceux qui la connaissaient, et qui aurait voulu que le monde entier eût bonne opinion d'elle, la blessure que lui avait faite cette découverte devait lui causer une vive douleur ; elle en avait pâli : et cependant avec quelle rapidité elle était parvenue à dissimuler son trouble ! comme elle était digne dans ses manières, calme et naturelle dans son repos, assise à deux pas de moi, la bouche sérieuse, mais sans affectation, le front incliné, mais sans honte et sans faiblesse !

« Le métal est pur, me disais-je en la regardant toujours. Combien je l'aurais aimée, si elle avait eu la flamme qui eût communiqué la chaleur à cette enveloppe d'acier ! »

Elle sentait que je l'examinais avec attention, car elle ne faisait pas un mouvement, ne remuait pas même les paupières ; ses yeux ne quittèrent la bourse de filet que pour regarder le coussin où reposait son petit pied ; ils suivirent les plis moelleux de sa robe de mérinos violet, s'arrêtèrent sur sa main, dont l'index portait une bague de grenat, et qui, blanche comme l'ivoire, s'attachait finement à un poignet d'une extrême délicatesse et qu'entourait une manchette de dentelle ; puis elle tourna la tête par un mouvement imperceptible, qui fit onduler gracieusement les boucles de sa chevelure : il était facile de voir qu'elle cherchait à leurrer de nouveau la proie qui venait de lui échapper. Un léger incident lui donna l'occasion de m'adresser la parole.

Au milieu du silence, ou plutôt du froissement des cahiers et du bruit des plumes qui couraient sur le papier, la porte s'ouvrit, et une élève, qui me parut toute tremblante, probablement de ce qu'elle arrivait si tard, fit une courte révérence et alla s'asseoir devant un pupitre inoccupé qui se trouvait à l'extrémité de la classe ; une fois assise elle ouvrit son cabas et en tira ses livres, toujours avec un air de précipitation et d'embarras ; je ne l'avais pas reconnue tout d'abord, et j'attendais qu'elle relevât la tête pour savoir qui elle était, lorsque Mlle Reuter quitta sa chaise et s'approchant de l'estrade :

« Monsieur Crimsworth, me dit-elle à voix basse, la jeune personne qui vient d'entrer désire apprendre l'anglais ; ce n'est pas une de nos pensionnaires ; on peut même lui donner la qualité de maîtresse, car c'est elle qui montre aux élèves à travailler à l'aiguille ; elle voudrait, avec raison, acquérir l'instruction nécessaire pour se livrer plus tard à un enseignement d'un ordre supérieur, et m'a priée de lui permettre d'assister à vos leçons ; je ne demande pas mieux que de l'aider de tout mon pouvoir à atteindre un but aussi honorable ; et j'espère, monsieur, que vous consentirez à l'admettre parmi vos élèves. »

Mlle Reuter, en disant ces paroles, m'adressa un regard à la fois naïf et suppliant.

« Certainement, répondis-je d'un ton bref.

— Un mot encore, reprit-elle avec douceur. Mlle Henri n'a pas reçu une éducation régulière ; peut-être n'a-t-elle pas énormément d'intelligence ; mais elle a d'excellentes intentions et le caractère le plus aimable qu'on puisse rencontrer ; je ne doute pas, monsieur, que vous n'ayez pour elle toute la considération qu'elle mérite, et je vous serai reconnaissante de ne pas exposer son ignorance devant les élèves, qui, en définitive, sont également les siennes. Monsieur Crimsworth sera-t-il assez bon pour accueillir ma demande ? »

Je fis un signe affirmatif ; elle continua d'une voix pressante :

« Pardonnez-moi, monsieur, si j'ose ajouter que cette recommandation est de la dernière importance pour cette pauvre Mlle Henri. Elle a déjà tant de peine à se faire obéir de ses élèves, que sa position chez moi deviendrait intolérable, si par hasard les jeunes filles qu'elle est appelée à diriger sous un certain rapport se doutaient de son incapacité ; et je regretterais beaucoup pour elle, qui en a si grand besoin, de lui voir perdre le bénéfice qu'elle peut tirer de son emploi dans ma maison. »

Mlle Reuter possédait naturellement beaucoup de tact ; mais, sans la franchise, cette qualité précieuse manque souvent le but qu'elle se propose d'atteindre : plus Mlle Zoraïde réclamait mon indulgence en faveur de la maîtresse d'ouvrage à l'aiguille, plus je comprenais que son intention était bien moins de venir en aide à Mlle Henri que de m'inspirer une haute opinion d'elle-même et de me faire croire à son excessive bonté, à son extrême délicatesse. Ayant donc répondu à ses remarques par un nouveau signe de tête, je lui coupai la parole en demandant les compositions d'un ton bref et en quittant ma place pour recueillir les devoirs que je devais emporter.

« Vous êtes venue bien tard, dis-je à Mlle Henri lorsque je passai derrière elle ; tâchez une autre fois d'avoir plus d'exactitude. »

Je ne sais pas quel effet ces paroles produisirent sur ma nouvelle élève ; mais il est probable que je ne les lui aurais pas dites, si j'avais pu la voir en face. Toujours est-il qu'elle remit immédiatement ses livres dans son cabas et qu'elle sortit de la salle avant que j'eusse regagné mon estrade. « Peut-être, pensai-je, aura-t-elle considéré sa tentative comme avortée ; » et je me demandai si elle était partie sous l'impression du découragement, ou si elle avait souffert du ton irrité que j'avais pris en lui parlant ; mais je repoussai bientôt cette dernière supposition, car depuis mon arrivée en Flandre aucun visage ne m'ayant offert les moindres traces d'une âme impressionnable, je commençais à considérer la sensibilité comme une chose fabuleuse. J'ignorais si la physionomie de la jeune maîtresse faisait exception à la règle ; c'est à peine si je l'avais aperçue deux ou trois fois, et il ne me restait de son extérieur qu'une idée très-confuse. Tandis que je cherchais à rassembler mes souvenirs à cet égard, tout en roulant les compositions de ces demoiselles, quatre heures sonnèrent, et la cloche se fit entendre. J'obéis à ce signal avec ma promptitude accoutumée, et, saisissant mon chapeau, je m'éclipsai en toute hâte.

CHAPITRE XIV.

Si je me montrais ponctuel à quitter le domicile de Mlle Reuter, je ne mettais pas moins d'exactitude à venir donner ma leçon. Il était deux heures moins cinq minutes lorsque, le jour suivant, je posai la main sur le bouton qui ouvrait la porte de la classe. Un bredouillement rapide et monotone m'avertit que la prière de midi n'était pas terminée : j'aurais commis un sacrilège en introduisant mon hérétique personnage au milieu de cet exercice, et j'attendis pour entrer que le dernier Amen eût été prononcé ; je ne devais pas attendre longtemps, à en juger par la façon dont cette prière était débitée ; quelle prestesse d'élocution, quelle vélocité de caquetage ! Il ne m'était jamais arrivé d'entendre la parole courir ainsi à toute vapeur ; l'Oraison dominicale passa comme un trait ; les litanies de la Vierge, « maison d'or, tour d'ivoire, » comme une série d'éclairs ; puis une invocation au saint du jour ; et le rite solennel accompli, j'ouvris la porte avec fracas et je traversai la classe d'un pas rapide, suivant mon habitude : j'avais découvert que c'était le moyen d'obtenir un silence immédiat. On ferma les portes à deux battants qui réunissaient les deux salles d'étude et qu'on avait ouvertes pour la prière ; une sous-maîtresse, portant sa boîte à ouvrage, vint s'asseoir à la place qui lui était réservée, et les élèves attendirent, la plume à la main, que je prisse la parole pour commencer la leçon. Mes trois beautés du premier banc, vaincues par ma froideur, avaient renoncé à leurs ricanements, à leurs murmures, et ne m'adressaient plus que de temps en temps des regards qui n'en exprimaient pas moins des choses assez audacieuses. Ah ! si l'affection, la bonté, la modestie, l'intelligence, avaient eu ces yeux splendides pour interprètes, il m'aurait été bien difficile de ne pas leur donner d'encouragement, peut-être même une ardente réplique en certains jours ; mais dans la circonstance, je trouvais du plaisir à répondre par un coup d'œil stoïque aux regards d'une vanité frivole. Si éclatantes de fraîcheur et de beauté que fussent la plupart de mes élèves, je puis dire en toute sincérité qu'elles n'aperçurent jamais en moi que le professeur austère dont elles étaient forcées de reconnaître la justice impartiale ; et si quelques personnes doutaient de l'exactitude de mes paroles et se sentaient peu disposées à me prendre pour un nouveau Scipion, qu'elles veuillent bien écouter les considérations suivantes, qui, tout en diminuant mon mérite, justifieront la vérité de mon assertion.

Sachez donc, ô lecteurs incrédules, qu'un maître de grammaire ne se trouve pas, vis-à-vis d'une jeune tête ignorante et légère, dans la position d'un galant qui la rencontre au bal ou qui la voit à la promenade ; ce n'est pas vêtue de satin et de mousseline, les cheveux couronnés de roses, les épaules à peine voilées d'une dentelle aérienne, les bras nus dont un cercle d'or fait valoir la blancheur, que son élève se présente à ses yeux ; ce n'est pas à lui qu'il appartient de l'entraîner au milieu des tourbillons de la valse et de l'enivrer de compliments qui rehaussent sa beauté en la faisant rougir ; ce n'est pas davantage à l'ombre des arbres du boulevard qu'il l'aperçoit, ni dans les allées du parc inondé de lumière où elle apparaît dans sa plus jolie toilette de ville, son écharpe jetée négligemment sur les épaules, son petit chapeau couvrant à peine ses cheveux bouclés, et les fleurs placées auprès de son visage augmentant encore l'éclat de son teint. Ce n'est pas lui qui marche lentement à côté d'elle en écoutant son doux babil, qui porte son ombrelle, qui conduit par un ruban son épagneul de Bleinhem ou sa levrette italienne : c'est dans une salle d'étude enfumée qu'elle se montre à ses regards ; mal habillée, en face de livres salis et déchirés qu'elle ouvre avec répugnance et dont il vous faut graver le contenu dans son esprit ; elle résiste, on la contraint, elle boude et fait la moue, on la gronde, elle fronce les sourcils et se défigure, son geste perd sa grâce ; et trop souvent la vulgarité des expressions qu'elle murmure, profane ses lèvres et fait perdre à sa voix la douceur qu'on voudrait lui trouver. Si elle joint à un caractère paisible une intelligence bornée, elle oppose, à toute la peine que vous prenez pour l'instruire, une nonchalance dont rien ne peut triompher ; si elle est spirituelle, mais sans énergie, elle emploie mille moyens pour échapper à la nécessité d'apprendre et se fait un jeu de la ruse et de la dissimulation pour tromper vos efforts : bref, il en est, pour le professeur, de la jeunesse et des charmes de ses élèves, comme d'une tapisserie dont il verrait continuellement l'envers ; fût-il parfois à même de regarder la surface brillante dont chacun admire les détails, il connaît trop bien les nœuds, les points démesurés, les tortillons, les bouts de laine emmêlés qui se trouvent par derrière, pour être séduit par l'éclat et la pureté de lignes qu'on expose à la vue de tous.

En général, nos goûts se modifient d'après la position que nous occupons en ce monde : l'artiste préfère un pays accidenté, parce qu'il est pittoresque ; l'ingénieur un pays de plaine, parce qu'il convient mieux à ses travaux ; l'homme de plaisir recherche ce qu'on appelle une jolie femme ; et l'homme du monde une lady élégante et distinguée. Le professeur, fatigué, souvent même irrité par les occupations du jour, est insensible au bel air, aux grâces de toute espèce, et glorifie dans son cœur certaines qualités moins brillantes, mais aussi plus solides ; le désir de s'instruire, l'intelligence, la docilité, la franchise, la gratitude, sont les charmes qu'il aspire à trouver et qu'hélas ! il rencontre rarement ; le hasard les lui fait-il découvrir, il se passionne pour eux et voudrait les conserver toujours ; puis l'heure de la séparation arrive, et une main cruelle lui arrache la seule brebis qu'il possédait.

Une fois la chose établie, mes lecteurs conviendront avec moi qu'il n'y avait rien de bien méritoire dans ma vertu, ni de merveilleux dans ma réserve et mon austérité.

J'ouvris ma leçon par la lecture des places obtenues dans la composition qu'on avait faite le jour précédent. Comme à l'ordinaire, en tête de la liste figurait le nom de Sylvie, de cette jeune fille qui était à la fois la plus laide et la meilleure élève de la pension. La seconde place était tombée à une certaine Léonie Ledru ; petite créature sèche et maigre, au teint parcheminé, ayant l'esprit vif, le cœur dur et la conscience fragile, et qui serait devenue, si elle avait été d'un autre sexe, le modèle du procureur habile et surtout sans principes. Venait ensuite Eulalie, cette fière beauté, la Junon du pensionnat, que six années d'études forcées avaient, en dépit de la paresse et de la lourdeur de son intelligence, familiarisée machinalement avec les principales règles de la grammaire anglaise. Sylvie ne témoigna aucune satisfaction lorsqu'elle m'entendit annoncer qu'elle occupait la première place ; son visage monacal n'eut pas le moindre sourire, et il ne laissa pas même soupçonner qu'elle eût entendu mes paroles. J'éprouvais toujours une impression douloureuse de la passivité de cette jeune fille, et je la regardais aussi rarement que possible : non pas que je fusse indifférent à ses précieuses qualités ; sa modestie et son intelligence m'auraient même inspiré une affection sincère en dépit de sa laideur et de son impassibilité lugubre, et j'aurais aimé à lui témoigner de la bienveillance, si je n'avais su que le moindre mot amical aurait été reporté par elle à son confesseur, et que celui-ci n'eût pas manqué de le dénaturer et d'en empoisonner le sens. J'avais un jour posé ma main sur la tête de la pauvre enfant en signe d'approbation ; je croyais la voir sourire ; elle se recula au contraire en jetant sur moi un regard courroucé : j'étais un homme, et de plus un hérétique pour elle, future religieuse et fervente catholique ; nous étions séparés à jamais dans ce monde-ci et dans l'autre.

Léonie exprima sa joie par un air triomphant. Eulalie devint maussade, elle avait espéré qu'elle serait nommée la première. Hortense et Caroline échangèrent une grimace pleine d'insouciance en voyant leurs noms placés tout à la fin de la liste ; à leurs, yeux, l'infériorité d'esprit et d'instruction ne constituait pas même un désavantage : c'était sur le pouvoir de leurs charmes qu'elles fondaient leurs espérances.

Cette affaire terminée, comme je me disposais à reprendre les exercices où je les avais laissés l'avant- veille, je m'aperçus que ma nouvelle élève se trouvait à sa place. J'avais mes lunettes et je voyais distinctement jusqu'au moindre de ses traits ; elle avait l'air fort jeune ; cependant, s'il m'avait fallu dire le chiffre exact de son âge, j'aurais été quelque peu embarrassé : la gracilité de ses formes annonçait tout au plus dix-sept ans ; mais l'air sérieux et préoccupé de sa figure en indiquait davantage. Elle avait, comme toutes ces demoiselles, une robe brune et un petit col uni ; mais ses traits ne ressemblaient nullement aux leurs : ils étaient à la fois moins réguliers et d'un dessin plus net ; le front était plus large chez elle, et la partie inférieure de la tête infiniment moins développée. Je vis au premier coup d'œil qu'elle n'était pas Flamande ; tout dans son visage et dans sa tenue portait évidemment le cachet d'une autre race moins riche de sang et de chair, mais plus grave et plus intelligente.

Elle avait les yeux baissés, le menton appuyé sur la main, et conserva cette attitude jusqu'au moment où je commençai la leçon ; pas une jeune fille belge ne fût restée dans la même position pendant aussi longtemps, surtout dans une position méditative ; mais c'est à peu près tout ce que je puis dire de sa personne ; elle n'était point jolie, cependant on ne pouvait pas la trouver laide ; et, si le chagrin avait déjà flétri son front et sa bouche, l'empreinte qu'il y avait laissée était si légère qu'un observateur moins minutieux ne l'aurait sans doute pas remarquée.

Malgré toutes ces phrases dépensées pour vous peindre Mlle Henri, vous n'avez de sa personne qu'une idée bien confuse ; je ne vous ai parlé ni de son teint ni de ses yeux ; vous ne pourriez pas dire si elle est brune ou blonde, si elle a le nez aquilin ou retroussé, la figure ovale ou carrée. Je n'en savais pas davantage la première fois que je la vis, et mon intention n'est point de vous apprendre tout à coup ce que j'ai découvert peu à peu.

La dictée embarrassa visiblement ma nouvelle élève ; une ou deux fois elle me regarda d'un air inquiet, et je m'aperçus qu'elle n'écrivait pas avec autant de rapidité que les autres. Je continuai sans pitié ; son regard disait clairement qu'elle ne pouvait pas me suivre ; mais, bien loin d'écouter sa prière, je m'appuyai au dos de ma chaise, et je n'en dictai qu'un peu plus vite en regardant au dehors avec un air de nonchalance. Je jetai de nouveau les yeux sur elle ; sa figure exprimait toujours le même embarras, et sa plume continuait à glisser sur le papier. Je m'arrêtai quelques secondes ; elle employa cet intervalle à parcourir ce qu'elle avait écrit, et la confusion se peignit sur son visage ; il était évident qu'elle n'était pas contente d'elle. Dix minutes après, j'avais terminé la dictée et je rassemblais les cahiers des élèves ; c'est d'une main tremblante que Mlle Henri me donna le sien ; mais, une fois qu'elle me l'eut abandonné, elle parut en avoir pris son parti et ne pas s'inquiéter de l'impression que pourrait me causer son ignorance. D'un coup d'œil jeté rapidement sur son devoir, je m'aperçus qu'elle avait passé plusieurs lignes ; mais il y avait peu de fautes dans ce qu'elle avait écrit ; je traçai immédiatement au bas de la page le mot bon et je lui rendis son cahier ; elle sourit d'abord d'un air incrédule, puis elle sembla se rassurer ; mais elle ne leva point les yeux : elle savait, à ce qu'il paraît, me regarder quand elle était embarrassée, mais non quand elle était contente ; et je ne trouvai pas que cette conduite fût équitable.

CHAPITRE XV.

Il se passa quelque temps avant que je revinsse donner ma leçon aux élèves de la première classe ; il y eut trois jours de congé à propos de la Pentecôte ; et le jour suivant, c'était à la seconde division que je devais faire mon cours. En traversant le carré pour me rendre à la salle d'étude, je vis comme à l'ordinaire un cercle de brodeuses qui entouraient Mlle Henri ; elles n'étaient pas plus d'une douzaine, mais elles faisaient autant de bruit que si elles avaient été cinquante, et ne paraissaient reconnaître aucune autorité. La pauvre maîtresse, accablée de questions importunes, avait l'air épuisé ; elle m'aperçut ; je vis dans ses yeux qu'elle souffrait d'avoir un témoin de l'insubordination de ses élèves ; elle demanda qu'on fit silence et n'obtint qu'un redoublement de clameurs ; ses lèvres se contractèrent, elle fronça les sourcils : « J'ai fait tout ce que j'ai pu disait clairement son visage ; pourtant j'ai l'air d'avoir tort ; blâmez-moi si bon vous semble. » Je me dirigeai vers la classe, et, comme je fermais la porte, j'entendis sa voix qui s'élevait tout à coup : « Amélie Müllenberg, disait-elle d'un ton ferme à l'une des plus âgées et des plus turbulentes de ces demoiselles, ne me faites plus de questions, ne me demandez point de vous aider ; vous serez huit jours sans avoir de moi ni un point ni un conseil. »

Un silence relatif suivit ces paroles prononcés avec animation ; je ne sais pas s'il fut durable, car deux portes me séparaient maintenant du carré où étaient les brodeuses.

Le lendemain, lorsque j'entrai dans la première classe, j'y trouvai Mlle Zoraïde, assise comme à l'ordinaire entre les deux estrades ; devant elle se tenait Mlle Henri, dont l'attitude me sembla respirer la contrainte. La directrice parlait en tricotant ; le bruit des élèves couvrait sa voix, et la maîtresse d'ouvrage à l'aiguille entendait seule les paroles que lui étaient adressées. Mlle Henri était rouge, et sa physionomie exprimait une contrariété dont je ne devinais pas l'origine, car le visage de la directrice conservait toute sa placidité ; il était impossible qu'elle pût gronder avec autant de calme et d'une voix aussi douce ; d'ailleurs j'entendis sa dernière phrase, qu'elle prononça du ton le plus affectueux : « Merci, ma bonne amie, dit-elle à la jeune fille, c'est assez ; je ne veux pas vous retenir plus longtemps. »

Mlle Henri s'éloigna sans lui répondre ; le mécontentement était peint sur sa figure, et un léger sourire, où l'amertume se mêlait au mépris, glissa sur ses lèvres tandis qu'elle allait s'asseoir à l'extrémité de la classe ; un air d'abattement succéda bientôt à ce sourire, et fut remplacé à son tour par l'intérêt qu'exprima son visage dès que j'eus dit aux élèves de prendre leurs livres.

Je détestais les jours de lecture : c'était, pour mon oreille, une vive souffrance que d'entendre écorcher ainsi ma langue maternelle, en dépit de tous les efforts que je faisais pour améliorer la prononciation de mes élèves ; ce jour-là, comme d'habitude, ce fut à qui marmotterait, balbutierait et bredouillerait de la façon la plus atroce, chacune dans le ton qui lui était particulier. Déjà quinze de ces demoiselles m'avaient torturé de leur baragouinage inqualifiable, et mon tympan meurtri attendait avec résignation le bégayement nasillard de la seizième, quand une voix mélodieuse prononça correctement quelques lignes de l'histoire d'Angleterre.

Je relevai la tête avec surprise : c'était bien la voix d'une enfant d'Albion ; l'accent était pur, argentin ; s'il avait eu un peu plus d'assurance, on l'aurait pris pour celui d'une jeune fille bien élevée du comté, de Middlesex : et pourtant c'était ma nouvelle élève qui prononçait ainsi, la jeune maîtresse d'ouvrage à l'aiguille, dont la figure n'annonçait pas qu'elle crût avoir fait quelque chose d'extraordinaire ; personne d'ailleurs ne témoignait d'étonnement. Mlle Reuter tricotait toujours avec assiduité ; néanmoins, lorsque le paragraphe fut achevé, elle m'honora d'un regard furtif ; sans apprécier complètement l'excellente manière dont lisait Mlle Henri, elle s'était bien aperçue qu'il y avait une énorme différence entre son accent et celui des autres élèves, et elle désirait savoir quelle était l'impression que j'avais pu en ressentir ; mais, cachant ma pensée derrière un masque d'une profonde indifférence, j'ordonnai à l'élève suivante de continuer le passage qui avait été commencé.

Néanmoins, lorsque la leçon fut terminée, je profitai de la confusion qui en résultait pour m'approcher de Mlle Henri ; elle était près de la fenêtre, et, ne se doutant pas que je voulais lui parler, elle se recula, supposant que je m'avançais pour regarder quelque chose au dehors ; je pris son livre d'exercices qu'elle tenait à la main, et lui adressant la parole :

« Vous aviez déjà eu des leçons d'anglais ? lui demandai-je.

— Non, monsieur.

— Vous avez été en Angleterre ?

— Jamais, répondit-elle avec animation.

— Il faut au moins que vous ayez vécu dans une famille anglaise ? »

Sa réponse fut encore négative. Ici, mes yeux s'arrêtèrent sur la feuille volante de son livre qui portait ces trois mots : Francis, Evans, Henri.

« C'est votre nom ? lui demandai-je.

— Oui, monsieur. »

Un frôlement de robe, que j'entendis à côté de moi, suspendit mon interrogatoire ; immédiatement derrière nous, la directrice examinait l'intérieur d'un pupitre.

» Mademoiselle Henri, dit-elle, voulez-vous avoir la bonté d'aller dans le corridor et d'essayer d'y maintenir l'ordre, pendant que les externes vont mettre leurs chapeaux ? »

La jeune fille obéit sans mot dire.

« Un temps admirable ! poursuivit Mlle Reuter, qui lança un coup d'œil vers la fenêtre.

— Magnifique, répondis-je en m'éloignant.

— Et que pensez-vous de votre nouvelle élève, monsieur ? continua-t-elle en suivant mes pas. Croyez-vous qu'elle puisse arriver à bien parler l'anglais ?

— Je n'en sais rien encore ; elle le prononce à merveille ; quant à la connaissance qu'elle peut avoir de la langue, je n'ai pas eu l'occasion d'en juger.

— Mais que dites-vous de son intelligence ? vous vous rappelez mon inquiétude à cet égard ; pouvez-vous me rassurer ? pensez-vous qu'elle ait autant de facilité que le commun des martyrs ?

— Je n'en doute pas, mademoiselle ; mais je la connais à peine, et je ne saurais au juste vous donner la mesure de sa capacité. Mademoiselle, j'ai l'honneur de vous souhaiter le bonjour.

— Vous voudrez bien l'observer attentivement, monsieur, et je vous serai reconnaissante de me faire part de vos remarques, dit-elle en continuant de me poursuivre ; j'ai beaucoup plus de confiance dans votre opinion que dans la mienne ; en pareille circonstance, les hommes sont bien meilleurs juges que les femmes. Excusez, je vous prie, mon importante ; mais je m'intéresse tellement à cette pauvre petite ! elle n'a personne au monde sur qui elle puisse compter ; pas d'autre fortune que son aiguille ; pas d'autre espoir que l'instruction qu'elle pourra peut-être acquérir ; je me suis trouvée jadis dans une position à peu près pareille à la sienne, et il est tout naturel qu'elle m'inspire une profonde sympathie ; quand je vois la difficulté qu'elle éprouve à se faire obéir de ses élèves, je ressens un véritable chagrin. Je ne doute pas qu'elle ne fasse tout ce qu'elle peut ; elle a d'excellentes intentions, mais elle manque de tact et de fermeté ; je lui en ai souvent parlé, et sans aucun succès ; probablement que je ne sais pas m'exprimer, car elle n'a jamais paru me comprendre. Voudriez-vous être assez bon pour lui donner un conseil à cet égard lorsque vous en trouverez l'occasion ? Les hommes ont bien plus d'influence que les femmes ; leurs arguments ont plus de force que les nôtres, ils sont bien plus logiques ; et vous, monsieur, qui possédez plus que personne le talent de vous faire obéir, si vous lui disiez un mot ou deux sur le sujet en question, je suis sûre que vous obtiendriez un excellent résultat ; alors même qu'elle y mettrait de la mauvaise grâce et de l'entêtement (ce que je ne crois pas), il lui serait impossible de ne point vous écouter ; pour ma part, je n'assiste jamais à l'une de vos leçons sans faire mon profit de la manière merveilleuse dont vous dirigez vos élèves. Les autres professeurs me désespèrent et sont pour moi un véritable tourment ; aucun d'eux ne sait inspirer de respect, ni réprimer la légèreté qui est naturelle aux jeunes filles ; tandis qu'avec vous, monsieur, tout cela marche à merveille. Essayez alors d'inculquer à cette pauvre enfant la manière de conduire nos turbulentes Brabantoises ; mais je vous en prie, monsieur, ménagez son amour-propre ; je serais désolée qu'elle pût en être blessée ; d'autant plus que… c'est à regret que je vous le dis… mais elle est d'une susceptibilité… ridicule. Je crains d'avoir une fois touché la corde sensible par inadvertance ; et la malheureuse n'en est pas encore remise. »

J'avais, pendant toute cette harangue, conservé la main sur le bouton de la serrure ; j'ouvris enfin la porte, et, disant au revoir à Mlle Reuter, j'échappai à son flux de paroles, qui était loin d'être épuisé. Elle me suivit des yeux et m'aurait volontiers retenu longtemps encore ; depuis que je la traitais durement, elle était devenue pour moi d'une prévenance qui allait jusqu'à l'obséquiosité, et m'accablait de ses attentions officieuses. La servilité engendre le despotisme ; au lieu de m'attendrir, cette conduite développa le côté impérieux et sévère de ma nature. Je m'endurcis en la voyant tourner autour de moi comme un oiseau fasciné. Ses flatteries excitaient mon dédain, et ses avances augmentaient ma froideur. Je me demandais souvent pourquoi elle se donnait tant de peine pour faire ma conquête, lorsqu'elle avait dans ses filets un parti bien autrement avantageux, et quand elle savait que je possédais son secret, puisque je ne m'étais fait aucun scrupule de le lui dire. Mais s'il était dans sa nature de ne pas croire au désintéressement et de regarder l'affection et la modestie comme des faiblesses de caractère, il était également dans ses tendances de considérer l'orgueil et l'insensibilité comme une preuve de force digne de son admiration : elle aurait foulé aux pieds l'humilité, elle s'agenouillait devant le dédain ; c'est par un secret mépris qu'elle eût accueilli ma tendresse ; et mon indifférence provoquait à chaque instant de nouvelles assiduités de sa part ; elle préférait à l'enthousiasme et au dévouement, qui avaient toute son antipathie, l'égoïsme et la dissimulation qu'elle appelait esprit de conduite et sagesse ; elle ne comprenait pas la bonté ; et, si la dégradation physique et morale, l'infériorité de l'esprit et du corps, lui inspiraient de l'indulgence, c'est parce que ces défauts pouvaient faire ressortir les dons heureux qu'elle avait reçus du Créateur : mais elle se courbait devant la violence et la tyrannie, ses véritables maîtres ; rien ne la poussait à les haïr, encore moins à leur résister, et l'indignation qu'ils éveillent dans certains cœurs lui était inconnue.

Il en résultait qu'elle se disait prudente et sage ; que le vulgaire proclamait sa douceur et sa générosité ; que l'insolent et le despote la qualifiaient d'aimable ; que les gens de cœur acceptaient d'abord comme fondée la prétention qu'elle avait d'être classée parmi eux, mais que bientôt le placage de sa vertu laissait à découvert le métal vénéneux, et qu'elle était repoussée comme une déception par les natures honnêtes et bienveillantes qui s'y étaient laissé tromper.

CHAPITRE XVI.

Quinze jours après, je connaissais assez Mlle Henri pour me former une opinion de son caractère. Elle possédait à un degré remarquable le sentiment du devoir et la persévérance ; elle aimait l'étude, et je la voyais lutter avec courage contre les difficultés. Je lui offris tout d'abord mon concours pour l'aider à les vaincre, ainsi que je l'avais fait pour mes autres élèves ; je commençai par aller au-devant de tout ce qui pouvait l'embarrasser : mais je découvris bientôt qu'elle était humiliée de cette façon d'agir, et qu'elle repoussait mes explications officieuses avec un mélange d'impatience et de fierté. Je changeai dès lors de système, et, allongeant ses devoirs, je l'abandonnai à ses propres ressources en face des difficultés qu'ils pouvaient lui offrir ; elle se mit à la tâche avec ardeur, l'accomplit rapidement et en demanda une plus difficile encore.

Mais, si elle aimait l'étude, elle détestait l'enseignement ; comme élève, le succès dépendait de sa propre volonté, et, sûre d'elle-même, je la voyais d'avance calculer ses progrès. En tant que maîtresse, le résultat provenait surtout des autres, et non-seulement il lui fallait se contraindre pour agir sur l'esprit de ses élèves, mais encore maints scrupules venaient entraver son action, toutes les fois qu'elle devait imposer son opinion à quelqu'un.

Prompte et ferme dans ses décisions, lorsqu'elle seule était en jeu, et ne reculant jamais devant le sacrifice de ses désirs lorsqu'elle le croyait juste, elle se trouvait désarmée en face des penchants d'autrui, et ne savait pas lutter avec les habitudes et les défauts des autres, surtout avec ceux des enfants qui n'entendent pas raison et qui refusent de se laisser persuader.

La conscience se réveillait alors ; elle forçait la volonté récalcitrante à s'acquitter de son devoir, et c'était par une dépense d'énergie incalculable que le pénible labeur finissait par s'accomplir.

Pour arriver à leur donner ses leçons, Frances travaillait auprès de ses élèves comme un pauvre manœuvre ; et celles-ci, d'autant plus insubordonnées qu'elles sentaient leur pouvoir, lui infligeaient, en la forçant d'user de rigueur, une souffrance dont personne ne devinait l'étendue. Il est dans la nature humaine d'aimer à se servir de sa puissance, et les enfants, plus encore que les hommes, se font un plaisir d'exercer l'influence qu'ils possèdent, alors même que la douleur en est le seul résultat. L'élève, dont le corps est parfois plus robuste et dont les nerfs sont moins sensibles que ceux du professeur, a sur son maître un immense avantage ; soyez certain qu'il en usera sans pitié, parce que l'être qui est jeune, vigoureux et insouciant, ne partage pas la souffrance qu'il voit subir et n'épargne personne.

Frances n'était donc pas heureuse ; un poids continuel oppressait sa poitrine et paraissait avoir étouffé sa gaieté. J'ignore si elle conservait chez elle cet air soucieux et profondément triste, qui ne la quittait jamais chez Mlle Reuter.

J'avais donné un jour, comme sujet d'amplification, le trait si connu d'Alfred surveillant les gâteaux dans la cabane du pâtre. La plupart de ces demoiselles ne s'étaient préoccupées que d'une chose : s'acquitter de leur devoir le plus brièvement possible ; et il eût été bien difficile de rien comprendre à ce qu'elles appelaient leurs narrations ; celles de Sylvie et de Léonie pouvaient seules passer pour être intelligibles ; quant à la belle Eulalie, elle s'était procuré un abrégé de l'*Histoire d'Angleterre* et avait copié mot à mot l'anecdote en question. Je me contentai d'écrire en marge : « Stupide et fausse, » et je déchirai la page.

Mais sous la pile de récits plus ou moins saugrenus qui étaient placés devant moi et qui n'avaient pas plus d'une feuille chacun, se trouvait un petit cahier, soigneusement cousu, dont l'écriture me dispensa de chercher le nom qu'il portait.

C'était chez moi, et presque toujours dans la soirée, que je corrigeais les devoirs de ces demoiselles, besogne très-ennuyeuse et qui jusqu'alors m'avait infiniment coûté ; il me parut donc fort bizarre de sentir poindre dans mon esprit un certain intérêt lorsque je mouchai la chandelle, au moment de parcourir le manuscrit de Frances.

« Je vais enfin, pensai-je, avoir un aperçu de la couleur de son style, et me faire une idée plus ou moins juste de son intelligence. Non pas qu'elle ait dû se révéler complètement dans une langue qui lui est étrangère ; mais je verrai toujours bien si elle ne manque pas d'esprit. »

Elle avait commencé par décrire la cabane d'un paysan saxon, située sur la lisière d'une forêt immense et dépouillée de ses feuilles ; venait ensuite la peinture d'une triste soirée de décembre ; la neige tombait à gros flocons, et le vieux pâtre, prévoyant l'ouragan, réclamait l'aide de sa femme, pour aller rassembler son troupeau dispersé sur les rives de la Thone. La bonne vieille refusait d'abord de quitter les gâteaux qu'elle faisait cuire pour le souper, puis elle finissait par reconnaître la nécessité de mettre le bétail à couvert ; elle prenait son manteau de peau de mouton, et, s'adressant à un étranger qui se reposait à côté de la cheminée, elle lui recommandait de veiller à la cuisson du pain.

« Ayez soin, jeune homme, lui disait-elle ensuite, de bien fermer la porte lorsque nous serons partis et de n'ouvrir à personne ; ne bougez pas du foyer, surtout ne regardez point au dehors. La forêt est déserte, et des bruits étranges se font entendre après le coucher du soleil. Les loups se promènent dans les clairières et les guerriers danois se répandent dans la campagne. On fait d'affreux récits ; peut-être croirez-vous entendre les cris d'un enfant, et, si vous ouvriez la porte pour courir à son secours, un énorme taureau ou le spectre d'un chien noir se précipiterait dans la cabane ; plus redoutable encore serait un frôlement d'ailes contre le volet qui ferme la lucarne : un corbeau sinistre ou bien une blanche colombe viendrait se poser près du foyer, et annoncerait qu'un malheur va frapper la maison. C'est pourquoi, je vous le répète, souvenez-vous de mon conseil, et que rien au monde ne vous fasse entre-bâiller la porte. »

L'étranger, resté seul, écoutait le bruit du vent amorti par la neige et le grondement que la rivière débordée faisait entendre au loin ; puis se parlant à lui-même : « C'est aujourd'hui la veille de Noël, disait-il ; remarquons bien cette date. Sans autre abri que le toit d'un pâtre, sans autre siège que cette couche de roseaux, moi, l'héritier d'un royaume, c'est à un pauvre serf que je dois l'asile où je vais passer la nuit. Mon trône est usurpé, ma couronne presse le front de l'envahisseur ; je n'ai plus d'amis, plus de soldats ; les malfaiteurs impunis dévastent la contrée ; mes sujets abattus sont écrasés par le talon du Danois. Ô destin ! tu penses que ta victoire est complète ; appuyé sur ton arme au tranchant émoussé, tu m'interroges du regard et tu demandes pourquoi j'existe encore, pourquoi j'espère toujours. Démon païen, je ne crois pas à ta puissance ; le

Dieu que j'adore, celui dont le fils s'est fait homme cette nuit même et a donné son sang pour racheter l'humanité, dirige ton bras et ne permet pas que tu frappes sans qu'il l'ait ordonné. Mon Dieu est toute bonté comme il est-toute puissance ; j'ai foi dans sa miséricorde, et, bien que tu m'aies brisé, bien que je sois seul et nu, errant en fugitif sur cette terre qui reconnut mon empire, je ne cède pas à tes coups ; la lance de Guthrum fût-elle rougie de mon sang que je ne désespérerais pas. J'attends, je prie et j'espère. Jéhovah, lorsque son heure sera venue, saura bien relever celui qui invoqua son nom. »

Le reste de l'épisode était narré avec le même soin ; on y trouvait quelques fautes d'orthographe, des erreurs de construction et certains gallicismes ; le style avait besoin d'être poli, et la phrase, quelque peu boursouflée, manquait parfois d'haleine et tombait tout à coup ; mais néanmoins, tel qu'il était, je n'avais rien vu de pareil à ce devoir pendant tout le cours de mon professorat. L'imagination de la jeune fille avait conçu d'heureux détails que je ne lui avais point indiqués ; elle avait rappelé les anciennes légendes des Saxons, montré le courage d'Alfred au milieu de tous ses revers, et la foi profonde de ces premiers chrétiens de la Grande-Bretagne dans la puissance du Jéhovah de l'Écriture, qu'ils opposaient à l'aveugle destin du paganisme ; tout cela, je le répète, sans qu'il en eût été question dans les quelques phrases que j'avais données pour argument.

Il faut que je trouve l'occasion de lui parler, dis-je en moi-même ; il faut que je sache par quel moyen elle a pu apprendre l'anglais ; car il est évident qu'il lui est familier. D'ailleurs Frances Evans est un nom d'origine britannique : cependant elle m'a dit qu'elle n'était jamais allée en Angleterre, qu'elle n'avait pas pris de leçons d'anglais, ni vécu dans une famille anglaise. »

Le lendemain, je rapportai les devoirs qui avaient été faits la veille ; et, donnant une courte explication des principales fautes que j'y avais rencontrées, je distribuai les reproches et les encouragements à petite dose, suivant mon habitude ; car il était inutile de blâmer sévèrement et il était bien rare que les éloges fussent mérités. Je ne dis pas un mot de la narration de Mlle Henri ; j'avais mis mes lunettes et je m'efforçai de lire sur son visage l'impression qu'elle ressentait de cet oubli apparent ; « Si elle a conscience d'avoir fait quelque chose de bien, me disais-je, elle se sentira mortifiée. » Elle avait les yeux fixés sur le cahier qui était ouvert devant elle ; sa figure était grave et n'exprimait que sa tristesse ordinaire : je crus cependant remarquer dans son attitude un léger signe d'attente au moment où je finissais d'examiner le dernier devoir qui se trouvait sur mon pupitre, et il me sembla qu'un nuage avait passé rapidement sur son front, lorsqu'ayant éloigné de moi les feuilles dont je venais d'expliquer les fautes, je me frottai les mains en disant à mes élèves de prendre leurs grammaires et de l'ouvrir à telle page. Immédiatement sa figure se ranima, et l'intérêt vint remplir le vide que lui avait laissé mon silence ; toutefois il est évident qu'elle avait éprouvé une déception plus ou moins vive, et que, si elle n'en témoignait pas de regrets, c'est qu'elle ne le voulait pas.

À quatre heures, lorsque sonna la cloche, au lieu de prendre mon chapeau et de descendre de l'estrade, je restai à ma place pendant quelques instants. Lorsque Frances eut fini de mettre ses livres dans son cabas, elle releva la tête, et, rencontrant mon regard, elle me fit un salut respectueux et se dirigea vers la porte.

« Voulez-vous venir, mademoiselle ? » lui demandai-je en lui faisant signe d'approcher.

Elle hésita ; le bruit qu'on faisait dans les deux classes m'empêcha d'entendre sa réponse ; je répétai mon signe ; elle avança vers moi et s'arrêta de nouveau à quelques pas de l'estrade : elle avait l'air embarrassé, et ne paraissait pas bien sûre que je l'eusse vraiment appelée.

« Montez, » lui dis-je d'un ton ferme, ce qui est la seule manière d'en finir avec l'indécision ; et, lui offrant la main, je la plaçai à l'endroit où je désirais qu'elle fût, c'est-à-dire entre mon pupitre et la fenêtre, de manière qu'elle se trouvât en dehors du passage de la seconde division, et que personne ne pût se glisser derrière elle pour écouter ce que j'avais à lui dire. On n'aurait pas manqué de donner à mes paroles une signification qu'elles étaient loin d'avoir ; et je m'en souciais fort peu ; mais je suppose que Mlle Henri s'en inquiétait davantage : car, malgré tous ses efforts, elle paraissait trembler. Je tirai sa narration de ma poche.

« C'est vous qui avez fait ce devoir ? lui dis-je en anglais, certain maintenant qu'elle comprenait cette langue.

— Oui, monsieur, » répondit-elle d'une voix grave.

Mais lorsqu'elle me vit dérouler son cahier, le placer sur mon pupitre et prendre ma plume, sans doute pour y noter les corrections que je trouverais à y faire, son front, toujours assombri, s'éclaira comme un nuage derrière lequel un rayon de soleil vient briller tout à coup.

« Ce devoir, lui dis-je, renferme beaucoup de fautes ; vous avez besoin de plusieurs années d'étude avant d'écrire l'anglais d'une façon irréprochable. Écoutez bien ; je vais vous expliquer les principales erreurs que vous avez commises. Quant à la substance même de votre amplification, j'avoue qu'elle m'a surpris, j'ai trouvé dans ces quelques pages des preuves de goût et d'imagination qui m'ont fait plaisir : non pas que ces qualités soient les plus précieuses de l'esprit humain, et que vous les possédiez à un degré très-remarquable ; cependant, vous êtes mieux partagée, sous ce rapport, que le commun des martyrs ; cultivez les dons que vous avez reçus du Créateur, ne vous découragez pas, travaillez, et si jamais vous avez à souffrir de l'injustice des hommes, puisez sans crainte dans le sentiment de votre valeur la consolation et la force qui vous seront nécessaires. »

J'avais raison de parler ainsi, car, en levant les yeux sur elle, je ne vis plus le nuage qui voilait l'éclat du rayon ; elle était transfigurée, et son regard souriant semblait dire :

« Je suis heureuse de vous avoir forcée à regarder au fond de mon âme ; ne prenez pas tant de précautions pour atténuer votre pensée ; croyez-vous donc que je ne me connaisse pas ? Il y a longtemps que je sais tout ce que vous venez de me dire. »

Toutefois, si elle avait conscience des brillantes facultés qu'elle avait reçues de la nature, elle savait également tout ce qu'elle devait acquérir avant d'en faire usage ; et cette pensée, lui revenant tout à coup, effaça bientôt l'éclair de triomphe qui avait illuminé son regard ; elle n'avait pas attendu que j'eusse désigné la première des fautes que renfermait son devoir, pour reprendre son air sérieux et profondément triste.

« Merci, monsieur, » dit-elle en se levant et d'une voix où vibrait la gratitude, lorsque je lui eus donné ma dernière explication. Il était fort heureux vraiment que notre conférence fût terminée : car toutes les pensionnaires, rassemblées à deux pas de mon pupitre, nous regardaient bouche béante ; les trois maîtresses chuchotaient dans un coin de la salle, et tout à côté de moi Mlle Reuter, assise sur une chaise basse, ébarbait d'un air calme les glands de soie de la bourse qu'elle venait de terminer.

CHAPITRE XVII.

Après tout, j'avais bien peu profité de l'occasion que j'avais si hardiment fait naître de parler à Mlle Henri. Mon intention était de lui demander comment il se faisait que, portant un nom de famille français, elle eût deux noms de baptême anglais, et d'où lui venait son excellente prononciation. J'avais oublié ces deux points importants, ou plutôt notre entretien avait été si bref, que je n'avais pas eu le temps de lui en toucher un mot ; j'ignorais même si elle parlait anglais avec facilité ; car tout ce qu'elle m'avait dit se bornait à quelques monosyllabes : « Yes ; No ; Thank you, sir ; No matter. » Mais ce qu'on ne fait pas aujourd'hui peut s'accomplir demain, et j'étais bien décidé à me tenir la promesse que je m'étais faite à moi-même, d'éclaircir ce mystère. L'entreprise était assez difficile ; toutefois le proverbe a raison : « Vouloir, c'est pouvoir ; » et je ne songeai plus qu'au moyen d'échanger quelques paroles, avec miss Frances, en dépit de l'envie qui ouvrait de grands yeux, et de la médisance qui chuchotait toutes les fois que je me dirigeais de son côté.

« Votre cahier ? » lui demandais-je de temps à autre, vers la fin de la leçon, espérant toujours que l'occasion s'offrirait de prolonger l'entretien. Elle se levait, je m'asseyais à sa place, et je permettais qu'elle se tînt debout respectueusement à côté de moi ; car non-seulement la prudence ordonnait de maintenir entre nous les formalités d'usage d'élève à professeur, mais encore je m'étais aperçu qu'elle avait d'autant plus d'abandon que je mettais plus de réserve dans mes manières, plus de sévérité dans mon langage ; contradiction bizarre, que je ne pouvais comprendre, mais qui n'en existait pas moins.

« Un crayon, » lui dis-je en étendant la main sans la regarder ; et soulignant les fautes qu'elle avait faites dans son thème : « Êtes-vous née en Belgique ? lui demandai-je.

— Non, monsieur.

— En France ?

— Non, monsieur.

— Où donc alors ?

— À Genève.

— Frances et Evans ne sont pas des noms suisses.

— Non, ils sont anglais.

— Est-ce la coutume des Génevois de baptiser leurs enfants sous des noms étrangers ?

— Non monsieur, mais…

— Parlez anglais, miss.

— Mais…

— Parlez anglais, vous dis-je.

— Ma mère était Anglaise.

— Et votre père ?

— Il était Suisse.

— Quelle était sa profession ?

— Pasteur d'une église de village.

— Fille d'une Anglaise, comment ne parlez-vous pas anglais avec plus de facilité ?

— Ma mère est morte il y a dix ans.

— Et c'est en oubliant la langue qu'elle parlait que vous rendez hommage à sa mémoire ! Ayez la bonté de ne jamais dire un mot de français quand vous causerez avec moi.

— C'est si difficile, monsieur, de se servir d'une langue dont on n'a plus l'habitude !

— Vous l'avez eue autrefois, cette habitude ?

— Oui, monsieur ; je parlais plus souvent l'anglais que le français, lorsque j'étais enfant.

— Pourquoi l'avez-vous négligé ?

— Parce que je ne connais pas d'Anglais.

— Vous vivez sans doute avec votre père ?

— Mon père est mort.

— Vous avez des frères, des sœurs ?

— Non, monsieur.

— Demeurez-vous donc toute seule ?

— Non, monsieur, j'habite avec ma tante Julienne.

— La sœur de votre père ?

— Oui, monsieur.

— Est-ce en anglais que vous me répondez ?

— Pardon, je…

— En vérité, mademoiselle, si vous étiez une enfant, je vous aurais déjà punie ; comment se fait-il qu'à votre âge… vous devez avoir au moins vingt-deux ou vingt-trois ans ?

— Pas encore, monsieur, j'en aurai dix-neuf le mois prochain.

— C'est un âge raisonnable ; je ne devrais pas être dans la nécessité de vous répéter deux ou trois fois la même chose, quand il s'agit pour vous d'une occasion d'apprendre. »

Elle ne me répondit pas ; je levai les yeux ; un sourire expressif mais sans gaieté entr'ouvrait les lèvres de Frances : « Il parle de ce qu'il ne connaît pas ; » disait clairement ce sourire ; je voulus dissiper mon ignorance et je poursuivis mon interrogatoire.

« Désirez-vous faire des progrès rapides ?

— Certainement.

— Que faites-vous pour le prouver ? »

Cette singulière question excita un second sourire.

« Je m'applique et j'apprends bien mes leçons, répondit-elle.

— C'est ce que ferait un enfant.

— Que puis-je faire de plus ?

— Peu de chose, il est vrai ; mais vous-même, n'avez-vous pas des élèves ?

— Oui, monsieur.

— Vous leur montrez, je crois, à raccommoder la dentelle ?

— Oui.

— Une sotte occupation ; vous plairait-elle, par hasard ?

— Non, c'est ennuyeux.

— Pourquoi n'enseignez-vous pas plutôt la grammaire, l'histoire, la géographie ou l'arithmétique ?

— Vous supposez, monsieur, que je possède moi-même les connaissances dont vous parlez.

— Je n'en sais rien ; mais à votre âge ce serait tout naturel.

— Je n'ai jamais été en pension, et j'ai appris bien peu de chose.

— Vraiment ! votre tante est fort coupable.

— Oh ! non ; elle est bien bonne, au contraire : elle fait pour moi tout ce qu'elle peut ; elle me loge et me nourrit, quoiqu'elle ne soit pas riche ; elle n'a que douze cents francs de rente ; il lui était impossible de me donner de l'instruction.

— Assurément, » dis-je en moi-même. Toutefois, je poursuivis du ton dogmatique que j'avais adopté : « Il n'en est pas moins fâcheux qu'on vous ait élevée dans l'ignorance des choses les plus élémentaires. Si vous saviez l'orthographe, un peu d'histoire et de géographie, vous auriez pu abandonner votre métier de raccommodeuse de dentelle et vous faire une position meilleure.

— C'est bien mon intention.

— Mais l'anglais ne suffit pas. Une famille respectable ne prendra jamais une institutrice dont tout le bagage se composera d'une langue étrangère plus ou moins bien connue.

— Je sais encore autre chose.

— Oh ! certainement ; vous savez tricoter, faire du filet, broder des mouchoirs et des cols. Avec cela vous n'irez pas bien loin. »

Elle ouvrit la bouche pour me répondre et s'arrêta, pensant probablement que l'entretien se prolongeait un peu trop.

« Répondez-moi, repris-je avec impatience ; je n'aime pas qu'on ait l'air d'approuver mes paroles quand on n'est pas de mon avis, et il est certain que vous alliez me contredire.

— J'ai suivi des cours de grammaire, d'histoire, de géographie et d'arithmétique, monsieur, bien que je ne sois jamais allée en pension.

— Bravo ! Mais comment avez-vous fait, puisque votre tante ne pouvait pas vous en fournir les moyens ?

— J'y suis parvenue en me livrant à la sotte occupation qui a tout le mépris de monsieur : j'ai raccommodé de la dentelle.

— Vraiment ! oh ! ce serait pour vous un excellent exercice que de me dire en anglais à quel résultat, vous êtes arrivée par un semblable moyen.

— J'avais prié ma tante, dès notre arrivée ici, de me faire apprendre à raccommoder la dentelle ; ce n'était pas difficile. Quelques jours après, j'avais déjà de l'ouvrage : car, dans ce pays-ci, toutes les dames ont de vieilles dentelles fort précieuses, qu'il faut raccommoder chaque fois qu'on les blanchit. Aussitôt que j'eus gagné quelque chose, et ce ne fut pas bien long, j'achetai des livres et je suivis les cours dont je vous parlais tout à l'heure. Quand je saurai bien l'anglais, j'essayerai d'entrer dans une famille comme institutrice, ou dans une pension comme sous-maîtresse ; mais ce sera difficile : les personnes qui sauront que j'ai raccommodé de la dentelle me mépriseront comme le font ici les élèves ; N'importe, j'ai mon projet.

— Quel est-il ?

— J'irai en Angleterre et j'y donnerai des leçons de français. »

Elle proféra ces paroles avec enthousiasme, et prononça le mot Angleterre comme un Israélite du temps de Moïse aurait dit Chanaan.

« Vous avez donc bien envie d'aller en Angleterre ? »

Ici la maîtresse de pension interposa sa voix :

« Mademoiselle Henri, dit tout à coup Zoraïde, il va pleuvoir, et vous feriez bien, chère amie, de retourner chez vous sans plus tarder. »

La jeune fille ne répondit point à cet avis officieux ; mais elle recueillit ses livres en toute hâte, me fit une profonde révérence et partit sans avoir pu complètement réussir, malgré tous ses efforts, à s'incliner devant la maîtresse de pension.

Quiconque possède un grain de persévérance ou d'entêtement s'irrite des obstacles qu'on lui oppose, et n'en devient que plus ardent à poursuivre l'objet de ses désirs. Mlle Reuter aurait mieux fait de s'épargner la peine de nous annoncer la pluie (prédiction qui, par parenthèse, ne se réalisa pas) ; car ce fut un motif de plus pour que je revinsse le lendemain au pupitre de Mlle Henri.

« Quelle idée vous faites-vous de l'Angleterre, lui demandai-je, et pourquoi avez-vous envie d'y aller ? »

Accoutumée depuis quelque temps à la brusquerie de mes manières, elle ne s'étonna pas de cette question à brûle-pourpoint, et n'hésita dans sa réponse que par la difficulté qu'elle éprouvait à s'exprimer dans une langue qui n'était pas la sienne.

« D'après ce que j'ai lu et ce que j'ai entendu dire, répondit-elle, l'Angleterre est quelque chose d'unique. L'idée que j'en ai conçue est vague, et j'éprouve le besoin de la rendre plus claire et plus nette, en allant voir par mes yeux cette contrée que je désirerais connaître.

— Hum ! Supposez-vous qu'il suffise de mettre le pied dans un pays pour en avoir une idée claire et nette ? L'intérieur d'une pension ou d'une famille sera tout ce que vous connaîtrez de la Grande-Bretagne, si vous y allez comme sous-maîtresse ou comme institutrice.

— Ce sera toujours une pension ou une famille anglaise.

— Indubitablement ; mais à quoi bon ? Quelle sera la valeur de vos observations faites sur une aussi petite échelle ?

— Ne peut-on pas juger du reste par analogie ? un échantillon suffit souvent pour donner une idée juste de la totalité. D'ailleurs les mots petit et grand n'ont qu'un sens relatif ; ma vie serait probablement fort peu de chose à vos yeux, et celle de la taupe qui vit sous terre me paraît à mon tour excessivement bornée.

— Où voulez-vous en venir ?

— Mais vous comprenez bien.

— Pas le moins du monde ; ayez la bonté de vous expliquer.

— Je vais essayer, monsieur. En Suisse, je n'ai presque rien fait, presque rien vu et rien appris ; je tournais chaque jour dans un cercle étroit dont je ne pouvais sortir ; j'y serais restée jusqu'à ma dernière heure, sans avoir pu l'élargir, parce que je suis pauvre et peu industrieuse. Lorsque je fus lasse de cette vie monotone et restreinte, je priai ma tante de venir demeurer en Belgique, et nous partîmes pour Bruxelles. Je ne suis ici ni plus riche ni mieux posée ; mon existence est toujours enfermée dans des limites aussi étroites ; mais la scène a changé : elle changera de nouveau si je vais en Angleterre. Je connaissais les bourgeois de Genève, je connais maintenant ceux de Bruxelles ; je connaîtrai quelque chose des habitants de Londres, si je vais quelque jour dans cette ville. Je ne sais pas si vous trouvez quelque sens à mes paroles ; il est possible que je n'aie pas su exprimer ma pensée.

— Bien, bien ; passons à autre chose. Vous avez l'intention de vous destiner à l'enseignement et vous ne semblez pas devoir réussir dans cette carrière, à en juger par la façon dont vous dirigez vos élèves. »

Elle baissa la tête en rougissant ; une expression pénible se peignit sur son visage ; mais se remettant bientôt :

« Je suis, il est vrai, dit-elle, un triste professeur ; néanmoins la pratique me rendra plus habile. D'ailleurs je rencontre ici de nombreuses difficultés ; je n'enseigne que la couture et de menus ouvrages à l'aiguille ; c'est un art inférieur, où la supériorité n'a rien à voir, et qui ne donne aucun prestige ; et puis je suis isolée, je n'ai pas d'amis dans cette maison, et ma qualité d'hérétique m'enlève toute influence.

— Vous n'en aurez pas davantage à Londres, où vous serez étrangère et tout aussi dépourvue d'amis et de connaissances.

— Au moins j'y apprendrai quelque chose. Il y a partout des difficultés à vaincre pour les personnes qui se trouvent dans la même position que moi ; et l'orgueil britannique me fera toujours moins souffrir que a grossièreté flamande ; en outre j'ai besoin… »

Elle s'arrêta, non pas cette fois pour chercher ses paroles, mais évidemment par simple discrétion.

« Finissez votre phrase, lui dis-je d'un ton pressant.

— Eh bien donc, j'ai besoin de me retrouver au milieu de protestants ; ils sont plus honnêtes que les catholiques. Dans cette maison, les murailles vous voient et vous entendent, les plafonds et les planchers sont creux, les corridors ont de sourds échos dont celui qui parle ne se doute pas, et qui vibrent à l'oreille de celui qui écoute ; et, comme elle, ceux qui l'habitent ne sont que perfidie et trahison. Pour eux, le mensonge est légitime, et ils appellent politesse la fausse amitié qu'ils vous témoignent et dont ils couvrent la haine que vous leur inspirez.

— Vous parlez des élèves, répondis-je, d'enfants sans expérience qui n'ont pas encore appris à distinguer ce qui est bien de ce qui est mal.

— Au contraire, monsieur, les enfants sont toute sincérité ; ils n'ont pas encore eu le temps d'apprendre la dissimulation ; ils mentent parfois, mais sans aucun artifice, et chacun voit lorsqu'ils font un mensonge, tandis que les grandes personnes trompent tout le monde, et le font à bon escient.

— Mademoiselle Henri, dit une servante qui entra dans la classe, Mlle Reuter vous prie de vouloir bien reconduire la petite de Dorlodot qu'on n'est pas venu chercher ; elle vous attend dans le cabinet de la portière et vous prie de vous hâter.

— Est-ce que je suis la bonne de cette petite ? » demanda Mlle Henri. Un sourire amer et plein d'ironie, que j'avais déjà vu sur ses lèvres, compléta sa pensée. Toutefois elle se leva précipitamment et sortit aussitôt.

CHAPITRE XVIII.

Frances Evans tirait à la fois plaisir et profit de l'étude de la langue qu'avait parlée sa mère ; au lieu de me borner à la routine qu'on suit dans les pensions, je me servis des leçons que je lui donnais pour lui faire faire en même temps un cours de littérature anglaise. Elle possédait une collection-choisie des classiques de la Grande-Bretagne, dont une partie lui avait été laissée par sa mère, et qu'elle avait complétée de ses propres deniers ; je lui prêtai quelques ouvrages plus modernes ; elle les lut avec avidité, et fit, à ma recommandation, l'extrait de chacun des volumes dont elle avait fini la lecture.

Elle essaya même de composer quelque chose, et s'adonna avec bonheur à cette occupation, qui semblait être pour son esprit ce que l'air était à sa poitrine ; ses progrès furent rapides et m'arrachèrent bientôt cet aveu, que les qualités que j'avais prises d'abord pour de la fantaisie et du goût méritaient le nom de jugement et d'imagination. Je le lui dis avec ma sécheresse ordinaire, et je cherchai sur son visage le radieux sourire qu'un éloge de ma part y avait fait naître un jour ; mais elle rougit, et, si elle eut un sourire, il fut bien faible et bien timide : au lieu de relever la tête et de me regarder d'un air triomphant, ses yeux restèrent fixés sur ma main, qui écrivait au crayon quelques notes sur la marge de son cahier.

« Êtes-vous contente que je sois satisfait de vos progrès ? lui demandai-je.

— Oui, répondit-elle lentement ; et la rougeur qui avait à moitié disparu, couvrit de nouveau ses joues.

— Peut-être n'en ai-je pas dit assez ? continuai-je ; mes louanges sont probablement trop froides ? »

Elle ne répondit pas, et je crus voir son visage s'attrister ; je devinai ce qu'elle pensait ; j'aurais aimé à lui répondre si la chose avait été possible : elle n'était pas très-ambitieuse de mon admiration ; elle n'avait point envie de m'éblouir ; un peu d'amitié, si peu que ce fût, l'aurait rendue plus heureuse que tous les panégyriques du monde ; je le sentais et je restai longtemps derrière elle, continuant à écrire sur la marge de son cahier ; je ne pouvais me décider à changer de position ; quelque chose me retenait courbé ainsi, ma tête à côté de sa chevelure, ma main touchant presque la sienne. Mais une marge de cahier a des limites restreintes ; Mlle Reuter, dont c'était du moins l'opinion, vint à passer derrière nous, afin de voir par quel moyen je prolongeais aussi démesurément la période nécessaire pour remplir l'étroit espace dont je pouvais disposer, et je fus obligé de m'éloigner : pénible effort que celui qui nous fait quitter l'objet de notre préférence !

Ce travail sédentaire ne faisait point pâlir Frances et ne paraissait pas la fatiguer ; peut-être le stimulant que son esprit y rencontrait balançait-il l'inaction que l'étude imposait à son corps. Elle changea, il est vrai, d'une manière visible et rapide, mais à son avantage. La première fois que je l'avais vue, ses joues étaient pâles et son regard sans rayon ; elle ressemblait à ceux qui n'ont en ce monde ni joie présente ni bonheur dans l'avenir : aujourd'hui le nuage qui l'enveloppait disparaissait peu à peu, laissant poindre la vie et l'espérance ; et, comme les premières lueurs du jour, ces sentiments ranimaient ce qui s'était affaissé et répandaient un doux éclat sur ce qui avait été sans couleur. Ses yeux, dont je n'avais pas distingué la nuance tout d'abord, voilés qu'ils étaient de larmes contenues, maintenant éclairés par la divine étincelle qui réchauffait son cœur, montraient un large iris d'un brun clair, brillant sous de longs cils qui le couvraient d'ombre sans en atténuer la flamme ; une transparence de teint arrivant à la fraîcheur, un léger embonpoint qui adoucissait les lignes de ses traits nettement dessinés, avaient remplacé la pâleur que l'inquiétude et l'abattement répandaient naguère sur sa figure un peu longue, qu'ils avaient émaciée ; sa taille gracieuse et d'une hauteur moyenne avait eu sa part de cet heureux changement ; elle était devenue plus ronde, et, comme l'harmonie de ses proportions était parfaite, personne ne s'apercevait, ou du moins je ne songeais pas à me plaindre de la gracilité de ces formes élégantes dont les lignes étaient si pures ; quant à moi, le tour exquis du corsage, les attaches de la main et du pied, satisfaisaient complètement les notions que j'avais acquises sur la beauté plastique, et donnaient à ses mouvements une aisance, à sa démarche légère une souplesse qui répondaient à l'idée que je m'étais faite de la grâce féminine.

Ainsi éveillée à la vie, Frances commençait à se placer dans le pensionnat sur un pied tout nouveau ; le développement de son intelligence frappa bientôt les moins clairvoyants ; l'envie elle-même fut forcée de reconnaître ses brillantes facultés ; et lorsque la jeunesse vit qu'elle avait de brillants sourires, une conversation enjouée, des mouvements gracieux et rapides, elle la reconnut pour une de ses sœurs et la toléra comme étant de sa famille.

J'observais cette-transformation de l'œil attentif d'un jardinier qui surveille la croissance d'une plante précieuse qu'il élève ; et comme lui je contribuais à l'épanouissement de ma fleur favorite. Il ne m'était pas difficile de découvrir la meilleure manière de cultiver l'esprit de Frances, de satisfaire son âme altérée, de favoriser l'expansion de cette force intérieure que le froid et la sécheresse avaient paralysée jusqu'à présent ; une bienveillance continuelle cachée sous un langage austère et ne se révélant qu'à de rares intervalles par un regard empreint d'intérêt ou par un mot plein de douceur, un profond respect dissimulé sous un air impérieux, une certaine sévérité jointe à des soins assidus et dévoués, furent les moyens dont je me servis avec elle, et ceux qui convenaient le mieux à sa nature aussi fière que sensible.

Bientôt même l'efficacité de ma méthode se manifesta d'une manière visible dans la nouvelle position que Frances avait acquise vis-à-vis de ses élèves : les caractères les plus difficiles comprenaient qu'ils avaient perdu leur pouvoir sur son esprit ; elle savait maintenant s'en faire obéir ; et si par hasard l'un d'eux venait à se révolter encore, elle ne le prenait plus à cœur ainsi qu'elle le faisait autrefois : car elle avait en elle-même une force inébranlable, une source de joie que rien ne pouvait tarir ; elle pleurait jadis quand elle était insultée ; à présent elle souriait.

La lecture publique de l'un de ses devoirs compléta auprès des autres la révélation des facultés précieuses que le travail développait chaque jour en elle. Je me souviens encore du sujet : c'était la lettre d'un émigrant aux amis qu'il avait laissés dans sa patrie. Le début en était simple ; quelques détails sur les nouveaux lieux qu'habitait l'exilé esquissaient la forêt vierge qu'il avait traversée, les bords de l'un des grands fleuves du Nouveau-Monde et le désert d'où la missive paraissait être envoyée ; venaient ensuite quelques allusions aux difficultés et aux dangers qui attendent le settler au milieu de sa vie laborieuse ; puis le courage et la patience triomphaient des obstacles. Elle rappelait les désastres qui avaient chassé l'émigrant de son pays ; elle faisait entendre la voix de l'honneur, exprimait le sentiment d'une indépendance que rien n'avait pu éteindre, et montrait le respect de soi-même survivant à l'infortune ; enfin la sensibilité la plus exquise éclatait dans chaque phrase où le souvenir du passé, le chagrin du départ, les regrets de l'absence, se mêlaient aux consolations qu'une foi vive inspirait à l'émigrant.

Ce devoir, largement conçu, était écrit dans un langage simple et chaste, avec une vigueur qui n'excluait pas la grâce et l'harmonie du style. Pendant tout le temps que dura cette lecture, Mlle Reuter, qui savait assez d'anglais pour comprendre ce que je lisais devant elle, s'occupa tranquillement de la rivière qu'elle faisait autour d'un mouchoir de batiste ; elle ne dit pas un mot, et son visage, couvert d'un masque impassible, resta muet comme ses lèvres ; il n'exprima ni intérêt ni surprise ; l'ennui ou le dédain ne s'y révéla pas davantage.

« C'est trop peu de chose pour m'émouvoir, ce n'est pas digne de fixer mon attention, » disait tout simplement cette figure impénétrable.

Dès que j'eus terminé ma lecture, un murmure d'approbation s'éleva de tous les points de la classe ; plusieurs élèves entourèrent Mlle Henri et commençaient à lui faire leurs compliments, lorsque la voix calme de la maîtresse de pension fit entendre ces paroles :

« Que celles d'entre vous, mesdemoiselles, qui ont un parapluie et un manteau se dépêchent de partir, avant qu'il pleuve davantage (il tombait quelques gouttes d'eau), les autres attendront qu'on soit venu les chercher. » Et les élèves se dispersèrent, car il était quatre heures. « Un mot, s'il vous plaît, monsieur, » ajouta Mlle Reuter en montant sur l'estrade où je me trouvais encore et en me faisant signe de poser mon chapeau que j'avais saisi avec empressement.

« Je suis à votre service, mademoiselle, lui répondis-je.

— C'est une excellente méthode, reprit-elle, que d'encourager les efforts des élèves, en mettant en évidence les progrès de celles qui réussissent, le mieux dans leurs études ; mais ne pensez-vous pas, monsieur, que, dans la circonstance, il est injuste de faire concourir Mlle Henri avec les jeunes filles de cette classe ? Elle est plus âgée que la plupart d'entre elles, et a eu l'avantage d'entendre parler anglais dès sa naissance ; d'un autre côté, elle est d'une position inférieure à celle que nos élèves occupent dans le monde, et la distinction qui lui est accordée publiquement peut leur suggérer des comparaisons fâcheuses et exciter en elles des sentiments peu bienveillants pour la personne qui en serait l'objet. Le véritable intérêt que je porte à Mlle Henri me fait désirer de lui éviter certaines piqûres dont elle souffrirait plus qu'une autre ; d'ailleurs, monsieur, je crois vous l'avoir dit, elle a des tendances marquées à l'amour-propre : les éloges publics ne peuvent que développer ce sentiment, qu'on doit réprimer chez elle ; l'ambition, du moins tel est mon avis, n'est pas à sa place chez une femme, l'ambition littéraire surtout. Il vaudrait beaucoup mieux, pour le bonheur de Mlle Henri et pour sa tranquillité, lui apprendre à s'acquitter humblement des devoirs de son état, que d'éveiller dans son âme le désir des applaudissements et de la célébrité ; sans fortune, appartenant à une famille obscure, d'une santé peu rassurante (sa mère est morte de la poitrine et je la crois atteinte de la même maladie), il est plus que probable qu'elle ne se mariera pas ; mais, tout en restant dans le célibat, il vaut mieux qu'elle conserve les habitudes et le caractère d'une femme honnête et réservée.

— Assurément, mademoiselle ; votre opinion n'admet pas le moindre doute. » Et, craignant qu'elle ne continuât sa harangue, j'opérai ma retraite sous le couvert de cette phrase approbative.

Quinze jours après cet incident, Mlle Henri manqua plusieurs leçons d'anglais ; je remarquai son absence, je l'écrivis même sur mon agenda ; mais je n'osais pas demander quelle en était la cause : j'espérais qu'un mot dit au hasard me l'apprendrait, sans que j'eusse à courir le risque de faire naître, par mes questions, d'impertinents sourires ou de stupides commérages. Néanmoins, lorsque le siège que Frances occupait auprès de la porte fut resté vacant pendant une semaine sans que la moindre allusion eût été faite à cet égard, lorsque je m'aperçus qu'on affectait de garder un silence complet sur cet événement, je me décidai à rompre la glace, et à m'adresser à Sylvie, dont je savais obtenir une réponse sensée que n'accompagnerait ni insinuation perfide ni ricanement désagréable.

« Où est donc Mlle Henri ? lui demandai-je en lui rendant son cahier que je venais d'examiner.

— Elle est partie, monsieur.

— Partie ! et pour combien de temps ? quand reviendra-t-elle ?

— Pour toujours, monsieur, elle ne doit plus revenir. »

Je laissai échapper une exclamation involontaire.

« En êtes-vous bien sûre ? repris-je après un instant de silence.

— Oui, monsieur ; mademoiselle nous l'a dit elle-même, il y a deux ou trois jours. »

Il m'était impossible de pousser plus loin mon enquête ; l'endroit où nous nous trouvions me défendait d'ajouter un seul mot. Toutefois les questions se pressaient sur mes lèvres ; qu'est-ce qui avait pu motiver son départ ? était-il volontaire ou forcé ? Je me retins cependant, car nous étions entourés d'auditeurs ; mais lorsque, après la leçon, je rencontrai Sylvie dans le corridor, mettant son châle et son chapeau, je m'arrêtai court et lui demandai si elle connaissait l'adresse de Mlle Henri. « J'ai quelques livres à elle, ajoutai-je négligemment ; et je voudrais savoir où elle demeure, afin de les lui renvoyer.

— Non, monsieur, répondit la jeune fille ; mais la portière pourra sans doute vous le dire. »

Nous étions auprès de la loge ; j'y entrai immédiatement et je répétai ma question ; la portière, une Française vive et pimpante, qu'on appelait Rosalie, me regarda avec un sourire plein de malice, précisément l'espèce de sourire que je souhaitais le plus d'éviter. Sa réponse était préparée d'avance : elle me dit qu'elle ne savait pas l'adresse de Mlle Henri, et ne l'avait jamais sue. Persuadé qu'elle mentait et qu'on l'avait payée pour cela, je lui tournai le dos brusquement ; dans mon impatience, je renversai presque une personne qui se tenait derrière moi : c'était la maîtresse de la maison ; je fus obligé de lui adresser mes excuses, et je le fis avec plus de concision que de politesse ; il n'est pas un homme qui aime à être berné, et, dans la disposition d'humeur où je me trouvais alors, la vue de Mlle Reuter m'exaspérait au dernier point. Au moment où je m'étais trouvé face à face avec elle, sans qu'elle s'y attendît, elle avait l'air dur, le visage sombre ; ses yeux étaient fixés sur moi avec une expression de curiosité avide ; j'eus à peine le temps de surprendre sa physionomie, qu'elle en avait changé ; un doux sourire entr'ouvrit ses lèvres, et mes excuses furent admises avec une grâce charmante.

« N'en parlez pas, je vous prie ; c'est à peine si votre coude a effleuré mes cheveux ; tout le mal se borne à quelques papillotes un peu ébouriffées. » Elle secoua les grappes épaisses qui encadraient ses joues, passa les doigts dans ses boucles soyeuses et ajouta avec vivacité : « Rosalie, j'étais venue pour vous dire d'aller tout de suite fermer les fenêtres du petit salon ; il fait beaucoup de vent, et les rideaux seraient couverts de poussière. »

Rosalie s'empressa d'obéir. « Mlle Reuter, pensai-je, croit m'avoir donné le change ; elle suppose qu'elle est parvenue à me faire croire qu'elle n'écoute pas aux portes ; mais la mousseline dont elle parle n'est pas plus transparente que le prétexte dont elle vient de se servir. » J'éprouvais le désir de déchirer le voile peu épais dont elle couvrait son imposture. « Il faut être chaussé grossièrement, quand on veut marcher d'un pas ferme sur un terrain difficile, » dis-je en moi-même ; et sans autre préambule, j'abordai le sujet qui me tenait tant au cœur.

« Mlle Henri a quitté votre établissement, lui dis-je ; je présume que vous l'avez congédiée ?

— Ah ! je suis bien aise que vous m'en parliez, monsieur ; je désirais précisément en causer avec vous, répondit la maîtresse de pension, de l'air le plus affable et le plus naturel du monde ; mais ici nous serions dérangés ; voudriez-vous, monsieur, venir une minute dans le jardin ? »

Elle passa devant moi et franchit la porte vitrée qui conduisait au parterre.

« Ici, dit-elle quand nous fûmes au bout de l'allée du milieu, dont les arbres, maintenant dans tout l'orgueil de leur parure d'été, nous cachaient la maison et donnaient un air de solitude à ce petit coin de terre, situé au centre même d'une capitale ; ici on est tranquille ; on se sent plus libre quand il n'y a autour de soi que des poiriers et des roses. Je suis persuadée, monsieur, que vous éprouvez, comme moi, une grande fatigue du monde ; que vous êtes las d'avoir sans cesse des visages autour de vous, des regards fixés sur les vôtres, des voix qui retentissent à votre oreille. Qu'il m'est arrivé souvent de désirer un mois de liberté que je passerais à la campagne, dans une petite ferme proprette, entourée de champs et de bois ! Quelle vie charmante que la vie champêtre ! ne trouvez vous pas, monsieur ?

— Cela dépend, mademoiselle.

— Quel bon vent, qu'il fait de bien ! » poursuivit Zoraïde. En ceci elle avait raison ; je tenais mon chapeau à la main, et la brise en passant dans mes cheveux rafraîchissait mes tempes ; néanmoins son effet bienfaisant s'arrêtait à l'épiderme, le sang bouillonnait dans mes veines, et, tandis que je regardais au hasard, un feu intérieur dévorait ma poitrine.

« Si j'ai bien compris, dis-je enfin, Mlle Henri a quitté votre maison pour ne plus y revenir.

— Mon Dieu, oui. J'avais l'intention de vous l'apprendre il y a déjà plusieurs jours ; mais je suis tellement occupée, que je n'ai pas le temps de faire la moitié des choses que je voudrais. N'avez-vous jamais trouvé la journée trop courte pour l'accomplissement des devoirs que vous aviez à remplir ?

— Très-rarement. J'imagine que le départ de Mlle Henri n'a pas été volontaire ; sans cela elle m'en aurait certainement averti.

— Est-ce qu'elle y aurait manqué ? c'est étrange. Quant à moi, je n'ai pas songé à le lui dire ; lorsqu'on a tant de choses à faire, on oublie aisément tout ce qui est sans importance.

— Vous considérez, dès lors, le renvoi de Mlle Henri comme très-insignifiant ?

— Son renvoi ! mais je ne l'ai pas congédiée. Je puis dire en toute vérité, monsieur, que, depuis que je suis à la tête de cet établissement, ni professeur ni sous-maîtresse n'en a été renvoyé.

— Plus d'un, cependant, vous a quittée, mademoiselle.

— Certes, il est même nécessaire d'en changer fréquemment ; l'intérêt du pensionnat l'exige ; cela introduit de la variété dans les études ; les élèves s'en amusent, et cela prouve aux parents tout l'intérêt qu'on apporte aux progrès de leurs enfants.

— Ne disiez-vous pas tout à l'heure que vous n'aviez jamais renvoyé ni maîtres ni maîtresses ?

— Il n'est pas besoin d'avoir recours à cette mesure extrême ; asseyons-nous, monsieur, que je vous donne une leçon qui pourra vous servir dans votre métier d'instituteur. »

Elle prit une chaise et m'en désigna une qui se trouvait auprès d'elle ; mais je posai seulement le genou sur le siège qu'elle m'offrait, et j'appuyai ma tête et mon bras contre la branche d'un cytise, dont les rameaux chargés de fleurs, et mêlés au feuillage des ljlas, formaient, au-dessus de l'endroit où nous étions, un berceau ombreux pailleté d'or. Mlle Reuter resta un instant sans parler ; son front astucieux révélait quelques-unes des pensées qui s'agitaient dans son cerveau ; il était évident qu'elle méditait un chef-d'œuvre de diplomatie. Convaincue par plusieurs mois d'expérience que l'affectation des vertus qu'elle ne possédait pas était sans empire sur mon âme ; sachant bien que j'avais pénétré sa véritable nature et que je ne pouvais plus être dupe de son hypocrisie, elle se déterminait à changer de système à mon égard, et voulait voir si mon cœur céderait à sa franchise. Elle leva donc sur moi ses yeux bleus, d'un éclat tempéré, et me demanda, en plaisantant, si je craignais de m'asseoir à côté d'elle.

« Je n'ai pas envie d'usurper la place de M. Pelet, » lui répondis-je d'un ton sec ; j'avais pris l'habitude de lui parler rudement ; je l'avais fait d'abord dans un moment de colère, puis j'avais continué en voyant que c'était le meilleur moyen de la dominer.

Elle baissa les yeux, soupira péniblement, et se tourna de mon côté avec un geste d'inquiétude et de malaise, comme si elle avait voulu faire naître dans mon esprit la pensée d'un oiseau qui se débat dans sa cage et qui voudrait fuir la prison pour retourner à son nid.

« Et votre leçon ? lui demandai-je.

— Ah ! dit-elle, en ayant-l'air de revenir à elle-même, vous êtes si jeune, si téméraire et si franc ; vous possédez tant de connaissances ; vous supportez si impatiemment la sottise, vous avez tant de dédain pour la vulgarité, qu'une leçon vous est bien nécessaire ! Sachez donc, monsieur, que, pour faire son chemin dans le monde, la force ne vaut pas l'adresse ; mais peut-être le savez-vous mieux que moi : car il y a dans votre nature autant de délicatesse que de puissance, de pénétration que de fierté.

— Poursuivez, » répondis-je en retenant à peine un sourire : la flatterie était si piquante, si finement présentée !

Elle saisit au vol ce sourire involontaire, bien que j'eusse passé la main sur mes lèvres pour le lui dissimuler, et elle insista de nouveau pour me faire asseoir auprès d'elle. Je fis un feigne négatif, en dépit de la tentation qui s'emparait de mes sens, et je la priai de continuer.

« Eh bien, reprit-elle, si un jour vous êtes à la tête d'un grand établissement, ne renvoyez jamais personne. À vrai dire, monsieur (je veux être franche avec vous), je méprise les gens qui font des scènes, qui grondent sans cesse, qui envoient l'un à gauche, l'autre à droite, et qui, toujours pressants et pressés, font un ouragan du moindre vent qui passe. Vous dirai-je, monsieur, quelle est ma façon d'agir, celle que je préfère à toutes ? » Elle leva les yeux sur moi ; son regard était cette fois parfaitement composé : beaucoup de finesse, plus de déférence encore, une pointe de coquetterie, et le sentiment non déguisé de sa propre valeur dont elle avait conscience. J'inclinai la tête en signe d'approbation ; elle me traitait comme le Grand-Mogol, j'agissais à son égard en véritable despote ; elle poursuivit : « J'aime, reprit-elle, à être assise tranquillement, mon tricot à la main, tandis que les circonstances passent devant mon fauteuil ; j'épie la marche qu'elles suivent ; je garde le silence, tant qu'elles vont comme je le désire ; je ne bats pas des mains et je ne crie pas bravo ! Je n'attire pas l'attention des voisins ; je n'excite pas leur envie en disant que je suis heureuse ; je me tais, je reste passive. L'événement au contraire vient-il à mal tourner, ma vigilance redouble sans que je parle davantage ; mon tricot va toujours, ma bouche est close ; mais de temps à autre j'avance le pied, et de l'orteil poussant la circonstance rebelle, je la tourne sans bruit du côté que je désire, et j'arrive à mon but sans que personne ait deviné mon expédient. Lorsque, par exemple, un professeur me déplaît, s'il est ennuyeux ou sans talent, en un mot si, en restant chez moi, il compromet la prospérité de mon pensionnat, je me mets à mon tricot, les événements s'accumulent ; j'en vois un qui, poussé d'un certain côté, rendra insupportable la position que je voudrais voir devenir libre ; je dirige le mouvement, la chose arrive comme je le désire, je me suis délivrée d'un embarras et j'ai évité de me faire un ennemi. »

L'instant d'avant elle m'avait paru séduisante ; je ne pouvais maintenant la regarder qu'avec dégoût. « Cette façon d'agir est bien de vous, lui répondis-je froidement. Voilà donc comment vous avez chassé Mlle Henri de votre maison ! Vous aviez besoin de sa place, et vous la lui avez rendue intolérable.

— Pas du tout, monsieur ; votre pénétration est cette fois en défaut ; j'étais simplement inquiète de la santé de cette jeune fille. Mlle Henri m'a toujours inspiré un véritable intérêt ; j'étais affligée de la voir sortir par tous les temps ; je pensais qu'il serait plus avantageux pour elle d'obtenir une position sédentaire ; d'ailleurs elle est assez instruite aujourd'hui pour enseigner autre chose que la couture ; je lui ai dit tout cela en lui montrant le côté raisonnable de la question ; elle a compris la justesse de mes vues et s'y est librement conformée.

— Parfait, en vérité ! Seriez-vous maintenant assez bonne pour me donner son adresse ?

— Son adresse ? mais…, reprit Mlle Reuter, dont la figure s'était assombrie et glacée tout à coup ; son adresse ! Mon Dieu ! je serais enchantée de vous obliger ; mais il m'est impossible de vous apprendre où elle demeure, elle n'a jamais voulu me le dire, elle m'a toujours fait une réponse évasive toutes les fois que je le lui ai demandé ; je suppose, il est possible que je me trompe, je suppose qu'elle a craint, bien à tort, de me faire connaître le logement qu'elle habite. Elle est pauvre, d'une famille obscure ; dès lors il est probable qu'elle demeure dans la basse ville.

— Je ne veux cependant pas, répondis-je, perdre de vue ma meilleure élève, fût-elle d'une famille de mendiants et logée dans un grenier ; il est d'ailleurs très-inutile de me faire un épouvantail de sa naissance : je sais qu'elle est la fille d'un ministre protestant des environs de Genève ; quant à sa fortune, je m'inquiéterai peu de la pauvreté de sa bourse tant qu'elle aura dans le cœur cette richesse dont il déborde.

— Ce sont là, monsieur, de très-nobles idées, répondit la maîtresse de pension en affectant de réprimer un bâillement : elle avait éteint sa vivacité et renfermé sa franchise temporaire ; le pennon rouge qu'elle avait arboré avec audace pendant quelques minutes s'était replié subitement, et le pâle étendard de la dissimulation flottait maintenant au-dessus de la citadelle ; mais, comme ce drapeau me déplaisait souverainement, je rompis le tête-à-tête, et je m'éloignai d'un pas rapide.

CHAPITRE XIX.

Si les romanciers observaient consciencieusement la vie réelle, les peintures qu'ils nous donnent offriraient moins de ces effets de lumière et d'ombre qui produisent dans leurs tableaux des contrastes saisissants. Les personnages qu'ils nous présentent n'atteindraient presque jamais les hauteurs de l'extase et tomberaient moins souvent encore dans l'abîme sans fond du désespoir : car il est rare de savourer la joie dans toute sa plénitude, plus rare peut-être de goûter l'âcre amertume d'une angoisse complètement désespérée ; à moins que l'homme ne se soit plongé, comme la bête, dans les excès d'une sensualité brutale, qu'il n'y ait usé ses forces et détruit les facultés qu'il avait reçues pour être heureux. Comment alors devra finir l'agonie qu'il endure ? trop faible pour conserver la foi, sa vie n'est plus que douleur et la mort ne lui apporte que ténèbres ; Dieu n'a plus de place dans son âme abattue, où rampent les hideux souvenirs que le vice y a laissés ; il arrive au bord de la tombe où la débauche le précipite avant l'heure, haillon rongé par d'affreuses maladies, tordu par la souffrance, et qu'enfonce sous le gazon du cimetière l'inexorable talon du désespoir.

Celui dont l'esprit a gardé sa puissance, ne connaît pas ces tortures infernales : il chancelle un instant si la ruine vient à l'atteindre ; mais son énergie, réveillée par le coup même dont il vient d'être frappé, cherche le moyen de réparer sa perte et trouve dans le travail un adoucissement à ses regrets. S'il est malade, il prend patience et conserve l'espoir au milieu de ses douleurs. La mort lui arrache-t-elle violemment l'objet de son affection, la blessure est horrible, ce sont des jours affreux qu'il lui faudra passer ; mais un matin la religion s'introduira dans sa demeure avec les premiers rayons du soleil, et lui dira qu'il doit retrouver plus tard l'être chéri qu'il a perdu ; elle lui parlera d'un monde où le péché est inconnu, où l'on ignore la souffrance ; elle prononcera ces deux mots : Éternité, immortalité, que les hommes ne peuvent pas comprendre, mais auxquels ils s'attachent avec amour ; à la clarté de la céleste lumière, l'esprit du malheureux verra celui qu'il pleure reposant au sein de la paix éternelle ; il pensera au moment où, dépouillé de son corps, il ira rejoindre cette âme adorée au bienheureux séjour ; il reprendra courage, accomplira les devoirs que la vie lui impose, et, bien que la tristesse ne l'ait pas abandonné, l'espérance lui donnera la force d'en supporter le fardeau.

C'est la perte de mon élève bien-aimée qui m'inspirait ces réflexions ; la perte du trésor qu'on m'arrachait sans pitié et qu'on m'empêchait de rejoindre. Toutefois je ne permis point à mon ressentiment et à ma douleur d'atteindre des proportions monstrueuses ; je ne voulus pas même qu'ils s'emparassent de mon âme tout entière : je les renfermai dans un étroit espace au fond démon cœur, et je leur imposais silence tant que j'avais à m'occuper des devoirs qui remplissaient ma journée. Ce n'était qu'au moment où j'avais fermé la porte de ma chambre que je me relâchais de ma sévérité envers ces tristes nourrissons, et que je leur permettais de donner cours à leurs plaintes ; ils se vengeaient alors, et, s'asseyant à mon chevet, ils me tenaient éveillé par leurs cris douloureux qui duraient jusqu'au jour.

Une semaine s'était écoulée ; je n'avais pas adressé la parole à Mlle Reuter ; j'étais resté calme en face d'elle, bien que mon regard témoignât du mépris qu'elle m'inspirait et lui exprimât l'opinion que j'avais d'une personne qui écoutait les conseils de la jalousie et se faisait un instrument de la trahison. Le-samedi soir, après avoir fini de donner ma leçon, j'entrai dans la salle à manger où elle se trouvait seule ; et, me plaçant devant elle : « Auriez-vous la bonté, lui dis-je aussi tranquillement que si c'eût été la première fois que je lui faisais cette question, auriez-vous la bonté de me dire l'adresse de Mlle Henri ? »

Elle fut surprise, mais non déconcertée : « Monsieur a probablement oublié, répondit-elle en souriant, que je lui ai dit, il y a huit jours, tout ce que je savais à cet égard, c'est-à-dire que j'ignorais complètement ce qu'il désirait savoir.

— Mademoiselle, continuai-je, vous m'obligerez beaucoup en me donnant cette adresse. »

Elle parut un peu embarrassée, puis me regardant avec un air de naïveté admirablement jouée : « Pensez-vous, dit-elle, que je vous fais un mensonge ?

— Ainsi mademoiselle, continuai-je, en évitant de lui répondre directement, vous ne voulez jas m'obliger en me donnant cette adresse ?

— Mais, monsieur, il m'est impossible de vous dire une chose que j'ignore.

— Fort bien, mademoiselle, je vous comprends parfaitement, et je n'ai plus qu'un mot à vous dire : Nous sommes à la fin de juillet ; dans un mois commenceront les vacances ; profitez, je vous prie, des loisirs qu'elles vous laisseront pour chercher un professeur d'anglais ; je serai dans la nécessité de vous quitter à la fin du mois d'août. »

Je m'inclinai et je partis sans attendre les commentaires que cette nouvelle pouvait lui inspirer.

Le soir du-même jour, quelques instants après le dîner, le domestique m'apporta un petit paquet ; l'adresse en était d'une écriture bien connue et que je n'espérais plus revoir. J'étais seul dans ma chambre ; je m'empressai d'ouvrir ce paquet : il contenait quatre pièces de cinq francs et la lettre suivante, qui était écrite en anglais :

Monsieur, « Je me suis présentée hier chez Mlle Reuter à l'heure où vous finissiez votre leçon ; j'ai demandé si je pouvais entrer dans la classe, parce que j'avais à vous parler ; Mlle Reuter est venue elle-même m'apporter la réponse, et m'a dit que vous étiez déjà parti ; quatre heures n'étaient pas encore sonnées ; j'ai donc pensé qu'elle se trompait, mais j'en ai conclu que je ne serais pas plus heureuse une autre fois et qu'il était inutile de faire une nouvelle tentative. D'un autre côté, je fais tout aussi bien de vous écrire que de chercher à vous voir ; ma lettre enveloppera les vingt francs que je vous dois pour les leçons que j'ai reçues de vous, et, si elle ne vous exprime pas tous les remercîments que j'y ajoute, si elle ne vous dit pas adieu comme j'aurais voulu le faire, si elle ne vous dit pas combien je suis triste en pensant qu'il est probable que je ne vous reverrai plus, mes paroles auraient encore été plus impuissantes à s'acquitter de cette tâche ; en face de vous, j'aurais balbutié quelque phrase inintelligible, qui, au lieu de rendre ce que j'éprouve, n'aurait pu que dénaturer mes sentiments. Il vaut donc mieux qu'on m'ait refusé de vous voir.

« Vous avez remarqué, monsieur, dans mes compositions, que je m'arrêtais volontiers sur la force d'âme qui fait supporter la douleur ; vous me disiez que je m'étendais avec trop de complaisance sur ce thème et que j'y revenais trop souvent : mais il est plus facile d'écrire sur le courage que d'en avoir au moment où il devient nécessaire ; je me sens tout oppressée quand j'envisage le triste sort auquel je suis condamnée. Vous avez été bon pour moi, bien bon, monsieur ; je souffre et mon cœur se brise en vous disant adieu ; bientôt je serai seule au monde : mais il est inutile de vous attrister de mes malheurs, je n'ai aucun droit à votre sympathie.

« Adieu, monsieur.

« FRANCES ÉVANS HENRI. »

Je mis cette lettre dans mon portefeuille ; je glissai les quatre pièces de cinq francs dans ma bourse, et je parcourus ma petite chambre de long en large d'un pas assez rapide.

« Elle est pauvre, me disais-je ; cependant elle paye ses dettes, même plus qu'elle ne doit ; elle m'envoie le prix d'un trimestre et les trois mois ne sont pas encore échus. Je voudrais bien savoir de quoi elle s'est privée pour réunir ces vingt francs, comment elle est logée, quelle espèce de femme est sa tante. Pauvre Frances ! a-t-elle trouvé un emploi qui remplace celui qu'elle a perdu ? Il lui aura fallu courir de pension en pension, prendre des renseignements d'un côté, se présenter de l'autre, aller dans tel endroit pour y être désappointée. Que de fois elle sera rentrée chez elle, brisée de fatigue, sans avoir réussi ! Et cette demoiselle Reuter qui n'a pas voulu permettre qu'elle me fît ses adieux ! Ne pas avoir eu la chance de la voir pendant quelques minutes, d'échanger quelques phrases avec elle ! J'aurais appris où elle demeure ! Pas d'adresse sur ce billet, continuai-je en tirant sa lettre du portefeuille où je l'avais enfermée ; les femmes se ressemblent toutes : elles ne pensent à rien, et traitent les affaires avec une légèreté incroyable ; un homme aurait machinalement daté sa lettre et mis son adresse au billet le plus insignifiant. Et ces vingt francs ! (Je tirai les quatre pièces de ma bourse.) Si elle me les avait apportés, au lieu d'en faire un paquet lilliputien noué avec un brin de soie verte, j'aurais pu les replacer dans sa petite main et fermer sur eux ses doigts effilés et délicats ; j'aurais bien su la déterminer à les reprendre. Où la retrouver maintenant ? comment savoir où elle demeure ? »

J'ouvris la porte de ma chambre et je descendis à la cuisine.

« Qui vous a remis ce petit paquet ? demandai-je au domestique qui me l'avait apporté.

— Un commissionnaire, monsieur.

— A-t-il dit quelque chose ?

— Non, monsieur. »

Je remontai l'escalier sans en savoir davantage.

« C'est égal, me dis-je en fermant ma porte, c'est égal, je fouillerai toute la ville de Bruxelles. »

Pendant un mois j'employai tous mes instants de loisir à la chercher avec ardeur ; j'y consacrai tous les dimanches ; je la cherchai sur les boulevards, au Parc, dans l'Allée verte, à Sainte-Gudule, à Saint-Jacques, dans les deux chapelles protestantes ; j'assistai au service allemand, français et anglais : toutes mes recherches furent vaines. Je restais à la porte du Temple, persuadé qu'elle avait dû venir à l'office, j'attendais la sortie du dernier fidèle ; j'observais chaque robe drapant de ses plis une taille élancée ; je plongeais mon regard sous tous les chapeaux couvrant une jeune tête ; je voyais passer de jeunes filles serrant leurs mantelets sur leurs épaules tombantes, mais ce n'était pas la tournure de Frances. Je rencontrais de pâles visages encadrés de bandeaux bruns : tous ces visages me semblaient effacés, car je n'y retrouvais pas ce front large et pensif, ces sourcils bien marqués surmontant de grands yeux sombres à la fois graves et doux, que je cherchais avec tant d'impatience.

« Elle a quitté Bruxelles, murmurai-je en m'éloignant de la Chapelle royale, dont on venait de fermer la porte ; elle sera partie pour l'Angleterre, comme elle en avait l'intention ! »

Et je suivais tristement l'assemblée, qui se dispersa sur la place. J'eus bientôt dépassé les couples britanniques de gentlemen et de ladies ; bonté divine ! pourquoi donc s'habillent-ils aussi mal ? Je vois encore ces robes de riches étoffes à volants salis et chiffonnés, ces falbalas d'une hauteur énorme horriblement fripés, ces grands cols de dentelle aussi chers que disgracieux ; ces pantalons d'une forme étrange, ces gilets mal taillés qui tous les dimanches emplissent le chœur de la Chapelle royale, et qui, après le service anglais, se répandent sur la place, où ils contrastent si désavantageusement avec les toilettes élégantes qui vont à l'église de Cobourg. Je laissai derrière moi ces couples de Bretons suivis de leurs charmants enfants, de leurs femmes de chambre, de leurs grooms et de leurs valets ; je traversai la rue Royale et je pris celle de Louvain, une vieille rue tranquille et détournée. Je me rappelle qu'éprouvant alors une velléité d'appétit et ne me souciant pas de revenir prendre ma part du goûter qui devait être à ce moment-là sur la table du réfectoire, lequel se composait tout bonnement d'une flûte et d'un verre d'eau, j'entrai chez un boulanger afin de me restaurer d'un *couc* (mot flamand dont j'ignore l'orthographe ; à Corinthe, *anglice*), d'une tarte aux groseilles et d'une tasse de café ; de là je me dirigeai vers la porte de Louvain : je fus bientôt hors de la ville, et je montai la côte que l'on trouve à la sortie de la barrière. Je marchais lentement : car, bien que le ciel fût couvert, il faisait une chaleur étouffante. L'habitant de Bruxelles n'a pas besoin de faire une longue route pour trouver la solitude ; elle l'attend à une demi-lieue de la ville, dans les champs immenses, si tristes et pourtant si fertiles, qui entourent la capitale du Brabant, et où l'on n'aperçoit ni arbres ni sentiers. Lorsque je fus arrivé au sommet de la colline, j'éprouvai le désir de quitter la grande route que j'avais suivie jusque-là, et de parcourir cette plaine féconde qui s'étendait jusqu'à l'horizon, où la distance changeait en bleu terne la verdure de ses produits, qu'elle confondait avec les teintes livides d'un ciel orageux. Je pris un chemin de traverse qui se trouvait à ma droite ; j'arrivai bientôt en face d'une muraille blanche qui, à en juger par le feuillage s'élevant de l'autre côté, devait servir de clôture à une pépinière d'ifs et de cyprès dont les sombres massifs entouraient une croix de marbre noir, plantée probablement sur une petite éminence, et qui étendait ses bras au-dessus de la flèche de ces arbres lugubres ; je m'approchai, curieux de savoir à quelle maison pouvait appartenir ce jardin si bien gardé ; je tournai l'angle du mur, pensant découvrir quelque noble résidence, et je me trouvai tout à coup devant une grille de fer, derrière laquelle était une loge de portier. Je n'eus pas besoin de demander qu'on m'ouvrît ; la grille était entre-bâillée ; je poussai l'un des battants, la pluie en avait rouillé les gonds, et ils gémirent en tournant sur eux-mêmes. D'épais bosquets garnissaient l'entrée de cet enclos ; je remontai l'avenue ; elle était bordée d'objets dont le muet langage disait clairement vers quel endroit j'avais conduit mes pas : des croix, des tombeaux, des guirlandes d'immortelles, annonçaient la demeure destinée à tous les hommes ; j'étais dans le cimetière protestant qui est situé de l'autre côté de la porte de Louvain.

Le champ de mort était assez vaste pour qu'on pût s'y promener pendant une demi-heure sans fouler le même sentier ; il offrait des inscriptions nombreuses et variées aux amateurs d'épitaphes ; des hommes de toutes les nations et de toutes les races avaient déposé dans ce coin de terre les restes de leurs trépassés. On y voyait gravé dans toutes les langues, sur la pierre ou sur l'airain, le dernier tribut d'orgueil ou d'amour que le survivant paye à celui qui n'est plus. Ici l'Anglais avait érigé à sa Mary Smith ou à sa Jane Brown un monument où le nom seul de la défunte se lisait sur le marbre ; plus loin un mari français avait ombragé le tombeau de son épouse d'un massif de rosiers d'où s'élevait une tablette portant des vertus sans nombre de son Elmire ou de sa Célestina un témoignage non moins brillant que les roses dont il était environné. Chaque nation avait à sa manière épanché sa douleur sur ces tombes ; mais combien cette douleur était muette ! Le bruit de mes pas étouffé par le sable me faisait tressaillir ; seul, il rompait le funèbre silence qui pesait sur ces lieux ; non-seulement les vents, mais encore la brise, paraissaient endormis aux quatre points de l'horizon ; pas un sanglot, pas un bruit de l'orient ou du nord, pas un murmure, pas un soupir de l'ouest ou du midi. Les nuages accumulés au ciel paraissaient immobiles ; pas un souffle n'agitait l'ombre des cyprès et des saules ; pas un frôlement d'ailes ne traversait la chaude atmosphère où languissaient les fleurs en attendant la pluie, et qui desséchait la terre où les morts gisaient insensibles au soleil comme à l'orage.

Importuné par le bruit de mes pas, je me détournai pour marcher sur la pelouse, et je me dirigeai vers un bouquet d'ifs qui se trouvait à l'écart ; il me sembla voir quelque chose remuer parmi les branches. Ma vue courte ne distinguait aucune forme ; c'était plutôt le sentiment d'une ombre qui paraissait et disparaissait aux détours de l'allée, qu'une perception réelle d'un objet indécis ; je crus néanmoins reconnaître une créature humaine ; j'approchai : c'était une femme, elle marchait avec lenteur ; évidemment elle se croyait seule, et méditait comme je le faisais moi-même.

Tout, à coup elle se détourna et parut revenir sur ses pas ; du moins je suppose qu'elle venait de quitter l'endroit où elle s'enfonça bientôt, car autrement je l'aurais aperçue depuis longtemps. C'était, à l'extrémité du cimetière, un coin masqué par les arbres, où s'appuyait au mur d'enceinte une pierre tombale servant de chevet à une fosse nouvellement comblée ; je passai doucement derrière la personne que j'avais suivie, je jetai un coup d'œil sur la pierre où elle s'était arrêtée, j'y lus ces mots : « Julienne Henri, décédée à l'âge de soixante ans, le 10 août 18… » Mes yeux allèrent de l'inscription à la femme qui s'était assise auprès de cette tombe, ne se doutant pas qu'elle avait un témoin de sa douleur : c'était une jeune fille en deuil, vêtue d'une étoffe grossière et portant un chapeau de crêpe d'une extrême simplicité. Je sentis qui elle était avant même que mes yeux eussent pu la reconnaître ; et, restant immobile, je savourai la certitude de l'avoir enfin retrouvée. Je l'avais cherchée pendant un mois sans rien découvrir qui pût m'indiquer où elle était ; j'avais perdu peu à peu l'espérance ; il n'y avait pas une heure, pas une minute que je croyais être séparé d'elle à jamais ; et tandis que, cédant à ma douleur, je suivais, les yeux baissés, la trace que le chagrin avait marquée sur le gazon d'un cimetière, je retrouvais mon joyau perdu sur cette herbe nourrie de larmes.

Elle était assise au milieu des racines moussues des vieux ifs ; l'un de ses coudes était appuyé sur son genou, et sa tête reposait sur sa main. Elle conserva longtemps cette attitude pensive. À la fin ses yeux rencontrèrent le nom qui était gravé sur la pierre ; une larme glissa lentement sur sa joue pâlie ; son cœur venait de subir l'une de ces contractions douloureuses qu'on éprouve lorsqu'un être chéri vous a été arraché : elle essuya les pleurs qui coulaient maintenant avec abondance ; quelques sanglots lui échappèrent, et, la crise apaisée, elle redevint aussi calme qu'elle était auparavant. Je lui mis doucement la main sur l'épaule, elle se retourna vivement ; la pensée est tellement rapide, que Frances, avant de m'avoir regardé, savait, à l'éclair qui avait traversé son cœur, quel était celui qui se trouvait auprès d'elle ; ses traits n'avaient pas eu le temps d'exprimer la surprise, que la joie rayonnait dans ses yeux : elle m'avait reconnu avant d'être étonnée ; j'avais à peine remarqué sa pâleur qu'un vif éclat animait sa figure. C'était le soleil d'été jaillissant, au milieu d'un orage ; quoi de plus fécond et de plus doux que le rayon qui traverse un ciel noir ?

Je hais cette hardiesse qui vient d'un front d'airain et d'une âme insensible ; mais j'aime le courage d'un grand cœur, et la ferveur qui résulte d'un sang généreux ; j'aimai avec passion le regard plein de lumière que Frances ne craignit pas d'attacher sur le mien, et l'accent dont elle proféra cette parole :

« Mon maître ! mon maître ! »

J'adorai la confiance avec laquelle elle posa sa main dans la mienne ; je l'adorai telle que je la retrouvais à cette heure, sans fortune et sans famille ; sans charmes pour un homme sensuel, et pour moi toute beauté, l'objet de mon ardente sympathie, celle qui partageait mes sentiments, qui était l'écho de ma pensée ; le reliquaire où je rêvais d'enfermer les trésors d'amour que j'avais amassés ; l'incarnation de la franchise et de l'honneur, du dévouement et de la conscience ; un idéal de grâce et de fierté, d'élévation et de modestie ; une source inépuisable de tendresse, un mélange de force et de douceur, d'expansion et de réserve ; tout ce qui peut donner la paix et la sécurité, consoler dans l'infortune, faire un sanctuaire du foyer domestique, garantir une vie honnête et ajouter au bonheur. Elle avait tout mon respect, toute ma confiance, et lorsque, prenant son bras pour le passer au mien, nous sortîmes du cimetière, je sentis qu'elle avait tout mon amour.

« Enfin, lui dis-je lorsque la grille funèbre se fut bruyamment fermée derrière nous, je vous ai donc retrouvée ! Que ce mois de recherches m'a paru long, et que je m'attendais peu à rencontrer ma brebis perdue au milieu des tombeaux !

— Vous vous êtes donné la peine de me chercher ? s'écria-t-elle, sans paraître surprise de la différence qu'il y avait entre mon langage d'à présent et celui qu'elle m'avait connu autrefois. Je ne pensais pas que mon absence pût vous préoccuper, mais je souffrais amèrement d'être séparée de vous ; j'en étais bien triste, alors même que des circonstances plus graves auraient dû me le faire oublier.

— Vous avez perdu votre tante ?

— Oui ; elle est morte il y a quinze jours, pleine de regrets que je n'ai pas pu adoucir : « Frances, m'a-t-elle dit jusqu'à sa dernière heure, tu seras bien seule quand je n'y serai plus ; sans parents, sans amis… » Elle regrettait la Suisse, où elle aurait voulu être enterrée ; et c'est moi qui, malgré son âge avancé, lui avais fait quitter les bords du lac de Genève pour venir dans cette contrée plate et humide. J'aurais été bien heureuse d'accomplir son dernier vœu et de faire transporter ses restes dans notre pays ; mais c'était impossible.

— A-t-elle été malade pendant longtemps ?

— Environ trois semaines ; quand elle fut obligée de garder le lit, j'obtins de Mlle Reuter la permission de rester chez moi pendant quelque temps afin de pouvoir la soigner.

— Êtes-vous retournée au pensionnat ? lui demandai-je avec vivacité.

— J'étais à la maison depuis huit jours lorsque Mlle Reuter vint un soir faire une visite à ma tante ; elle fut très-polie, très-aimable, suivant son habitude ; elle causa longtemps de choses et d'autres, me témoigna beaucoup d'amitié, et me dit en se levant pour partir : « Je regrette vivement que vous ayez quitté mon pensionnat ; il est vrai cependant que vous avez donné de si bonnes leçons à vos élèves, qu'elles font à merveille tous ces petits ouvrages où vous êtes si adroite ; à l'avenir, puisque vous m'avez abandonnée, l'une de mes sous-maîtresses vous remplacera auprès des enfants ; elle est certainement bien loin d'être une artiste comme vous, mais elle fera ce qu'elle pourra. Vous êtes maintenant d'ailleurs en position d'enseigner autre chose d'un ordre plus élevé ; je suis persuadée que vous trouverez maintes familles où l'on sera trop heureux de profiter de vos talents. » Elle me donna l'argent qui m'était dû pour le trimestre ; je lui demandai très-sèchement si elle me congédiait ; elle sourit de l'inélégance de mon langage, et me répondit que nous n'aurions plus ensemble de relations d'affaires, mais qu'elle espérait bien conserver de bons rapports avec moi, et qu'elle serait toujours heureuse de me recevoir. Elle ajouta quelques mots sur le bon état des rues, sur la continuité du beau temps, et s'éloigna d'un air complètement satisfait. »

Je ne pus m'empêcher de rire intérieurement. Comme tout cela était bien dans la nature de Mlle Reuter ! comme je l'avais devinée !

« Il m'est arrivé souvent, disait-elle, de demander son adresse à Mlle Henri… elle a toujours éludé ma question… j'ignore complètement où elle demeure, » etc., etc.

Tout ce que j'aurais pu dire à cet égard fut arrêté par de larges gouttes d'eau qui commençaient à tomber et par le grondement du tonnerre. Craignant l'orage, qu'annonçaient un ciel de plomb et une chaleur étouffante, j'avais pris la roule qui conduisait directement à Bruxelles ; nous pressâmes le pas, ce qui nous était facile en descendant la colline ; la pluie venait de s'arrêter. Nous franchîmes la porte Louvain, et nous nous trouvâmes dans la ville.

« Où demeurez-vous ? demandai-je à Frances, que je voulais voir rentrer saine et sauve.

— Rue Notre-Dame-aux-Neiges, » répondit-elle.

C'était tout près de la rue de Louvain ; nous y courûmes, et nous étions à la porte de Frances, quand les nuages, crevant tout à coup avec un bruit effroyable, vidèrent leur enveloppe livide, d'où la pluie s'échappa en nappes torrentielles.

« Entrez ! s'écria Frances Evans, entrez donc ! » Elle se précipita dans la maison : j'hésitai un instant à la suivre ; puis, décidé par ses paroles, je franchis le seuil de sa porte, et je montai l'escalier derrière elle. Nous n'étions mouillés ni l'un ni l'autre ; un auvent placé à l'entrée de la maison nous avait préservés des premières atteintes de la pluie ; mais encore une minute, et nos habits n'auraient pas eu un fil qui n'eût été trempé.

Je me trouvai bientôt dans une petite chambre au carreau peint, dont le milieu était couvert d'un étroit tapis de laine verte ; les meubles était peu nombreux, mais d'une exquise propreté ; il régnait dans cette pièce un ordre que mes yeux, difficiles à cet égard, contemplaient avec délices. Et, craignant que les insinuations de Mlle Reuter ne fussent trop bien fondées, j'avais hésité à suivre la pauvre maîtresse d'ouvrage à l'aiguille, de peur de l'embarrasser en entrant chez elle sans y être attendu ! Cette chambre assurément n'était pas riche ; mais son extrême propreté valait mieux que l'élégance, et je l'aurais trouvée plus attrayante qu'un palais, si un peu de feu avait pétillé dans l'âtre. Il n'y avait pas même de bois dans la cheminée ; la raccommodeuse de dentelles ne pouvait pas se donner un pareil luxe, à présent surtout qu'elle était seule pour subvenir à ses besoins. Frances alla ôter son chapeau dans une chambre voisine ; elle revint l'instant d'après, véritable modèle de simplicité gracieuse, avec sa robe noire dessinant à ravir les lignes de sa taille élégante, avec ses cheveux bruns formant d'épais bandeaux sur ses tempes, et venant se rattacher derrière la tête en un large nœud grec ; pas une broche, pas une bague, ni un ruban : l'harmonie de ses formes, la grâce de son maintien, suppléaient avec avantage aux ornements dont elle était privée.

Lorsqu'elle rentra dans la chambre, ses yeux cherchèrent les miens ; je regardais le foyer vide, elle devina la pitié douloureuse que l'absence de feu me causait intérieurement ; aussi prompte à exécuter qu'à comprendre, elle se noua autour de la taille un tablier de toile blanche, disparut un moment, et rapporta un panier rempli de bois et de charbon qu'elle entassa dans la grille.

« C'est toute sa provision, pensai-je, elle va l'épuiser par hospitalité. Que faites-vous ? lui dis-je ; nous n'avons pas besoin de feu, il fait une chaleur étouffante.

— Je trouvais au contraire que la pluie avait refroidi le temps, répondit-elle ; d'ailleurs, il faut que je fasse chauffer de l'eau : je prends du thé tous les dimanches ; vous serez bien obligé de supporter un peu de feu. »

Le bois fut bientôt allumé ; et vraiment le contraste que formait avec l'orage du dehors cet intérieur paisible, doucement éclairé par le feu, produisait une sensation délicieuse ; un bruit étouffé, semblable au ronflement d'un rouet, m'annonça qu'une autre créature jouissait comme moi du changement opéré dans le foyer ; un chat noir, tiré de son sommeil par le pétillement de la flamme, se leva lentement du tabouret coussiné où il avait dormi, et vint frotter son gros dos à la robe de Frances. La jeune fille était agenouillée devant le feu ; elle caressa Minette, en disant que c'était la favorite de sa pauvre tante Julienne.

Une petite bouilloire de forme ancienne, comme je me rappelais en avoir vu autrefois dans les vieilles fermes anglaises, ronflait maintenant au-dessus de la grille ; Frances avait lavé ses mains et quitté son tablier. Elle prit dans une armoire un plateau, sur lequel elle arrangea un service à thé en porcelaine, dont la forme remontait à une époque reculée ; une petite cuiller d'argent, très-vieille aussi, fut déposée dans chaque soucoupe ; les pinces, également anciennes, ne manquèrent pas au sucrier ; l'armoire fut ouverte de nouveau, et un petit pot au lait en argent, grand comme une coquille d'œuf, en sortit pour venir à côté de la théière ; pendant qu'elle faisait tous ces préparatifs, Frances leva les yeux, et, voyant la curiosité qui se peignait sur mon visage, elle se prit à sourire.

« Est-ce comme en Angleterre, monsieur ? me demanda-t-elle.

— Oui, ou plutôt comme c'était en Angleterre il y a cent ans.

— Cela n'a rien d'étonnant : tous les objets que vous voyez ont été laissés par ma bisaïeule à ma grand'mère, qui les a légués à sa fille ; ma mère les apporta en Suisse, et me les a laissés à son tour ; depuis mon enfance, j'ai toujours eu le désir de les reporter en Angleterre. »

Elle mit deux petits pains sur la table ; elle fit le thé comme les étrangers le font tous, à raison de deux petites cuillerées de thé pour une demi-douzaine de tasses ; elle plaça pour moi une chaise auprès de la table, et, quand elle me la vit prendre, elle s'écria d'un air de triomphe :

« N'allez-vous pas croire un instant que vous êtes en Angleterre et chez vous ?

— Si j'avais un chez moi dans ma patrie, cela me le rappellerait certainement, » répondis-je.

À vrai dire, l'illusion aurait été facile en voyant cette jeune fille au teint délicat présidant un repas anglais et me parlant ma propre langue.

« Ainsi vous n'avez pas de famille ? reprit Frances.

— Non ; je n'ai pas même connu la maison paternelle. Si je veux avoir un foyer domestique, il faudra que j'en pose la première pierre. »

Tout en parlant ainsi, une angoisse inconnue me traversa le cœur. J'étais humilié de ma position et de l'insuffisance de mes moyens pour en sortir ; j'éprouvais le besoin de m'élever, de faire plus et de gagner davantage, de me créer un intérieur et d'y placer la femme que je désirais avoir.

Le thé de Frances n'était, à vrai dire, que de l'eau chaude, mais je le trouvai parfait ; il me restaura complètement, et ses petits pains, qu'elle fut obligée de m'offrir sans beurre, parurent à mon palais aussi doux que la manne céleste.

Quand le repas fut terminé, la vieille porcelaine essuyée, la table frottée, l'assiette du chat de ma tante remplie de pain émietté dans du lait, le devant de la cheminée soigneusement balayé, Frances prit une chaise qu'elle plaça en face de la mienne, et, pour la première fois, elle parut éprouver un léger embarras : il est vrai que, sans que je m'en fusse douté, mes yeux avaient suivi tous ses mouvements avec trop de persévérance. Elle me fascinait par sa grâce et sa vivacité, par l'arrangement habile que ses jolis doigts savaient imprimer aux moindres choses. Je la regardais toujours, attendant qu'elle levât ses yeux afin que je pusse me pénétrer du rayon que j'aimais tant à y voir, de cette lumière dont la flamme se noyait dans la douceur, où la tendresse se mêlait à la pénétration, où, quant à présent du moins, la joie s'unissait à la poésie ; mais ses paupières ne se levaient pas, et sa rougeur augmentait toujours plutôt que de s'affaiblir. Je crus avoir quelque chose à me reprocher ; il fallait dans tous les cas cesser de la regarder avec cette profonde attention et briser le charme qui la retenait immobile.

« Prenez un livre anglais, mademoiselle, lui dis-je avec ce ton d'autorité qui l'avait toujours mise à l'aise ; l'averse continue et pourra me retenir ici peut-être une heure encore. »

Elle se leva tout à fait remise de son trouble, prit un volume et revint occuper la chaise que j'avais placée à côté de moi. C'était le Paradis perdu qu'elle avait choisi, parce que, du moins je l'imagine, le caractère religieux de cet ouvrage convenait à la sainteté du dimanche. Je lui dis de commencer à la première page, et, tandis qu'elle lisait l'invocation du poète à la Muse qui sur le sommet de l'Oreb enseigna au pasteur hébreux comment l'univers fut tiré du chaos, je m'abandonnai à la triple jouissance de l'avoir à mon côté, d'entendre sa voix, si douce à mon oreille, et de pouvoir de temps à autre lever les yeux sur son visage, profitant de la moindre faute pour user de ce privilège, car je pouvais la regarder alors sans craindre de la faire trop rougir.

« Assez, » lui dis-je quand elle eut achevé la sixième page. Il avait fallu au moins une heure pour en arriver là, car elle s'arrêtait souvent pour demander et pour recevoir de longues explications. « Assez ; il faut maintenant que je parte. »

Il ne pleuvait plus, le ciel était bleu, les nuages s'étaient dispersés, et le soleil couchant traversait la fenêtre d'un rayon de pourpre ayant l'éclat du rubis.

« Avez-vous trouvé quelque chose qui remplace la position que vous aviez chez Mlle Reuter ? lui demandai-je en me levant.

— Non, monsieur ; j'ai fait beaucoup de démarches ; partout on me demande où il faudrait aller pour avoir des renseignements, et je ne voudrais pas qu'on s'adressât à Mlle Reuter ; elle s'est mal conduite à mon égard ; elle a essayé plus d'une fois d'indisposer mes élèves contre moi ; elle m'a rendue très-malheureuse, pendant tout le temps que je suis restée chez elle, et m'a chassée avec une hypocrisie révoltante, prétendant qu'elle agissait dans mon propre intérêt, lorsqu'elle savait au contraire qu'elle m'arrachait mon principal moyen de subsistance, à une époque où non-seulement ma vie, mais encore celle d'une autre, dépendait de mon travail. Je ne lui demanderai certainement pas une faveur.

— Mais il faut vivre ! Que faites-vous actuellement ? quelles sont vos intentions ?

— J'ai toujours mon état de raccommodeuse de dentelle ; cela pourra me suffire en y mettant de l'économie : je ne doute pas d'ailleurs qu'en me donnant un peu de peine je ne finisse par trouver une occupation plus fructueuse. Il y a tout au plus quinze jours que j'ai commencé mes recherches ; mon courage et mon espoir sont bien loin d'être épuisés.

— Et quels sont vos projets, si vous réussissez ?

— D'épargner le plus possible afin de passer en Angleterre, qui est toujours mon Chanaan.

— Très-bien ; je reviendrai vous voir avant peu. Quant à présent, bonsoir. »

Je la quittai brusquement, ayant fort à faire pour résister au désir de prendre congé d'elle d'une façon plus tendre et surtout plus expressive. Quoi de plus naturel que de la serrer dans mes bras et d'imprimer un baiser sur son front ? Je n'en demandais pas davantage, et c'était bien raisonnable. Je serais parti si heureux ! la raison ne voulut pas me le permettre ; elle m'obligea de détourner les yeux et de m'éloigner de Frances, de la quitter aussi froidement que s'il se fût agi de la vieille Mme Pelet. J'obéis, mais en jurant de me dédommager plus tard.

« J'acquerrai un jour le droit de faire tout ce que bon me semblera, ou je mourrai dans la lutte. Elle sera ma femme, pensais-je, du moins si elle a pour moi la moitié de l'affection qu'elle m'inspire. Écouterait-elle mes leçons avec tant de docilité, les recevrait-elle avec autant de bonheur, si elle ne m'aimait pas ? aurait-elle auprès de moi cet air calme et souriant, cette tranquillité d'alcyon qui ne s'inquiète pas de la tempête ? » Car, je l'ai remarqué plus d'une fois, quel que fût son abattement lorsque j'entrais dans la classe, à peine m'étais-je approché d'elle, lui avais-je dit un mot, ordonné quelque chose ou fait un reproche, qu'elle relevait la tête et retrouvait son courage et sa sérénité, surtout quand je la grondais ; elle prenait alors son canif et taillait une plume, elle s'agitait, se défendait par quelques monosyllabes, et quand, pour l'animer davantage, je lui ôtais son canif et lui interdisais de me répondre, elle m'adressait un de ces regards qui n'appartiennent qu'à elle, un regard enjoué où se mêlait une certaine inquiétude, et qui me pénétrait jusqu'au fond du cœur et me faisait sentir que j'étais son esclave ; heureusement qu'elle ne s'en doutait pas. Ces petites scènes communiquaient à son esprit plus d'ardeur, à sa pensée plus d'élan, et son corps, ainsi que je l'ai déjà remarqué, puisait dans cette activité de l'âme une force nouvelle qui lui rendait la santé.

C'est à tout cela que je pensais en descendant l'escalier qui de la chambre de Frances me conduisait au dehors. Au moment d'ouvrir la porte extérieure, je me rappelai les vingt, francs que je n'avais pas rendus ; impossible de les emporter, avec moi, et tout aussi difficile de les restituer à leur premier possesseur. J'avais vu Frances dans son humble retraite, j'avais été témoin de la dignité de sa pauvreté, du soin religieux qu'elle apportait dans l'arrangement de son intérieur. J'étais persuadé qu'elle ne souffrirait pas qu'on la dispensât de payer ses dettes, qu'elle le souffrirait moins encore de ma part que de celle d'un autre : et cependant ces quatre pièces de vingt francs pesaient à ma conscience ; il fallait absolument que je vinsse à m'en débarrasser. Un expédient, maladroit sans aucun doute, et pourtant le meilleur que je pusse imaginer, me traversa l'esprit tout à coup ; je remontai l'escalier, je frappai à la porte et je rentrai dans sa chambre.

« Mademoiselle, lui dis-je avec précipitation, je viens chercher mon gant que je dois avoir laissé chez vous. »

Elle se leva pour regarder où il pouvait être ; et, profitant du moment où elle avait le dos tourné, je levai sans bruit un vase de porcelaine qui ornait la cheminée, je glissai l'argent sous le vase en m'écriant : « Le voici, je l'avais laissé tomber derrière le garde-feu. Bonsoir, mademoiselle ! » Et je partis pour la seconde fois.

À peine si j'étais resté une minute dans cette visite impromptu, et néanmoins j'avais eu le temps d'éprouver une vive douleur. Frances avait déjà ôté de la grille le bois et les charbons qui composaient son feu ; obligée de calculer et d'épargner surtout, elle avait, aussitôt mon départ, retranché un luxe trop coûteux pour en jouir lorsqu'elle se trouvait seule.

« Quel bonheur qu'on ne soit pas encore en hiver ! pensai-je ; mais avant deux mois viendront les pluies d'automne, les vents glacés de novembre. Plaise à Dieu qu'à cette époque j'aie acquis le droit et le pouvoir de verser ad libitum le charbon dans sa grille ! »

Le pavé était déjà sec, une brise embaumée rafraîchissait l'atmosphère purifiée par l'orage. Je tournais le dos au soleil, qui trempait déjà ses bords dans l'azur empourpré du couchant ; devant moi se développait une ligne de nuages, mais en même temps un immense arc-en-ciel, dont les vives couleurs ressortaient avec éclat sur le ciel assombri. Je regardai longtemps ce spectacle grandiose, qui probablement se grava dans mon esprit : car, après avoir veillé jusqu'à une heure avancée de la nuit, doucement agité par une fièvre délicieuse, et regardant les muets éclairs qui blanchissaient la nue et faisaient pâlir les étoiles, je revis en songe le couchant splendide, l'orient couvert de nuages et surmonté d'un majestueux arc-en-ciel. Je me trouvais sur une terrasse, appuyé sur une balustrade ; à mes pieds était un abîme dont je ne pouvais sonder la profondeur, mais j'entendais le bruit incessant des vagues ; l'Océan déployait à l'horizon ses flots verts passant au bleu foncé ; tout s'adoucissait au loin et se voilait de vapeurs transparentes. Une étincelle d'or brillait sur la ligne qui séparait l'eau du ciel : peu à peu elle grandit et s'approcha ; lorsqu'elle fut sous l'arc irisé, l'étoile se transforma, on eût dit qu'elle planait dans l'espace et qu'un vêtement aérien et couvert de perles flottait autour d'elle. Une teinte de rose colora ce qui me parut être un visage ; l'étincelle d'or brilla vivement sur un front d'ange ; un bras lumineux comme un rayon désigna l'arc-en-ciel, et j'entendis une voix murmurer dans mon cœur :

« L'espérance sourit à l'effort courageux. »

CHAPITRE XX.

Toute mon ambition se bornait à trouver un emploi qui me donnât le nécessaire ; je n'avais pas d'autre pensée ; mais jamais je n'avais été plus loin du but que je me proposais d'atteindre. À la fin d'août se terminait l'année scolaire ; les examens seraient finis, on distribuerait les prix, on ouvrirait les portes de toutes les pensions, qui se refermeraient sur les élèves pour ne se rouvrir que dans les premiers jours d'octobre. Nous touchions aux vacances, et quelle était ma position ? l'avais-je améliorée depuis le dernier trimestre ? devais-je espérer de l'avancement à l'époque de la rentrée ? Bien loin delà ; j'avais, en renonçant à donner des leçons chez Mlle Reuter, diminué mon revenu de 500 francs ; de quinze cents livres de rente il ne m'en restait que mille ; encore cette dernière somme n'était-elle pas bien assurée.

Il y a longtemps que je n'ai rien dit de M. Pelet ; je crois que sa promenade au clair de lune avec Mlle Reuter est le dernier incident de cette histoire où il ait été question de lui. Le fait est que depuis lors nos relations avaient changé de nature : ignorant toujours que le silence de la nuit, un clair de lune sans nuage et une fenêtre ouverte m'avaient révélé le secret de son égoïste amour et de sa fausse amitié, il conserva d'abord à mon égard les mêmes prévenances et la même grâce affectueuse ; mais je devins aussi difficile à manier qu'un porc-épic, aussi inflexible qu'un bâton d'épine noire ; je n'avais plus désormais de sourire pour ses bons mots, d'instants à donner à sa conversation, et c'est d'un air froid et sévère que je refusais d'aller prendre le café avec lui. J'écoutais maintenant ses allusions railleuses, qu'il continuait toujours à propos de Mlle Reuter, je les écoutais, dis-je, avec une tranquillité maussade, bien différente du plaisir bouillant qu'elles me causaient jadis.

M. Pelet supporta longtemps ma froideur avec patience ; il redoubla même d'attention et de politesse ; mais voyant que toutes ses avances ne parvenaient pas à m'émouvoir, il ne m'invita plus, m'examina sans cesse, compara mes manières avec ce qu'elles étaient autrefois, et je vis à son air inquiet et pensif qu'il s'efforçait de deviner là cause d'un changement aussi marqué. Il ne fut pas longtemps sans y parvenir, car il était doué d'une assez grande pénétration ; peut-être aussi Mlle Zoraïde l'avait-elle aidé à trouver le mot de l'énigme. Quoi qu'il en soit, j'acquis bientôt là certitude que le doute avait disparu de son esprit ; renonçant à tout semblant d'amitié, il adopta vis-à-vis de moi une réserve glaciale, mais d'une politesse scrupuleuse. C'était à cela que je désirais l'amener, et je me trouvai dès lors beaucoup plus à mon aise. Ma position, il est vrai, ne m'était pas fort agréable ; mais, une fois délivré de ces fausses professions d'estime et de tendresse, je la supportais d'autant plus facilement que je n'avais dans l'âme ni jalousie profonde ni haine invétérée pour le chef d'institution : la blessure qu'il m'avait faite, si elle avait jamais existé, avait guéri si promptement et si radicalement, qu'il ne me restait plus qu'une sensation de mépris pour la main qui avait été capable de me l'infliger dans l'ombre.

Cet état de choses avait continué jusqu'à la mi-juillet ; à cette époque, M. Pelet rentra un soir plus tard qu'à l'ordinaire et dans un état d'ivresse évidente, ce qui chez lui était complètement anormal : car, s'il avait quelques-uns des défauts de ses compatriotes, il avait aussi la sobriété qui est une de leurs vertus. Néanmoins il avait, ce soir-là, tellement perdu la raison, qu'après avoir sonné à tout rompre (ce qu'heureusement les élèves, couchés dans un bâtiment situé au fond de la cour, ne pouvaient pas entendre), il prit minuit pour midi, ordonna de servir le goûter, s'emporta contre les domestiques à propos de leur inexactitude, et fut sur le point de maltraiter sa pauvre mère, qui l'engageait à monter dans sa chambre et à se coucher immédiatement. J'étais encore à ma table, une lecture attachante m'avait fait oublier l'heure ; j'entendis tout ce vacarme et la voix de M. Pelet montée à un diapason qui ne lui était pas habituel ; j'ouvris ma porte, il demandait précisément qu'on lui amenât cet infernal Anglais, dont il voulait couper la gorge sur la table du réfectoire, afin, disait-il, de laver son honneur outragé dans le sang de ce Crimsworth maudit. « Il est ivre ou fou, pensai-je ; dans tous les cas, sa vieille mère a besoin d'assistance ; » et je descendis en toute hâte. Je le trouvai chancelant sur ses jambes, roulant des yeux remplis de fureur, affreux à voir, quelque chose entre la folie et la rage.

« Allons, monsieur Pelet, lui dis-je, vous serez mieux dans votre lit. »

Je le saisis par le bras et je voulus l'entraîner. La vue et l'attouchement de celui dont il demandait la tête l'exaspérèrent plus que jamais ; il se débattit furieusement et tenta de me frapper ; mais un homme ivre ne peut pas lutter avec un homme à jeun : d'ailleurs le corps usé de M. Pelet n'aurait en aucun temps pu résister à ma vigueur ; je lui fis monter l'escalier et je parvins à le coucher, non sans peine et surtout sans injures ; il ne cessa, pendant toute l'opération, de me stigmatiser du nom de traître, et de m'appeler digne rejeton d'un pays odieux et perfide, comprenant dans son anathème Zoraïde Reuter, cette femme vicieuse, qui dans un accès de passion s'était jetée dans les bras d'un aventurier sans principes. Il accompagna ces dernières paroles d'un coup violent qu'il me destinait et qui tomba dans le vide. Je partis, le laissant bondir hors de son lit, où je l'avais retenu jusque-là ; et, fermant la porte à clef derrière moi, je rentrai dans ma chambre, certain qu'il était en lieu sûr, et l'abandonnant jusqu'au lendemain à toutes les réflexions que lui inspirerait la scène dont je venais d'être témoin.

C'est précisément à cette époque que Mlle Reuter, piquée de ma froideur, vaincue par mon mépris, excitée par la préférence qu'elle me supposait pour une autre, fut prise au piège qu'elle avait imaginé et tomba dans les filets où elle avait espéré me retenir. Sachant ce qui se passait de ce côté-là, je conclus des paroles du chef d'institution que la dame de ses pensées avait trahi son secret et lui avait laissé voir que la cavité de son cœur était maintenant occupée par l'image de cet indigne Anglais. Ce n'était pas sans surprise que je me voyais forcé d'admettre cette incontestable vérité ; M. Pelet, possesseur d'un pensionnat, dont l'ancienne prospérité allait croissant chaque jour, était un parti si brillant que je ne pouvais comprendre que Zoraïde, la plus intéressée des femmes, préférât les qualités personnelles d'un pauvre diable à des avantages aussi palpables ; d'après ce que l'ivresse avait fait dire au chef d'institution, il était évident que Mlle Reuter ne s'était pas bornée à le repousser, mais qu'elle avait laissé échapper quelques expressions qui témoignaient de sa partialité pour moi. « La vieille sotte raffole de votre jeunesse, disait-il dans sa fureur ; elle vante la distinction de vos manières, comme elle appelle votre roideur britannique ; elle parle de votre moralité, stupide blanc-bec ! des mœurs de Caton, la vieille sotte ! » N'est-il pas étrange que le mépris ironique d'un subordonné sans fortune ait produit sur cette âme, naturellement éprise des biens de ce monde, une impression plus vive que les assiduités d'un chef d'institution à la fois riche et bien posé ? Je ne pus m'empêcher de sourire en acquérant cette preuve d'un succès que je n'avais pas désiré ; toutefois, bien que cette conquête flattât mon amour-propre, mon cœur n'en était pas touché. Lorsque le lendemain Zoraïde s'excusa de me recevoir dans le corridor et tenta de fixer mon attention par son humilité, c'est à peine si je ressentis de la pitié pour elle ; un salut glacial et une réponse brève et sèche aux questions pressantes qu'elle me faisait sur ma santé furent tout ce que je pus lui accorder. Sa présence et ses manières produisaient sur moi depuis quelque temps un singulier effet ; elles neutralisaient le bon côté de ma nature et développaient le germe des mauvais penchants qui s'y trouvaient cachés ; sa vue énervait parfois mes sens, mais elle ne manquait jamais d'endurcir mon cœur ; je le sentais et je m'en faisais de vifs reproches : j'ai toujours abhorré le despotisme, et il m'était odieux de me voir transformé en tyran par l'approche d'une esclave, dont je n'avais pas désiré la possession. Il y a, dans cet encens lascif que vous offre une adoratrice encore jeune et attrayante, un parfum irritant qui mêle au plaisir qu'il produit le sentiment de la dégradation où vous plonge la jouissance qu'il vous cause ; lorsqu'elle venait à se glisser auprès de moi du pas craintif de l'esclave, je me sentais devenir à la fois barbare et sensuel comme un pacha ; je repoussais ou j'agréais son hommage, suivant l'impulsion du moment ; et, quelle que fût ma dureté ou mon indifférence, j'augmentais chaque jour le mal que je voulais réprimer.

« Comme le dédain lui sied bien ! disait-elle une fois à sa mère, ne se doutant pas que j'entendais ses paroles ; il est beau comme Apollon, quand il se met à sourire avec son air hautain. »

La vieille dame répondit en riant qu'il fallait être ensorcelée pour être de cet avis-là, car je n'avais rien d'un bel homme, si ce n'est que j'étais grand et sans difformité. « Pour moi, ajouta-t-elle, il me produit l'effet d'un chat-huant quand il a ses besicles. »

La digne femme ! je l'aurais embrassée volontiers, si elle avait été moins vieille, moins grasse et moins couperosée : ses paroles pleines de sens me paraissaient tellement saines, rapprochées des illusions morbides de sa malheureuse fille !

Le lendemain de son accès d'ivresse, M. Pelet n'avait aucun souvenir de ce qui s'était passé la veille, et sa mère fut heureusement assez discrète pour ne pas lui dire que je l'avais vu dans cet état de dégradation. Il ne chercha plus désormais l'oubli de ses chagrins au fond de la bouteille ; mais il était facile de voir que la jalousie avait pénétré dans son cœur.

Véritable Français, la nature n'avait pas omis de lui donner cette dose de violence qui est l'un des traits caractéristiques de sa nation ; la haine qu'il avait manifestée à mon égard pendant son ivresse avait eu dans son expression quelque chose d'infernal, et se trahissait maintenant par la contraction momentanée de ses traits et par les sombres éclairs dont ses yeux étaient remplis quand ils s'arrêtaient sur les miens. Non-seulement il m'épargnait sa politesse menteuse, mais encore il évitait la moindre occasion de me parler ; j'étais loin de m'en plaindre : toutefois cette position avait quelque chose de révoltant ; il m'était odieux de vivre dans la maison et aux gages de cet homme. Qui peut, hélas ! échapper à la nécessité ? Je me levais chaque matin impatient de briser ma chaine et voulant partir, mon porte-manteau sous le bras, pauvre comme un mendiant, mais ayant du moins recouvré ma liberté ; et le soir, quand je revenais du pensionnat voisin, tout ému du son de voix qui vibrait à mon oreille, les yeux remplis d'une image pensive, intelligente et douce, l'esprit absorbé par le souvenir de ce caractère plein de fierté et pourtant si flexible, de cette nature ardente et grave, de cette dignité modeste qui troublait ma mémoire, le désir de contracter de nouveaux liens, de nouvelles charges, imposait silence au rebelle, et me faisait envisager la résignation comme une vertu de Spartiate.

Sur ces entrefaites, la fureur de M. Pelet disparut tout à coup : il avait suffi d'une quinzaine pour la développer et l'éteindre ; c'est pendant ce temps-là qu'avait eu lieu le renvoi de la maîtresse de couture, et qu'ayant demandé son adresse sans pouvoir l'obtenir, j'avais à mon tour donné ma démission à Mlle Reuter. Cet acte de vigueur avait enfin rappelé cette dernière à elle-même et l'avait fait rentrer dans la voie qu'une décevante illusion lui avait fait quitter : je ne veux pas dire qu'elle rentra dans le sentier de la vertu, où jamais elle n'avait mis les pieds ; mais elle foula de nouveau la grande route du sens commun, dont elle s'était largement écartée. Son premier soin fut de se remettre à la piste de son ancien adorateur, qu'elle rejoignit bientôt ; j'ignore par quels moyens elle réussit à calmer sa colère et à lui remettre un bandeau sur les yeux ; mais il fallait bien qu'elle fût parvenue à lui persuader que je n'avais jamais été son rival, puisque la haine du chef d'institution pour moi fit, place immédiatement à un excès d'aménité, où se mêlait un certain contentement de soi-même plus risible qu'irritant. M. Pelet avait mené la vie de garçon d'après la méthode française, c'est-à-dire sans égard pour les mœurs ; et je pensai que la période matrimoniale de son existence rentrerait dans le même système. Il s'était vanté plus d'une fois, en causant avec moi, d'avoir fait la terreur des nombreux maris de sa connaissance ; je prévoyais qu'il serait facile de lui rendre la monnaie de sa pièce.

Le moment décisif approchait ; les vacances étaient à peine ouvertes que des préparatifs, annonçant quelque grand événement, se firent de tous côtés dans la demeure particulière de M. Pelet. La maison fut livrée aux peintres et aux tapissiers ; on parla du salon de Madame, de la chambre et du cabinet de Madame ; et ne supposant pas que la vieille duègne, qui pour le moment était gratifiée de ce titre dans l'institution, eût inspiré à son fils une piété filiale assez ardente pour le pousser à de semblables dépenses, j'en conclus avec le cuisinier, les deux servantes et le marmiton, que ces chambres si fraîches devaient être occupées par une Madame plus gracieuse et plus jeune.

Bientôt la grande nouvelle fut annoncée d'une manière officielle. M. François Pelet et Mlle Zoraïde Reuter, tous les deux chefs d'institution, devaient s'unir la semaine suivante par les liens du mariage. Ce fut l'heureux François qui me l'apprit en personne, ajoutant qu'il espérait bien que je resterais son ami comme je l'avais toujours été, et que je continuerais à l'aider de mes services, dont il élevait le salaire de deux cents francs par an. Je le remerciai, toutefois sans lui répondre d'une manière définitive. Lorsqu'il fut parti, je quittai ma blouse et, mettant mon paletot, j'allai faire une longue promenade du côté de la porte de Flandre, afin de me rafraîchir le sang et de rétablir un peu d'ordre au milieu de mes idées. Je venais par le fait de recevoir mon congé ; il m'était impossible de me dissimuler que, Mlle Reuter devenant Mme Pelet, je ne devais pas rester dans une maison qui allait être la sienne. La conduite qu'elle tenait maintenant à mon égard était certainement remplie de convenance et de dignité ; mais je savais qu'au fond ses sentiments n'avaient pas changé : réprimés aujourd'hui par la nécessité, masqués par la feinte, l'occasion serait plus forte que le décorum et ne tarderait pas à triompher de la réserve qu'il impose. Je n'étais point le pape, je ne pouvais pas me vanter d'être infaillible. Bref, si je restais dans la maison, il était probable qu'avant trois mois un roman français de l'école moderne serait en cours d'exécution sous le toit du malheureux et trop confiant Pelet. Or, je n'aime l'école française ni en théorie ni en pratique ; j'ai eu, malgré mon peu d'expérience, l'occasion de voir de près un exemple de ces trahisons domestiques, aussi intéressantes que romanesques pour celui qui n'en est pas témoin. Quant à moi, qui ai contemplé le fait dans toute sa nudité, il m'a rempli de dégoût ; je n'y ai vu qu'une âme dégradée par le mensonge, par l'emploi continuel de misérables subterfuges, et un corps énervé par l'influence délétère d'un esprit corrompu. J'ai beaucoup souffert de la vue prolongée de ce spectacle ; mais je ne le regrettais pas, car le souvenir de mes souffrances agissait comme un puissant antidote contre la tentation ; je leur devais cette conviction profonde, que le plaisir illégitime est un plaisir empoisonné ; trompeur dans le présent, il vous réserve mille tortures et vous déprave pour toujours.

La conclusion de tout cela était que je devais quitter immédiatement la maison de M. Pelet. « Comment vivras-tu ? » m'objecta la prudence ; et mon rêve d'amour vint à passer devant mes yeux. Frances était à côté de moi, sa taille flexible invitait mon bras à la prendre, sa main attirait ma main, je sentais qu'elle était faite pour reposer dans la mienne ; je ne pouvais pas renoncer au droit que j'avais de m'en emparer, et détourner mes yeux des siens où je voyais tant de bonheur, tant de rapport entre nos âmes ; de son regard qui, sous mon influence, devenait plus brillant ou plus sombre, et dont l'expression se modifiait à mon gré. Toutes mes espérances, tous mes projets de travail se dressaient contre moi. J'avais résolu de faire tout au monde pour arriver à subvenir aux besoins d'un ménage ; au lieu de cela, je me plongeais dans un dénûment absolu. « Et pourquoi ? me demandais-je ; pour éviter un mal qui peut-être n'arrivera jamais. — Qui en est certain ? répondait la conscience. Fais ton devoir, obéis-moi, poursuivait ce moniteur inflexible ; je te soutiendrai, alors même que tu aurais à traverser le marais fangeux de la misère. » Et tout en marchant d'un pas rapide, la pensée d'un être supérieur, invisible, mais toujours présent, s'éleva dans mon esprit ; être qui, dans sa bonté suprême, ne désirait que mon bien, et qui, attentif à la lutte qui se passait dans mon âme, regardait si j'allais obéir à sa voix, dont ma conscience me transmettait les paroles, ou prêter l'oreille aux sophismes de l'esprit du mal, qui cherchait à m'égarer. Le sentier que désignait l'inspiration divine était rude ; celui où m'attirait la tentation, doux et couvert de fleurs ; mais l'amour, cet ami de toute créature, me souriait lorsque je me dirigeais vers la montée rocailleuse, tandis que chacun de mes pas vers la pente gazonnée allumait un éclair de triomphe dans le regard du démon.

Je me retournai vivement et je repris la route de Bruxelles ; une demi-heure après, j'étais dans le cabinet de M. Pelet. Quelques paroles suffirent à lui déclarer mes intentions ; la manière dont elles furent prononcées lui montra que ma détermination était irrévocable. Peut-être au fond du cœur approuvait-il ma conduite. Au bout de vingt minutes d'entretien, je me retrouvai dans ma chambre, n'ayant plus aucun moyen d'existence et m'étant condamné volontairement à quitter, avant huit jours, cette maison qui jusqu'à présent était mon seul asile.

CHAPITRE XXI.

J'aperçus en fermant la porte de ma chambre deux lettres sur ma table : « Quelque invitation à dîner, » pensai-je ; il m'était arrivé plusieurs fois de recevoir de pareilles marques d'attention des parents de mes élèves ; et n'ayant pas d'amis, c'était à cela que se bornait toute ma correspondance. Je pris les deux lettres d'une main indifférente, et je les regardai froidement ; tout à coup ma main trembla, et mes yeux s'animèrent : l'adresse de l'une était de la main d'une femme, l'autre portait le timbre d'Angleterre. J'ouvris d'abord celle dont je reconnaissais l'écriture :

« Monsieur, disait cette lettre, j'ai l'habitude d'essuyer chaque matin les objets qui se trouvent sur ma cheminée. Comme vous êtes la seule personne qui soyez venue dans ma chambre, et que l'argent des fées ne se voit guère à Bruxelles, il faut bien que ce soit vous qui ayez laissé les vingt francs que j'ai trouvés sous le petit vase de porcelaine ; j'ai cru vous l'avoir entendu remuer pendant que je cherchais le gant que vous disiez avoir perdu, et je m'étonnais que vous eussiez pu le supposer dans un aussi petit objet. Maintenant, monsieur, cet argent n'est pas à moi, et je ne puis pas le garder ; je ne vous le renvoie point dans ce billet parce qu'il pourrait se perdre, et qu'il est d'ailleurs trop lourd pour être mis à la poste ; mais je vous le remettrai la première fois que nous nous verrons, et il faudra le reprendre sans aucune difficulté. Vous devez comprendre, monsieur, que chacun aime à payer ses dettes et qu'il est doux de ne rien devoir à personne ; il m'est d'autant plus facile de me procurer ce plaisir, que j'ai trouvé une position. À vrai dire, c'est pour vous en faire part que je vous écris ces lignes ; il est toujours agréable d'annoncer de bonnes nouvelles, et je n'ai plus que mon maître d'anglais à qui je puisse aujourd'hui parler de ce qui m'arrive.

« Il y a huit jours qu'une dame anglaise, mistress Warthon, me fit prier de passer chez elle ; une riche parente avait donné à sa fille, qui est sur le point de se marier, une toilette complète de dentelle, un véritable joyau, mais qui avait besoin de réparation. Je fus chargée de la remettre en bon état, ce que je fis dans la maison de mistress Warthon ; j'eus en outre quelques broderies à finir, et il s'écoula près d'une semaine avant que j'eusse terminé toute la besogne que j'avais entreprise. Ces dames vinrent plusieurs fois pendant ce temps-là s'asseoir à côté de moi ; elles me firent parler anglais, me demandèrent qui est-ce qui me l'avait si bien appris ; elles s'enquirent de l'instruction que je pouvais avoir d'autre part, des lectures que j'avais faites ; bref, elles me tinrent pour une espèce de merveille, croyant sans doute avoir affaire à une grisette savante. Un jour, mistress Wharton amena dans la chambre où je travaillais une Parisienne, afin de s'assurer que je parlais bien français ; le résultat de cette épreuve me fut très-favorable ; je le dus probablement à la bonne humeur que le prochain mariage de miss Wharton donnait à la mère et à la fille, qui d'ailleurs sont naturellement bienveillantes ; elles trouvèrent que j'avais raison de vouloir faire autre chose que de raccommoder la dentelle, et me conduisirent le soir même chez mistress D..., qui dirige la meilleure pension anglaise de cette ville, et qui avait besoin d'une maîtresse pouvant enseigner le français, la géographie et l'histoire ; mistress Wharton me recommanda très-chaudement ; elle a deux filles dans la maison, et son influence me fit obtenir la place qu'elle demandait pour moi ; il fut décidé que je donnerais tous les jours six heures de mon temps aux élèves, ce qui me vaudrait la somme de douze cents francs par an : on n'exigea pas mon séjour dans la maison, ce qui me fit le plus grand plaisir ; j'aurais été désolée de quitter mon petit logement.

« Vous voyez, monsieur, qu'à présent je suis riche, plus riche que je n'osais l'espérer. J'en suis d'autant plus contente que de raccommoder sans cesse de la dentelle me fatiguait les yeux, que j'étais lasse de veiller tous les soirs, et de n'avoir pas malgré cela une minute pour étudier et pour lire ; j'avais peur de tomber malade et de ne pas pouvoir me suffire : toutes ces craintes ont disparu, et j'en remercie Dieu de toute mon âme. Je suis si reconnaissante, qu'il faut absolument que je parle de mon bonheur à quelqu'un d'assez bon pour être heureux de la joie des autres : voilà pour- quoi je n'ai pas pu résister à la tentation de vous écrire. C'est pour moi un grand plaisir, me suis-je dit, lorsque j'ai pesé la chose en moi-même ; et, bien que ce soit un peu ennuyeux, ce ne sera pas pour lui très-pénible de lire ma lettre. Ne me grondez pas de mes circonlocutions et de l'inélégance de mon style, et croyez-moi, monsieur,

« Votre élève affectionnée,

«F. E. HENRI. »

Cette lettre me fit rêver pendant quelques instants (je dirai plus tard quels furent les sentiments que m'inspira son contenu), et je pris celle qui arrivait d'Angleterre. L'adresse était d'une écriture que je ne connaissais pas, fine, élégante, mais sans caractère bien tranché, pas précisément l'écriture d'une femme, encore moins celle d'un homme ; le cachet portait un écusson : ce n'étaient pas les armes des Seacombe ; l'épître ne venait donc pas de ces parents oubliés, qui à coup sûr ne pensaient point à moi. De qui pouvait-elle être ? Je déchirai l'enveloppe, et je lus les ligues suivantes :

« Je suis persuadé que vous vous trouvez à merveille dans ces Flandres fécondes où vous vous engraissez du limon de cette terre onctueuse, assis, comme un Israélite au long nez, à la peau brune, aux cheveux noirs et touffus, auprès du pot-au-feu de la riche Égypte ; ou bien comme un ignoble fils de Lévi, à côté des chaudrons d'airain du sanctuaire, où, plongeant de temps en temps votre fourchette consacrée, vous retirez de cette mer de bouillon les offrandes les plus charnues, les hosties les plus grasses. Et vous n'avez écrit à personne depuis votre départ d'Angleterre, chien d'ingrat que vous êtes ! Par la souveraine efficacité de ma recommandation, je vous fais obtenir une place où vous vivez comme un chanoine, et pas un mot de remercîment, pas une expression de reconnaissance, vil coq en pâte ! Mais, moi, je viens vous voir, et votre cerveau stérile et aristocratique est loin de soupçonner la force du coup de pied moral que je vous destine immédiatement après mon arrivée.

« Je connais toutes vos affaires ; Brown m'a tout raconté dans sa dernière missive. Vous êtes, me dit-il, sur le point de faire un mariage avantageux avec une petite maîtresse de pension, une appelée Zénobie ou quelque chose d'approchant. Ne pourrai-je pas la voir, et me la montrerez-vous ? Je vous préviens toutefois que, si elle me plaît, ou si je trouve qu'elle en vaille la peine au point de vue pécuniaire, je fonds sur votre proie et je l'emporte à votre barbe, en dépit de vos longues dents. N'ayez pas trop d'inquiétude néanmoins ; je n'ai jamais aimé les courtaudes, et Brown me dit qu'elle est petite et ramassée, tout ce qu'il faut pour un décharné tel que vous.

« Tenez-vous sur vos gardes ; vous ne savez ni le jour, ni l'heure ou votre… viendra. Je ne veux pas blasphémer, voilà pourquoi je laisse le mot en blanc.

« À vous de cœur,

« HUNSDEN YORKE HUNSDEN. »

Avant de poser cette lettre, je jetai un nouveau coup d'œil sur l'écriture fine et soignée qu'elle renfermait ; rien d'un négociant, d'un homme quelconque, excepté d'Hunsden lui-même. On parle de l'affinité qui existe entre l'écriture et le caractère de celui qui l'a tracée. Quelle ressemblance y a-t-il entre celle-ci et l'auteur de cette lettre ? « Beaucoup, » répondis-je en me souvenant de la figure particulière d'Hunsden, et en me rappelant certains traits de sa nature.

Il était donc en route pour la Belgique ; il arriverait au premier jour, et il s'attendait à me voir au comble de la prospérité, à la veille de me marier, de me glisser dans un nid confortable, à côté d'une petite femme joliette et bien nourrie.

« Que Dieu le bénisse ! pensai-je ; il va bien rire quand, au lieu d'un couple de tourtereaux grassouillets, roucoulant et se becquetant sous un berceau de rosiers, il trouvera un maigre cormoran sans compagne et sans abri, piteusement perché sur le roc stérile de la misère. Mais bah ! laissons-le rire ; fût-il le diable en personne, que je ne me dérangerais pas pour l'éviter et que je ne chercherais pas un mot qui m'épargnât ses railleries. »

Je revins à la première lettre que j'avais lue : elle éveillait en moi un son que rien ne pouvait étouffer ; la corde qu'elle touchait vibrait profondément dans mon cœur ; musique délicieuse, dont pourtant le dernier accord était un gémissement.

J'étais heureux de savoir Frances à l'abri du besoin, relevée de ce travail excessif qui pesait sur elle comme une malédiction ; heureux surtout de voir que sa première pensée avait été de partager son bonheur avec moi et de prévenir ainsi tous mes vœux : mais, après avoir savouré cette joie pure, je trouvais l'amertume au fond de la coupe, et j'en retirais mes lèvres brûlées par le fiel.

Deux personnes, dont les désirs sont modestes, peuvent vivre convenablement à Bruxelles avec un revenu qui, à Londres, suffirait à peine aux besoins d'un individu : non pas parce que les objets de première nécessité sont beaucoup plus chers et les impôts plus élevés à Londres qu'à Bruxelles ; mais parce que les Anglais surpassent en folie tous les peuples de la terre et sont plus esclaves des usages, de l'opinion du monde, du désir de garder une certaine apparence, que les Italiens de la prêtrise, les Français de la vaine gloire, les Russes de leur czar, ou les Allemands de leur black beer [1]. J'ai toujours trouvé, dans le modeste arrangement d'un simple intérieur belge, un degré de bon sens qui valait cent fois mieux que les superfluités élégantes, le luxe forcé de maintes familles anglaises se piquant de distinction. En Belgique, si vous avez de l'argent, vous pouvez l'épargner ; c'est impossible en Angleterre : l'ostentation y dépense en un mois ce que le travail a mis un an à gagner. Honte à toutes les classes de ce pays, si opulent et si misérable, pour le culte servile qu'elles rendent à la fashion ! Il y aurait à écrire tout un chapitre à ce sujet, que je me réserve de traiter un peu plus tard.

Si j'avais eu encore mes quinze cents francs d'appointements, j'aurais pu, maintenant que Frances, de son côté, en gagnait douze cents, aller la trouver le soir même et lui dire les paroles qui me brûlaient le cœur ; notre revenu aurait suffi à nos besoins, puisque nous vivions dans un pays où l'économie n'est pas appelée bassesse, où la simplicité dans la toilette, l'ameublement et la nourriture, n'est pas synonyme de vulgarité. Mais sans protection et sans place, n'ayant aucune ressource, je ne pouvais pas même y songer ; l'amour m'était défendu, le mot de mariage était déplacé sur mes lèvres. Pour la première fois je comprenais ce que c'est que d'être pauvre ; le sacrifice que j'avais fait de ma position m'apparaissait maintenant sous un jour tout différent : ce n'était plus un acte honorable, mais un trait de folie ridicule. Je parcourais ma chambre, aiguillonné par le remords ; j'allai, pendant un quart d'heure, de la porte à la fenêtre, m'accablant de reproches et me raillant de ma sottise. À la fin, la conscience éleva la voix :

« Silence, bourreaux stupides ! s'écria-t-elle ; cet homme a bien agi ; pourquoi le torturer en lui parlant du bonheur qu'il aurait pu avoir ? Il a renoncé à une position temporaire, pour éviter un mal permanent et certain ; il a bien fait. Laissez-le réfléchir, et, quand vous aurez fini de l'aveugler, il découvrira une issue à la position où il se trouve. »

J'allai m'asseoir, et, appuyant mon front sur mes deux mains, je méditais vainement pendant trois heures. J'étais comme un homme enfermé dans un profond souterrain, dont le regard cherche à percer les ténèbres, et qui attend que la lumière traverse les murs de granit dont il est environné ; mais il y a des fissures aux murailles les plus épaisses ; une lueur douteuse, un rayon froid et pâle, mais cependant un rayon, finit par éclairer l'étroite issue que la conscience m'avait promise ; certains faits oubliés me revenaient à la mémoire, et me disaient d'espérer de rencontrer un appui.

Quelque trois mois avant l'époque, où nous étions alors, M. Pelet avait, à l'occasion de sa fête, conduit tous ses élèves à un lieu de plaisir des environs de Bruxelles, dont j'ai oublié le nom, et où il y a de petits lacs ou plutôt des étangs, où les canotiers du pays vont s'amuser le dimanche. Lorsque les enfants eurent mangé un nombre infini de gaufres et bu à satiété de la bière de Louvain, sous les ombrages d'un jardin disposé tout exprès pour ces sortes de goinfreries, ils demandèrent au principal la permission de faire une promenade en bateau ; six des plus grands l'obtinrent, et je fus prié de les accompagner en qualité de surveillant. Il se trouvait parmi eux un certain Jean-Baptiste Vandenhuten, jeune Flamand d'un grand poids, qui, malgré sa petite taille, possédait à l'âge de seize ans une largeur et une épaisseur de corps véritablement nationales. Ce fut lui qui, par hasard, sauta le premier dans le bateau ; il fit un faux pas, roula d'un côté, fit chavirer la barque, enfonça comme du plomb, reparut à la surface et disparut de nouveau. J'ôtai immédiatement mon habit et mon gilet, et je me précipitai à la recherche du pauvre Jean-Baptiste, ce qui était de ma part l'action la plus facile et la plus naturelle ; ce n'était pas pour rien que j'étais allé à Eton, où j'avais nagé et ramé pendant dix ans. Les élèves et les bateliers poussaient des cris lamentables, croyant avoir à déplorer deux décès au lieu d'un ; mais, la troisième fois que Jean-Baptiste reparut sur l'eau, je le saisis par le bras, et, trois minutes après, nous étions tous les deux sains et saufs sur la rive. À franchement parler, j'avais eu peu de mérite ; je n'avais pas couru le moindre risque, et je ne fus pas même enrhumé des suites de mon plongeon ; mais quand M. et Mme Vandenhuten, dont Jean- Baptiste était la seule espérance, eurent appris mon exploit, ils furent persuadés que j'avais fait preuve d'un dévouement et d'un courage que nulle reconnaissance ne pourrait jamais récompenser ; madame, surtout, pensait « que je devais aimer bien tendrement leur fils, pour avoir sauvé ses jours au péril de ma vie. » Quant à monsieur, un brave homme, aussi honnête que flegmatique, il ne dit que très-peu de chose, mais il ne voulut pas me laisser partir sans que je lui eusse promis d'avoir recours à lui, si jamais il pouvait m'être utile, « afin qu'il pût s'acquitter envers moi de la dette que je lui avais imposée. » C'était sur ces paroles que je fondais mon espoir ; malheureusement elles ne me consolaient pas, et la froide lumière qu'elles introduisaient dans mes ténèbres ne ranimait pas mon courage. Je n'avais aucun droit aux bons offices de M. Vandenhuten ; quel mérite avais-je à faire valoir ? aucun. Tout ce que je pouvais dire, c'est que je me trouvais sans place, que j'avais besoin de travailler, que ma seule chance d'obtenir un emploi consistait dans sa recommandation. J'étais sûr qu'il me l'accorderait avec plaisir ; ne pas la lui demander, sous prétexte que cette démarche révoltait mon orgueil et se trouvait en contradiction avec mes habitudes, c'était obéir à une fausse délicatesse ; je pouvais le regretter toute ma vie, et je ne devais pas m'y exposer.

J'allai le soir même chez M. Vandenhuten ; mais c'est vainement que j'avais ajusté ma flèche : la seule corde que j'eusse à mon arc se brisait avant de m'avoir servi. Je sonnai à la porte de mon protecteur.

Il occupait une vaste et belle maison dans l'un des plus beaux quartiers de la ville. Un domestique vint m'ouvrir, je demandai M. Vandenhuten : M. Vandenhuten n'était pas à Bruxelles ; il venait de partir pour Ostende avec sa famille ; de là il devait aller ailleurs, et l'on ignorait l'époque à laquelle il serait de retour.

Je laissai ma carte, et je revins sur mes pas.

CHAPITRE XXII.

Le jour des noces arriva. Le mariage fut célébré à Saint-Jacques ; Mlle Zoraïde devint Mme Pelet, née Reuter ; et une heure après cette transformation, l'heureux couple (style de journaliste) prenait la route de Paris, où, suivant les projets qu'il avait formés, il devait passer la lune de miel. Le lendemain, je quittai le pensionnat, et je transportai ma personne et mes biens dans un modeste logement que j'avais loué dans le voisinage. Au bout d'une demi-heure, mes habits étaient serrés dans une commode, mes livres rangés sur une planche ; mon déménagement était opéré. Je ne me serais pas trouvé malheureux, sans une vive douleur qui me torturait, un désir impatient de courir rue Notre-Dame-aux-Neiges, qu'irritait la ferme résolution que j'avais prise de ne pas mettre le pied dans cette rue jusqu'à l'époque où mon avenir se dégagerait des brumes de la misère.

C'était par une belle soirée de septembre, une soirée tiède et calme ; je n'avais rien à faire, et je savais qu'à cette heure Frances elle-même était libre. Il se pouvait qu'elle désirât ma présence, quant à moi, j'étais altéré de la sienne ; l'imagination commença tout bas à murmurer dans mon âme le doux récit des plaisirs qui m'attendaient chez elle.

« Tu la trouveras lisant ou écrivant, disait la tentatrice ; tu pourras t'asseoir auprès d'elle, tu n'as pas besoin, de troubler son repos ou de l'embarrasser par un langage inaccoutumé ; sois toujours le même, regarde ce qu'elle écrit, écoute sa lecture, reprends-la tranquillement, ou encourage ses efforts ; tu connais l'effet de cette méthode, tu sais animer son regard, éveiller son sourire ; tu as le secret de faire naître sur son visage mille expressions diverses ; tu peux, aussi longtemps que tu voudras, la tenir captive sous ta parole comme sous un charme puissant, fermer ses lèvres éloquentes, et lui inspirer la défiance d'elle-même. Tu sais pourtant que sa douceur n'est pas de la faiblesse ; tu as vu souvent, et avec une sensation de plaisir étrange, sa physionomie exprimer énergiquement la révolte, l'indignation, l'amertume, ou le dédain ; tu sais qu'il est peu de personnes qui la dominent, et que tu as sur son âme une souveraine influence ; tu sais qu'elle peut se briser, et non se courber sous la tyrannie et l'injustice, mais qu'elle se laisse guider par la raison et la tendresse ; va et emploie leur langage ; il est calme, et tu peux t'en servir en toute sécurité.

— Non, c'est impossible, répondis-je à la folle du logis ; on est maître de soi jusqu'à un certain point, mais pas au delà. Puis-je aller maintenant chez Frances, m'asseoir à ses côtés, et seul avec elle, dans une chambre silencieuse, ne lui parler que le langage de la raison ?

— Non, » répliqua d'un ton bref et plein d'ardeur, l'amour qui s'était emparé de moi, et qui me gouvernait complètement.

Le temps semblait s'être arrêté, le soleil ne se couchait pas, les aiguilles de ma montre étaient paralysées.

« Quelle chaleur étouffante ! » m'écriai-je en ouvrant les deux battants de la fenêtre. J'avais eu rarement une aussi forte fièvre. J'entendis un pas retentir dans l'escalier ; je me demandai si le locataire qui montait en ce moment était dans une situation d'esprit aussi agitée que la mienne, ou s'il vivait dans ce calme profond qui résulte d'un cœur libre et d'une position assurée. Mais quoi ! venait-il en personne résoudre ce problème que ma voix n'avait pas énoncé ? Il frappait à ma porte, à ma propre porte, un coup sec et rapide ; et, sans attendre que je lui eusse répondu, il en franchissait le seuil et la fermait derrière lui.

« Comment vous portez-vous ? » demanda-t-il en anglais, et d'une voix indifférente, tandis que, sans plus de cérémonie, il posait son chapeau sur la table, jetait ses gants dans son chapeau, et, attirant l'unique fauteuil que renfermât la chambre, s'y étendait tranquillement. « Êtes-vous muet ? » poursuivit-il d'un ton rempli de nonchalance, indiquant le peu d'intérêt qu'il prenait à ma réponse.

Le fait est que j'éprouvais le besoin de recourir à mes besicles, non pas pour reconnaître mon visiteur, que son impudence m'avait suffisamment désigné, mais pour savoir, à l'air de son visage, quelles pouvaient être ses intentions ; j'essuyai tranquillement les verres de mes lunettes, et je les mis avec tout le calme désirable, pour ne pas blesser l'arcade aquiline de mon nez, ou déranger les mèches de ma brune et courte chevelure. J'étais assis, le dos tourné à la fenêtre, l'ayant vis-à-vis de moi, c'est-à-dire en pleine lumière, position qu'il aurait de beaucoup préférée à la sienne ; car il aimait mieux scruter la pensée des autres que de servir d'objet à leur observation. C'était bien lui, je ne m'étais pas trompé ; lui, avec sa grande taille dont les six pieds [2] s'étendaient sur mon fauteuil ; avec son manteau de voyage à collet de velours, son pantalon gris, sa cravate noire, et le plus original de tous les visages que la nature ait jamais dessinés, toutefois sans exagération et sans charge ; pas un trait qu'on pût appeler bizarre ou marqué, mais un ensemble d'un effet unique et surtout indescriptible. N'étant pas pressé de m'entretenir avec lui, je le regardai longtemps sans rien dire.

« C'est ainsi que vous le prenez ? dit-il enfin ; à merveille, nous verrons lequel des deux s'en fatiguera le premier. »

Il tira de sa poche un élégant portefeuille, y choisit un cigare qu'il alluma, étendit la main, prit un livre sur la tablette voisine, appuya la tête au dossier du fauteuil, et se mit à fumer et à lire aussi tranquillement que s'il eût été dans sa chambre. Je le savais capable de conserver cette attitude jusqu'à minuit, si par hasard il en avait l'idée : je me levai donc, et lui retirant le livre des mains.

« Vous ne l'avez pas demandé, lui dis-je, vous ne le garderez pas.

— Ce n'est point une grande perte, répondit-il, un auteur assommant, vous faites bien de me le reprendre. » Le charme était rompu ; il continua : « Je croyais que vous demeuriez chez M. Pelet, poursuivit-il, j'y suis allé tantôt. On m'a répondu que vous étiez parti ce matin, mais que vous aviez laissé votre adresse ; c'est une précaution pleine de sens, dont je ne vous aurais pas cru capable. Pourquoi avez-vous quitté M. Pelet ?

— Parce qu'il vient d'épouser la femme qui, suivant M. Brown, devait être la mienne.

— En vérité ! répliqua Hunsden, avec un bref éclat de rire ; vous avez perdu à la fois votre place et votre épouse ?

— Mon Dieu, oui. »

Il jeta un regard furtif autour de ma chambre, en remarqua les étroites limites et le mobilier peu somptueux ; il comprit immédiatement l'état de mes affaires et m'eut bien vite absous de ma prétendue prospérité. Cette découverte opéra un curieux effet dans son étrange cerveau ; je suis certain qu'il m'aurait détesté s'il m'avait trouvé dans un charmant salon, étendu sur un divan moelleux, ayant à mes côtés une jeune et jolie femme ; c'est tout au plus s'il aurait poussé la politesse jusqu'à me faire une courte visite, froide et hautaine, et je ne l'aurais pas revu tant que la fortune m'eût été favorable : mais les chaises de bois peint, les murailles nues, en un mot l'aspect de ma pauvre chambre amollit son orgueil, et je ne sais quel changement s'opéra dans sa voix et dans son regard attendris, lorsqu'il reprit la parole.

« Avez-vous une autre place ?

— Non.

— Mais vous êtes sur le point d'en avoir une ?

— Non.

— Tant pis ! Êtes-vous allé voir Brown ?

— Non, vraiment.

— Vous avez eu tort ; il est souvent en mesure de donner d'utiles renseignements à cet égard.

— Il m'a rendu service une fois ; je n'avais aucun droit à me représenter chez lui, je n'aime pas d'ailleurs à importuner les gens.

— Oh ! si vous êtes timide ou si vous craignez d'être importun, chargez-moi de la commission ; je le verrai ce soir et je lui en dirai un mot.

— N'en faites rien, je vous prie, monsieur Hunsden ; je suis déjà votre débiteur ; vous m'avez rendu un important service en Angleterre en m'arrachant d'une caverne où je serais mort ; je ne pourrai jamais m'acquitter envers vous, et je refuse positivement de rien ajouter à la somme que je vous dois.

— Je suis enchanté que le vent souffle de ce côté-là ; je savais bien que la générosité sans exemple dont j'ai fait preuve en vous tirant de ce maudit comptoir serait appréciée un jour. Comme le dit l'Écriture : « Jetez votre pain dans l'eau, vous le retrouverez plus tard. » Faites donc usage de moi, camarade ; je suis sans pareil dans le troupeau des humains. En attendant, toute plaisanterie à part, il faut absolument que vous cherchiez une position, et ce serait de la folie si vous refusiez d'en prendre une, quelle que soit la main qui vous l'offre.

— Vous avez raison, monsieur Hunsden ; et maintenant que c'est une affaire réglée, parlons, s'il vous plaît, d'autre chose. Quelles nouvelles m'apportez-vous de X… ?

— L'affaire n'est pas du tout réglée, ou du moins je veux en traiter une autre avant d'aller plus loin. Cette demoiselle Zénobie…

— Zoraïde ! interrompis-je.

— Zoraïde, si vous voulez ; a-t-elle vraiment épousé M. Pelet ?

— Allez le demander au curé de Saint-Jacques, si vous ne me croyez pas.

— Et vous avez le cœur brisé ?

— Je ne m'en aperçois pas ; il bat toujours et comme à l'ordinaire.

— Vous avez alors moins de délicatesse de sentiment que je ne le supposais ; il faut que vous soyez d'une nature calleuse pour supporter un tel coup sans en être ébranlé.

— Pourquoi diable serais-je ébranlé de ce qu'une maîtresse de pension belge épouse un chef d'institution français ? Il en résultera sans aucun doute une race hybride assez bizarre ; mais c'est leur affaire, et non la mienne.

— Il plaisante insolemment, et l'épouse était sa fiancée !

— Qui vous l'a dit ?

— Brown.

— Brown est une vieille commère.

— Je ne dis pas non ; mais alors, si le commérage du susdit est dénué de tout fondement, si Mlle Zoraïde ne vous inspirait aucun intérêt, pourquoi, ô jeune pédagogue, avez-vous renoncé à votre position par cela seul qu'elle devenait Mme Pelet ?

— Parce que… (je me sentis rougir) parce que… Bref, monsieur Hunsden, pas de questions, je ne veux plus y répondre ; » et j'enfonçai mes deux mains jusqu'au fond de mes poches de pantalon.

Hunsden triomphait ; sa victoire éclatait dans ses yeux et sur ses lèvres.

« Que diable avez-vous à rire ? lui demandai-je impatienté.

— Je ris de votre calme exemplaire ; mais soyez tranquille, pauvre garçon, je ne veux pas vous tourmenter. La chose est facile à comprendre : Zoraïde a fait la coquette avec vous et s'est mariée ensuite avec un homme plus riche, ainsi que l'aurait fait à sa place toute femme sensée qui en aurait eu la chance. »

Je ne répondis pas à cette insinuation ; il me répugnait de la détruire, soit en disant la vérité, soit en forgeant quelque mensonge ; mais il n'était pas facile d'en imposer à Hunsden : au lieu de le confirmer dans la pensée qu'il avait deviné juste, mon silence au contraire le faisait douter de son opinion.

« Je suppose, continua-t-il, que tout cela s'est passé comme il arrive en pareil cas entre gens raisonnables : vous avez offert votre jeunesse et votre mérite en échange de sa position et de sa fortune ; je ne pense pas que vous ayez fait entrer l'amour en ligne de compte : car, si j'ai bien compris ce que m'a dit Brown, elle est plus âgée que vous, et moins belle que sensée. N'ayant d'abord aucune chance de faire un meilleur marché, elle fut disposée à conclure avec vous ; mais sur ces entrefaites arrive M. Pelet, le chef d'une institution florissante, qui met une enchère supérieure à la vôtre ; elle accepte et lui appartient naturellement ; la transaction est bonne, parfaitement juste et légale. À présent, si vous voulez, nous parlerons d'autre chose.

— Faites, répondis-je, très-content de voir écarter ce sujet de conversation et d'avoir mis en défaut la sagacité de mon examinateur, si toutefois j'y étais parvenu ; car, bien que ses paroles eussent maintenant changé d'objet, ses yeux perçants et attentifs paraissaient toujours préoccupés de la même idée.

— Vous voulez avoir des nouvelles de X... ? reprit-il ; quel intérêt pourront-elles vous offrir ? Vous n'avez pas laissé d'amis là-bas, vous n'en aviez fait aucun ; personne ne s'y inquiète de vous ; lorsque je prononce votre nom quelque part, les hommes me regardent comme si je parlais de Prester John, et les femmes rient sous cape. Les belles de X... vous détestent ; qu'est-ce que vous avez fait pour exciter leur déplaisir ?

— Je ne sais pas ; je ne leur parlais jamais ; elles ne m'inspiraient rien ; je les considérais comme un objet d'art qu'on doit regarder à distance ; j'avoue que leurs toilettes et leurs figures me plaisaient parfois à voir ; mais je n'ai jamais pu comprendre leur conversation, ni rien trouver dans leur physionomie. Chaque fois qu'il m'est arrivé de surprendre quelques-unes de leurs phrases, je n'en ai jamais deviné le sens, et l'expression de leur visage n'a jamais pu m'aider à le saisir.

— C'est votre faute, et non la leur ; il y a là-bas de ces dames qui ont autant d'esprit que de beauté. Les femmes valent bien la peine qu'un homme prenne le temps de causer avec elles ; et pour ma part je l'ai toujours fait avec plaisir ; mais vous ne savez pas être aimable : comment voulez-vous qu'à son tour une femme le soit avec vous ? Je vous ai vu appuyé à la porte d'un salon rempli de monde, écoutant sans rien dire ; observant toujours et n'agissant jamais ; ayant l'air froidement timide au commencement ; attentif au point d'être indiscret vers le milieu de la soirée ; et d'une lassitude insolente quelques instants plus tard : pensez-vous que ce soit le moyen d'être agréable aux autres et d'exciter leur intérêt ? Non ; si vous êtes généralement impopulaire, c'est parce que vous le méritez.

— J'en suis ravi ! m'écriai-je.

— Pas le moins du monde, reprit Hunsden ; si vous riez quand les femmes vous tournent le dos, vous riez d'un mauvais rire et vous n'en êtes pas moins blessé. Tous les biens qu'on désire ici-bas, la célébrité, la fortune et l'amour, ne seront jamais pour vous que les raisins de la fable. Vous les regardez avec envie, leur vue allume dans vos yeux la flamme de la convoitise, mais ils sont en dehors de votre atteinte ; vous n'êtes pas assez adroit pour trouver une échelle, et vous vous éloignez en disant qu'ils sont trop verts. »

Ces paroles, quelque blessantes qu'elles fussent, ne me touchaient aucunement ; j'avais beaucoup changé depuis mon départ de X… Mais Hunsden ne pouvait pas le savoir ; il ne m'avait vu qu'à l'époque où j'étais simple commis chez M. Crimsworth ; où, pauvre subalterne au milieu de riches étrangers qui me regardaient à peine, j'opposais à leur mépris une fierté dédaigneuse ; où, sachant que mon extérieur était peu attrayant, je refusais de solliciter une bienveillance qu'on ne m'aurait pas accordée, ou d'exprimer une admiration dont on eût repoussé le témoignage. Il ignorait que, depuis lors, je m'étais trouvé chaque jour au milieu de la jeunesse et de la beauté ; que j'en avais étudié l'esprit et le caractère, et que j'avais pu examiner de près le tissu qui était caché sous les broderies de la surface. Malgré toute sa pénétration, Hunsden ne lisait ni dans ma tête ni dans mon cœur ; il ne devinait rien de mes affections et de mes antipathies ; il ne me connaissait pas assez pour savoir combien j'étais capable de subir certaines influences, d'autant plus puissantes sur mon âme qu'elles n'agissaient que sur moi seul, et combien à mon tour j'avais d'empire sur la plupart des esprits. Il ne soupçonnait pas la nature de mes relations avec Mlle Reuter ; tout le monde ignorait l'étrange folie dont la pauvre Zoraïde avait été possédée à mon égard ; je m'étais seul aperçu de ses mensonges et de ses ruses, et, s'ils ne m'avaient pas ému, ils m'avaient rassuré : je leur devais au moins la preuve que je pouvais impressionner une femme. Mais un secret plus doux reposait au fond de mon cœur, un secret d'amour qui faisait toute ma force et qui, en émoussant l'aiguillon des sarcasmes d'Hunsden, leur ôtait le pouvoir de m'humilier et d'exciter ma colère. Toutefois je n'en pouvais rien dire ; l'incertitude scellait mes lèvres, et je me résignai, quant à présent, aux fausses interprétations de mon interlocuteur. Il ne comprit pas mon silence, et pensa que je restais accablé sous le poids de ses paroles ; aussi chercha-t-il à me rassurer en disant que je changerais sans doute un jour, que c'était à peine si je commençais la vie, et qu'ayant par bonheur du sens et de la raison, chacun de mes faux pas me servirait d'enseignement.

Comme il achevait cette phrase, je me tournai du côté de la fenêtre ; la place que j'occupais et l'ombre qui commençait à se répandre l'avaient depuis quelque temps empêché d'étudier ma figure ; il y vit sans doute une expression dont il resta surpris, car il s'écria :

« Que le diable l'emporte ! Il est enchanté de sa personne ! Je le croyais sur le point de mourir de honte, et l'infatué coquin sourit dans sa barbe en ayant l'air de dire : « Je me moque pas mal de vous, j'ai la pierre philosophale dans ma poche, et l'élixir de longue vie dans mon armoire ; nargue le destin et la fortune, j'échappe à leurs menaces. »

— Tandis que vous parliez tout à l'heure des raisins de la fable, Hunsden, je pensais à un fruit sauvage que je préfère à toutes vos treilles de serre chaude ; à un fruit que j'ai choisi, et que j'espère bien goûter un jour. Ne me menacez donc pas du calice d'amertume : j'ai l'avant-goût d'un breuvage qui rafraîchira mes lèvres, et, si je repousse une boisson insipide, c'est parce que je puis supporter la soif.

— Combien de temps ?

— Jusqu'à la première occasion d'arriver à mon but ; et, comme le prix que j'ambitionne est pour moi un trésor, j'aurai la force de vaincre, soyez-en persuadé.

— Je ne le suis pas du tout ; le guignon se rit des puissants et des forts, il les écrase aussi aisément qu'une cerise ; et vous êtes né, sachez-le, avec une cuiller de bois entre les dents.

— C'est possible ; mais, quand on la saisit d'une main ferme et qu'on s'en sert adroitement, une cuiller de bois vaut mieux que certaines cuillers d'argent.

— Allons, dit-il en quittant son fauteuil, je vois que vous êtes de ces originaux qui n'aiment point qu'on les aide et qui réussissent mieux quand on ne les regarde pas. Agissez donc à votre guise, et bonsoir. »

Il se retourna au moment d'ouvrir la porte :

« Crimsworth-Hall est vendu, reprit-il.

— Vendu ! répétai-je.

— Oui ; est-ce que vous ne savez pas que votre frère a fait faillite il y a trois mois ?

— Édouard Crimsworth ?

— Lui-même ; sa femme est, de plus, retournée dans sa famille ; il agissait fort mal avec elle : à mesure que ses affaires déclinaient, son humeur s'aigrissait. Bref, il s'est conduit à l'égard de sa femme en tyran brutal et grossier ; je vous avais bien dit qu'un jour il en arriverait là ; quant à lui…

— Qu'est-ce qui lui est arrivé ?

— Rien d'extraordinaire, ne vous alarmez pas ; il s'est mis sous la protection des lois ; il a composé avec ses créanciers, leur a donné deux pour cent, est rentré dans les affaires six semaines après, a fait revenir sa femme, et se trouve actuellement aussi vert qu'un laurier-sauce.

— Et Crimsworth-Hall, a-t-on vendu aussi les meubles ?

— Absolument tout, depuis le piano à queue jusqu'au rouleau à pâtisserie !

— Même ce qui était dans la salle à manger ?

— Certainement. Pourquoi les sofas et les chaises de cette pièce auraient-ils été plus sacrés que les meubles d'une autre chambre ?

— Et les tableaux ?

— Quels tableaux ? Crimsworth n'avait pas de galerie, que je sache ; il ne se piquait pas d'aimer les arts.

— Il y avait de chaque côté de la cheminée deux portraits que vous n'avez pas oubliés, monsieur Hunsden ; vous avez remarqué un soir l'une de ces toiles représentant une femme…

— Oh ! je sais ce que vous voulez dire ; une lady au maigre visage, et drapée dans un châle. Ce portrait, naturellement, a été vendu comme le reste. Si vous aviez été riche, vous auriez pu l'acheter ; vous m'avez dit, si je m'en souviens, que c'était le portrait de votre mère : vous voyez ce que c'est que d'être sans le sou.

— Je ne serai pas toujours pauvre, pensai-je ; il arrivera un moment où je rachèterai ce portrait… À qui appartient-il maintenant ? le savez-vous ? dis-je à Hunsden.

— Comment le saurais-je ? est-ce que je m'enquiers jamais de ce qu'on achète ? Voilà bien l'homme ! s'imaginer que tout le monde s'intéresse aux choses qui le concernent ! Adieu, cette fois ; je pars demain matin pour l'Allemagne ; je repasserai dans six semaines, il est possible que je vous fasse une visite ; je serais bien surpris si vous étiez placé. » Il ouvrit la porte, et disparut en riant du rire moqueur de Méphistophélès.

Il est des personnes qui, malgré l'indifférence où vous étiez à leur égard, vous laissent en partant une impression agréable ; on éprouvait tout le contraire avec Hunsden. Une conversation avec lui vous produisait l'effet d'une dose de quinquina ; elle concentrait en elle quelque chose de l'amertume astringente de l'écorce péruvienne : reste à savoir si elle en possédait la vertu fortifiante.

Le sommeil s'éloigne d'un esprit agité. Je ne dormis presque pas de la nuit ; vers le matin, je commençais à reposer, lorsque je fus réveillé par le bruit qu'on faisait dans le petit salon qui attenait à ma chambre ; on marchait, on remuait les meubles, puis on ferma la porte et je n'entendis plus rien. J'écoutai avec attention : les souris ne bougeaient même pas ; peut-être avais-je rêvé, peut-être un locataire était-il entré chez moi par mégarde, au lieu d'entrer chez lui ; il était à peine cinq heures, le jour n'était guère plus éveillé que moi : je me retournai, et je fus bientôt rendormi. Lorsque je me levai deux heures après, j'avais complètement oublié les pas et le remuement qui s'étaient fait entendre ; mais la première chose que je vis en entrant dans le petit salon d'à côté me les rappela aussitôt : debout auprès de la porte, se trouvait une grande caisse de bois blanc, qu'un commissionnaire avait, sans aucun doute, apportée le matin même. « Le brave homme se sera trompé ; ce n'est pas pour moi, » pensai-je ; et me baissant pour voir le nom qui était écrit sur l'adresse, j'y lus ces mots :

« William Crimsworth, Esq., Bruxelles. »

J'étais fort intrigué ; toutefois, jugeant avec raison que le meilleur moyen de savoir le mot de l'énigme était de le demander à la caisse, je m'empressai de l'ouvrir. De la serge verte soigneusement cousue sur les bords enveloppait son contenu. Je coupai le fil avec mon canif, et j'aperçus de la dorure à travers les interstices que je pratiquais ; la serge une fois enlevée, je retirai de la caisse un tableau magnifiquement encadré ; je l'appuyai contre une chaise après l'avoir mis dans son jour, je fis quelques pas en arrière, et, mes lunettes sur le nez, je regardai longtemps la toile que j'avais sous les yeux. Sur un ciel de portraitiste (le plus sombre et le plus orageux de tous les ciels) rejoignant à l'horizon quelques arbres d'une teinte convenue, se détachait une figure de femme pâle et pensive, couronnée de cheveux bruns et soyeux qui se confondaient presque avec le ton des nuages ; de grands yeux fixaient sur les miens leur regard profond et réfléchi ; une joue amaigrie s'appuyait sur une petite main délicate ; un châle artistement drapé laissait entrevoir une taille souple et mince qu'il me voilait à demi. « Ma mère ! » murmurai-je enfin. Le son de ma voix me réveilla de mon extase ; je me rappelai qu'il n'y a que les fous qui se parlent à eux-mêmes, et je poursuivis mon monologue intérieurement. Je contemplais depuis longtemps l'intelligence, la douceur et la tristesse, hélas ! de ces beaux yeux, la puissance de ce front large et bien dessiné, l'exquise sensibilité de cette bouche sérieuse, lorsque mon regard tomba sur un étroit billet placé dans un coin du tableau, entre le cadre et la toile, Je me demandai pour la première fois qui m'envoyait ce portrait, qui est-ce qui l'avait sauvé du naufrage de Crimsworth-Hall et qui, pensant à moi, le rendait aujourd'hui à son propriétaire naturel. J'ouvris le billet et j'y trouvai ces lignes :

« On éprouve une sorte de plaisir stupide à donner des bonbons à un enfant, une marotte à un fou et un os à un chien ; vous en êtes récompensé en regardant l'enfant se barbouiller de sucre, le fou redoubler de folie et le chien montrer les dents. En envoyant le portrait de sa mère à William Crimsworth, je lui donne à la fois les bonbons, la marotte et l'os savoureux ; je regrette seulement de ne pas être là pour jouir du résultat de l'envoi. J'aurais ajouté cinq schellings au prix d'achat, si le commissaire-priseur avait pu me garantir cette jouissance.

« H. Y. H. »

P. S. « Vous m'avez dit hier que vous refusiez positivement de rien ajouter à la dette que vous avez contractée envers moi ; ne trouvez-vous pas que je vous en épargne la peine ? »

Je renfermai le portrait dans la caisse, je le portai dans ma chambre et le fourrai sous mon lit, pour que mes yeux ne le vissent plus ; toute ma joie était détruite par une douleur poignante. Si le donateur fût entré en ce moment, je lui aurais dit : « Je ne vous dois rien, Hunsden, pas une obole ; vous vous êtes payé par vos insultes. »

Trop inquiet de ma position pour rester inactif, je n'eus pas plutôt déjeuné que je retournai chez M. Vandenhuten. Je ne pensais pas le rencontrer, car huit jours à peine s'étaient écoulés, depuis ma première visite, mais je comptais obtenir quelque renseignement sur l'époque de son retour : je fus plus heureux que je ne l'avais espéré. M. Vandenhuten, bien que sa famille fût toujours à Ostende, avait été rappelé à Bruxelles par une affaire et se trouvait précisément chez lui lorsque je m'y présentai. Il me reçut avec la bienveillance d'un homme sincère, mais calme par tempérament. Cinq minutes après mon entrée dans son cabinet, je me sentais beaucoup plus à l'aise que cela ne m'arrivait d'ordinaire en présence des personnes que je ne connaissais pas ; j'en étais d'autant plus étonné que je venais solliciter une faveur, chose qui pour moi était toujours horriblement pénible. Je me demandais le motif de cette tranquillité singulière ; je craignais qu'elle ne recouvrît une déception ; mais bientôt j'entrevis sur quelle base elle reposait, et je me sentis complètement rassuré.

M. Vandenhuten était riche et influent ; j'étais pauvre et sans pouvoir aucun, c'est-à-dire qu'entre nous existait un abîme ; mais si la société nous tenait à l'écart l'un de l'autre, la nature nous rapprochait, en dépit de l'ordre social. M. Vandenhuten, Hollandais et non Flamand, était froid, tranquille, d'une intelligence épaisse, bien que possédant un jugement sain et éclairé. J'étais nerveux au contraire, actif, prompt à concevoir et à réaliser ; j'avais autant de susceptibilité qu'il possédait de bienveillance ; bref, nos caractères s'engrenaient à merveille, et mon esprit, ayant plus de chaleur et d'activité que le sien, prédominait instinctivement et rétablissait l'équilibre entre nos deux positions.

Dès que je fus assuré de cette vérité, j'exposai à mon protecteur le motif de ma visite, et je le fis avec cette franchise que la confiance peut seule vous inspirer. Ma demande lui était agréable ; il me remercia de lui fournir l'occasion de faire quelque chose pour moi, et me pria d'entrer dans quelques détails. Je lui dis que mon désir était moins d'être aidé que d'être mis à même de sortir d'embarras par mes propres efforts ; que je ne venais pas lui demander une démarche personnelle, mais quelques renseignements et sa recommandation. Je me levai bientôt pour partir ; il me tendit la main, geste beaucoup plus significatif de la part des étrangers que de celle des Anglais ; et, lorsqu'il vint à me sourire en se levant à son tour, je pensai que la bonté qui éclairait son visage valait mieux que l'intelligence qui brillait sur le mien. Les hommes de ma nature éprouvent un bien-être infini à se trouver en contact avec une âme bienveillante et loyale comme celle qui animait l'excellent Vandenhuten.

La quinzaine suivante fut remplie d'alternatives ; pendant toute cette période, mon existence ressembla au ciel de ces nuits d'automne sillonnées de météores et de nombreuses étoiles filantes ; l'espoir venait à chaque instant éclairer l'horizon, mais il s'évanouissait bientôt, laissant après lui les ténèbres plus épaisses. M. Vandenhuten me secondait sincèrement ; il me mit sur la piste de plusieurs places et fit lui-même tous ses efforts pour me les procurer ; mais pendant longtemps je vis toutes les portes se fermer devant moi, ou d'autres candidats obtenir la position que j'avais espérée.

Stimulé par les obstacles et sous l'empire d'une excitation fébrile, je ne me laissais arrêter par aucun désappointement ; les défaites successives doublaient mes forces, j'oubliais mes dégoûts, je surmontais ma réserve, je faisais taire mon orgueil ; je demandais, j'insistais, je m'efforçais de conquérir le terrain pied à pied : c'est ainsi qu'on parvient à se frayer une issue jusqu'au cercle fortifié où siège la fortune, et où elle distribue ses faveurs. Ma persévérance me fit connaître, mon importunité me fit remarquer. On prit des renseignements sur mon compte ; les parents de mes anciens élèves se firent l'écho de leurs enfants, et répandirent que j'avais de la capacité ; le bruit qui en résulta courut à l'aventure, et de proche en proche finit par arriver jusqu'aux oreilles de certains personnages. Un matin que, ne sachant plus à qui m'adresser, à bout de force et d'imagination, j'étais assis tristement sur le bord de ma couchette, la fortune me salua comme une vieille connaissance, moi qui ne l'avais jamais vue, et me jeta sur les genoux le prix de mes efforts et de ma persévérance.

J'étais nommé professeur d'anglais au collège de Bruxelles, avec trois mille francs d'appointements, et de plus la certitude de gagner au moins une somme égale avec les leçons particulières que me vaudrait cette position. La lettre officielle qui m'en donnait avis m'informait en même temps que c'était à la vive recommandation de M. Vandenhuten que je devais d'avoir été choisi par l'Université.

Je courus aussitôt chez l'excellent homme qui m'avait si puissamment secondé ; je lui mis sous les yeux la lettre que je venais de recevoir, je lui pris les mains et je le remerciai avec toute la chaleur dont je me sentais capable. Mes paroles ardentes et mes gestes expressifs ébranlèrent M. Vandenhuten et lui firent éprouver une sensation inaccoutumée ; il me répondit qu'il était ravi d'avoir pu m'être utile, mais qu'il n'avait rien fait qui méritât de semblables remercîments ; qu'il n'avait pas déboursé une obole, et que toute la peine qu'il avait prise s'était bornée à jeter quelques lignes sur une feuille de papier.

« Peu importe, répliquai-je, vous avez fait mon bonheur, et vous y avez mis une délicatesse dont je suis profondément touché ; le service que vous m'avez rendu ne me pèse en aucune façon ; je suis heureux au contraire de vous devoir quelque chose ; loin de me sentir disposé à vous fuir, comme il m'arrive toujours à l'égard de ceux qui m'accordent une faveur, je vous demande de vouloir bien m'admettre dans votre intimité, car désormais je viendrai souvent jouir du plaisir de causer avec vous.

— Ainsi soit-il ! » répondit M. Vandenhuten en me souriant avec bonté, et je partis sous l'impression de ce sourire qui me réchauffait le cœur.

CHAPITRE XXIII.

Il était deux heures lorsque je rentrai chez moi ; mon dîner, qu'on m'apportait d'un hôtel voisin, m'attendait et fumait sur la table ; je pris une chaise et j'allai m'asseoir devant mon assiette avec l'intention de manger : mais impossible ; l'appétit m'avait complètement abandonné. Impatienté d'avoir sous les yeux ce bœuf et ces haricots, que je ne pouvais pas même goûter, je les serrai dans le buffet et je me demandai ce que j'allais faire, car il était inutile de me diriger vers la rue aux Neiges avant six heures du soir ; son habitante (pour moi elle n'en avait qu'une) était retenue ailleurs par ses occupations. Ne pouvant rester immobile, j'arpentai les rues de Bruxelles dans tous les sens et je me retrouvai dans ma chambre comme six heures sonnaient aux horloges de la ville. Je venais de me baigner la figure et les mains, et j'étais debout devant ma glace ; ma joue était pourpre et mon œil enflammé ; j'avais la fièvre : cependant mes traits étaient calmes. Je descendis précipitamment l'escalier et je franchis la porte de la rue ; j'étais content de voir le crépuscule s'étendre sur les nuages ; son ombre me paraissait bienfaisante, et le vent d'automne, qui soufflait avec force du nord-ouest, me procurait une sensation d'agréable fraîcheur ; toutefois les autres le trouvaient sans doute glacé, car les femmes étaient enveloppées dans leurs châles et les hommes avaient leurs paletots boutonnés jusqu'au menton.

Quand sommes nous complètement heureux, et l'étais-je en ce moment ? Non ; une inquiétude croissante me dévorait depuis l'instant où j'avais reçu la nouvelle de ma nomination. Comment allait Frances ? Je ne l'avais pas vue depuis deux mois et demi, je n'avais pas eu de ses nouvelles depuis six semaines ; la réponse que j'avais faite à son dernier billet ne l'engageait pas à continuer de m'écrire et ne lui promettait pas de nous revoir ; je croyais toucher au bonheur parce que ma barque se trouvait au sommet des vagues ; mais j'ignorais dans quel abîme le premier coup de vent pouvait la précipiter : il peut arriver tant de choses en six semaines ! Plaise à Dieu que Frances n'ait pas été malade, que je la trouve bien portante et qu'elle n'ait pas changé ! Tous les sages n'ont-ils pas affirmé que le bonheur parfait n'existe pas sur terre ? Oserai-je penser qu'il n'y a que la distance de quelques pas entre ma main et la coupe de délices qui, dit-on, ne se remplit que dans les cieux ?

J'étais enfin arrivé ; j'entrai dans cette maison paisibles et je montai l'escalier ; personne dans le corridor, toutes les portes étaient closes. Mes yeux cherchèrent le petit tapis de laine verte : il était à sa place.

« Signe d'espoir, me dis-je ; mais attendons pour entrer que je sois un peu plus calme : il ne faut pas me précipiter chez elle comme une trombe et débuter par une scène. »

Je suspendis ma course et je m'arrêtai sur le tapis.

« Quel silence ! y est-elle ? » me demandai-je. Le bruit imperceptible d'un charbon qui s'échappait de la grille me répondit ; on fit un mouvement dans la chambre ; quelqu'un arrangea le feu ; puis le mouvement continua ; un pied léger parcourut la pièce d'un pas égal ; j'écoutais, immobile, quand une voix harmonieuse récompensa mon oreille attentive ; un simple murmure, un accent mystérieux… À qui s'adressait-il ? c'est ainsi que la solitude parle au désert ou dans les salles d'une maison abandonnée.

« Une seule fois, mon fils, des pas ont foulé cette sombre caverne, dit-il ; c'est à l'époque où le juste était persécuté ; jours de malheur où Dieu avait abandonné cette terre. Un proscrit échappé des marais de Bewley, rougis du sang des martyrs, vint se retirer ici ; il s'arrêta souvent dans sa course pour prêter l'oreille au vent de la nuit : car le sifflement de la bise lui apportait le bruit des pas d'une armée qui franchissait les monts Cheviots ; et, de la rampe des Whitelaw, brillait fréquemment l'éclair qui porte la mort. »

La vieille ballade écossaise récitée à voix basse s'interrompit tout à coup ; un profond silence lui succéda, puis on remua de nouveau ; j'eus peur d'être surpris écoutant à la porte, je frappai pour m'annoncer, et j'entrai immédiatement. Frances marchait lentement dans sa chambre, elle s'arrêta en me voyant ; elle était seule avec les ténèbres croissantes et la flamme du foyer ; c'était à ces deux sœurs, la lumière et l'ombre, qu'elle récitait la vieille ballade, écho des montagnes à qui Walter Scott avait prêté son langage. Grave et recueillie, elle leva sur moi des yeux qui semblaient s'éveiller d'un rêve ; ses vêtements étaient simples, mais soigneusement arrangés, ses cheveux bruns disposés avec goût ; un ordre parfait régnait dans sa chambre ; tout ce qui l'environnait respirait le calme d'une vie régulière ; mais pensive, forte dans son isolement, disposée à la rêverie, peut-être à l'inspiration, qu'avait-elle à démêler avec l'amour ? « Rien, me répondait sa physionomie douce et triste ; la force morale me soutiendra et la poésie charmera mon existence ; les affections humaines ne fleurissent pas pour moi et la passion m'est étrangère » Il y a d'autres femmes qui tiennent ce langage ; et Frances, eût-elle été aussi désolée qu'elle le paraissait, ne se fût pas trouvée pire que des milliers d'entre elles. Voyez la race des vieilles filles, race guindée et rigide qu'on méprise : elles se sont nourries depuis leur jeunesse de patience et de résignation ; la plupart se sont ossifiées à ce maigre régime ; la contrainte qui a été l'objet perpétuel de leur existence a fini par anéantir les qualités aimables de leur nature ; et les malheureuses n'offrent plus à leur mort que des modèles d'austérité formés extérieurement d'un peu de parchemin et de beaucoup d'os. Les anatomistes vous diront qu'il y a un cœur dans la carcasse flétrie d'une vieille fille, le même organe que chez une femme adorée ou chez la mère orgueilleuse de ses nombreux enfants ; c'est possible : je n'en sais rien ; mais j'en doute fort.

Je souhaitai le bonsoir à Frances et je pris une chaise, probablement celle qu'elle venait de quitter ; cette chaise était placée devant une petite table où se trouvaient un pupitre ouvert et des papiers ; je ne sais pas si Frances m'avait reconnu tout d'abord, mais elle sembla maintenant savoir qui j'étais et répondit à mes paroles d'une voix douce et tranquille. J'avais pris un air calme en entrant ; elle régla ses manières d'après ma façon d'être et ne témoigna nulle surprise ; nous nous retrouvions dans les mêmes termes qu'autrefois : ceux qui existent de professeur à élève, et rien de plus. Je commençai à feuilleter son cahier ; toujours attentive et complaisante, elle alla dans la chambre voisine, en rapporta une chandelle qu'elle alluma et qu'elle plaça près de moi ; puis ayant fermé les rideaux et mis du bois et du charbon dans le feu, elle prit une chaise et vint s'asseoir à ma droite, mais un peu à distance. Le cahier que j'avais pris contenait la traduction anglaise de quelque auteur sérieux ; il s'y trouvait quelques feuilles détachées sur lesquelles je mis la main ; Frances étendit vivement la sienne pour reprendre ces feuillets, en disant que ce n'était rien, quelques pages de français qu'elle avait copiées et qui n'offraient aucun intérêt. J'insistai, sachant qu'elle cédait ordinairement lorsque je m'exprimais d'une manière décisive ; mais elle n'en fit rien dans cette occasion, et je fus obligé de détacher ses doigts qui retenaient toujours les feuillets disputés ; ils se relâchèrent aussitôt ; elle retira vivement sa main, que la mienne aurait suivie bien volontiers ; mais je devais, quant à présent, m'interdire toute démonstration un peu trop vive.

Les feuillets dont je restais possesseur n'étaient autre chose qu'une composition française dont, sans être positivement l'héroïne, Frances avait écrit les détails d'après sa propre expérience ; de cette façon elle avait, en évitant la personnalité, exercé son imagination et satisfait son cœur.

« Mon esprit fut captivé tout d'abord, disait-elle dans ces pages ; l'intérêt vint ensuite, la reconnaissance lui succéda bientôt. Je lui obéis sans effort et je travaillai sans fatigue ; si je venais à me lasser, un mot ou un regard me rendait toute ma force. Lui-même ne tarda pas à me distinguer de mes compagnes, mais seulement par ses questions plus nombreuses et par plus d'exigence ; l'omission ou la faute qui attirait à peine quelques paroles de blâme sur les autres élèves, si j'en étais coupable, excitait sa colère ; il s'impatientait lorsque la souffrance enrayait mes études, et se plaignait vivement de ce que mes forces languissantes ne répondaient plus à ce qu'il attendait de moi.

« Un jour, retenue dans mon lit où je me débattais contre la douleur, je l'entendis qui disait en inclinant la tête : « Seigneur, il faut qu'elle vive. » Sa main pressa doucement la mienne, j'essayai de lui répondre ; j'étais sans force pour parler ou faire un signe, mais je sentis en moi que l'espérance et l'amour commençaient à me guérir.

« Quand il s'éloigna, mon cœur suivit ses pas, et j'essayai plus tard de lui prouver ma reconnaissance par de nouveaux efforts. Je repris ma place au milieu de mes compagnes ; le sourire, qui rarement éclairait son visage, rayonna un instant sur ses lèvres ; la leçon terminée, il s'arrêta en passant : « Jeanne, me dit-il, demain ne travaillez pas ; vous êtes trop faible encore, allez vous asseoir au jardin ; le soleil brille, l'air est doux ; vous reviendrez lorsque je vous appellerai. »

« Que j'étais bien à l'ombre des lilas, seule et tranquille au milieu du silence, des oiseaux, des abeilles et des fleurs ! Cependant, lorsque mon maître eut prononcé mon nom, j'accourus à sa voix, et je rentrai toute joyeuse dans la maison bruyante ; son regard profond s'arrêta sur mon visage. « Vous êtes moins pâle, » murmura-t-il avec douceur, « reposez-vous quelques jours ; » et il répondit par un sourire à celui que j'osai lui adresser.

« Son front redevint sévère lorsque j'eus recouvré la santé ; comme autrefois, il me donna la tâche la plus longue et la plus difficile. Je faisais tous mes efforts pour être la première de la classe ; il était avare de ses louanges, et toujours il y mêlait des reproches ; mais le secret de sa pensée que je lisais sur son visage, était ma récompense. Alors même que sa vivacité excitait ma tristesse, mon chagrin était calmé aussitôt par quelque douce parole.

« Arriva le jour du triomphe : c'est à moi qu'était décerné le prix. Je portai ma couronne à mon maître, et je me mis à ses genoux pour qu'il posât sur mon front la guirlande qui m'avait été donnée ; un tressaillement profond et doux m'ébranla tout entière lorsque le laurier vient effleurer ma tête ; la fièvre de l'ambition s'alluma dans mes veines ; mais je me sentis au même instant une vive blessure au cœur : je partais le lendemain, et pour ne plus revenir !

« Le lendemain, j'étais seule avec lui, assise à son côté ; je lui disais combien mon départ assombrissait ma joie ; il répondit à peine, le temps passait, et je pleurais amèrement. On m'appela ; il était pâle, et m'ordonna de partir, puis me rappelant aussitôt, et me serrant dans ses bras : « Pourquoi nous séparer ? » murmura-t-il bien bas ; « n'étiez-vous pas heureuse auprès de moi ? ne vous ai-je pas sincèrement accordé tous mes soins ? qui donc aura pour celle que j'aime autant de dévouement et d'amour ? Oh ! mon Dieu, veillez sur mon enfant d'adoption ; gardez-la bien, Seigneur ! protégez-la contre les flots et la tempête… Va donc, enfant, puisqu'ils t'appellent, arrache-toi de mes bras, ton véritable asile ; mais si tu souffrais un jour, si tu étais déçue, repoussée ou opprimée, Jeanne, reviens à moi qui t'aime, et dont le cœur est ton refuge naturel. »

Je restai longtemps silencieux après cette lecture ; mon crayon traçait comme en rêve des lignes incohérentes sur le papier que j'avais sous les yeux. Je me disais que Jeanne était à côté de moi, que ce n'était pas une enfant, mais une jeune fille de dix-neuf ans, et qu'elle pouvait m'appartenir, mon cœur me l'affirmait. La malédiction qui pèse sur le pauvre s'était éloignée de moi, la jalousie elle-même avait fui et ne savait pas que j'avais retrouvé Frances. Nous étions libres ; la glace qui recouvrait les manières du professeur pouvait se briser ; mon œil n'avait plus besoin d'éteindre ses rayons, mon visage de voiler son attendrissement sous un aspect sévère ; il lui était permis de révéler la flamme intérieure et de chercher à éveiller un sentiment qui répondît au mien : pensée délicieuse que je savourais avec ivresse. Jamais l'herbe, au sommet desséché des monts, n'a bu la rosée avec plus de reconnaissance que mon cœur ne goûtait la joie profonde qui l'inondait en ce moment.

Mon silence troubla Frances ; elle se leva sans but, alla tisonner le feu qui n'en avait pas besoin, remua les uns après les autres les objets qui décoraient la cheminée ; je regardais sa taille élégante et souple qui se penchait sur la pierre du foyer ; les plis de sa robe ondulaient à un pas de ma chaise.

Il y a de ces impulsions irrésistibles, qui nous saisissent et nous dominent avant même qu'on ait pu s'en douter ; ce n'est pas à dire pour cela qu'elles soient toujours mauvaises : peut-être la raison s'est-elle instantanément assurée de la bonté du fait médité par l'instinct, et sent-elle qu'elle peut rester passive tandis qu'il s'exécute ; toujours est-il que, sans que j'y eusse pensé, Frances était sur mes genoux, et que je l'y retenais fortement en dépit de ses efforts.

« Monsieur ! » s'écria-t-elle ; puis toute confuse, elle resta immobile et silencieuse. L'étonnement se dissipa bientôt, sans pourtant faire place à l'effroi ou à la colère ; elle était un peu plus près de moi qu'auparavant, et voilà tout ; la surprise avait pu la pousser à se débattre, mais le respect de soi-même mit fin à une résistance qui devenait inutile.

« M'estimez-vous beaucoup, Frances ? » lui demandai-je.

Elle ne répondit pas ; la situation était trop nouvelle pour lui permettre de parler. J'attendis un instant, malgré mon impatience, et je répétai ma question, probablement d'une voix très-agitée. Elle me regarda ; mon visage n'était certainement pas un modèle de calme, et je suppose que mon regard était très-animé.

« Répondez-moi, ajoutai-je d'un ton pressant.

— Monsieur, vous me faites mal, lâchez ma main, je vous prie, » dit-elle d'une voix haletante.

Je m'aperçus effectivement que je serrais sa main droite un peu fort ; je fis ce qu'elle désirait, et je répétai pour la troisième fois :

« M'estimez-vous, Frances ?

— Beaucoup, répondit-elle enfin.

— Assez pour vous donner à moi, et pour m'accepter pour mari ? »

Je sentis battre son cœur plus vite ; la rougeur de l'amour colora vivement son cou et son visage depuis le menton jusqu'aux tempes ; j'aurais désiré lire dans ses yeux, mais ses paupières baissées ne me le permettaient pas.

« Si je consens à me marier avec vous ? demanda-t-elle.

— Vous voulez bien, n'est-ce pas ?

— Serez-vous aussi bon mari que vous avez été bon maître ?

— J'essayerai, Frances. »

Elle demeura quelques instants silencieuse ; puis, avec une inflexion de voix doucement provoquante et accompagnée d'un sourire à la fois timide et fin :

« C'est-à-dire, reprit-elle, que monsieur sera entêté, exigeant, volontaire.

— L'ai-je été pour vous, Frances ?

— Vous le savez bien.

— N'ai-je pas été autre chose à votre égard ?

— Oh ! si, vous avez été mon meilleur ami.

— Et vous, Frances, qu'êtes-vous pour moi ?

— Votre élève dévouée, qui vous aime de tout son cœur.

— Et mon élève consent-elle à passer toute sa vie avec moi ?

— Vous m'avez toujours rendue heureuse, dit-elle après quelques instants, et en parlant avec lenteur ; j'aime à vous entendre et à vous voir, j'aime à être auprès de vous. Je vous crois excellent et supérieur aux autres hommes : vous êtes sévère pour les nonchalants et pour les paresseux ; mais vous êtes bon, bien bon pour ceux qui travaillent et qui s'efforcent de bien faire ; oui, maître, je serai bien heureuse de vivre avec vous. »

Elle fit un léger mouvement comme pour s'attacher à moi : elle s'arrêta néanmoins, et reprit avec ardeur :

« Oh ! oui, bienheureuse ! »

Je la pressai contre ma poitrine, et je mis un baiser sur ses lèvres, pour sceller le contrat qui nous unissait l'un à l'autre ; puis nous restâmes longtemps sans rien dire. J'ignore à quoi pensait Frances, je ne le cherchais même pas ; je souhaitais qu'elle partageât la paix profonde que je sentais au fond de l'âme. Mon bras la retenait toujours, il est vrai, mais sans contrainte, puisqu'elle ne lui opposait plus de résistance. Je regardais vaguement la flamme qui voltigeait au-dessus du brasier ; mon cœur mesurait sa puissance et la trouvait sans limites.

« Monsieur, dit à la fin ma douce compagne, immobile dans son bonheur comme un oiseau dans son effroi, monsieur…

— Que voulez-vous dire, Frances ? je n'aime pas plus à prodiguer les épithètes amoureuses qu'à tourmenter les gens de mes caresses égoïstes.

— Vous êtes raisonnable, n'est-ce pas ? dit-elle.

— Oui, surtout quand on me le demande en anglais. Pourquoi me faites-vous cette question ? ne me trouvez-vous pas assez calme.

— Oh ! ce n'est pas de cela que je veux parler ; je voulais seulement dire que j'aimerais à garder mon emploi d'institutrice. Vous continuerez probablement à donner des leçons ?

— Assurément ; c'est là ma seule ressource.

— Tant mieux ; nous aurons tous les deux la même profession, et vous verrez que mes efforts seront aussi puissants que les vôtres.

— Comment ! vous cherchez déjà à vous rendre indépendante de moi ?

— Oui, monsieur ; je ne veux pas être un embarras pour vous, un embarras d'aucun genre.

— Mais vous ne savez pas ce qui m'arrive, j'ai quitté M. Pelet ; et, après six semaines de démarches et surtout d'inquiétudes, j'ai trouvé une place qui me donnera trois mille francs par an, sans compter ce que je gagnerai en dehors, et qui me vaudra au moins autant. Vous voyez bien qu'il est inutile de vous exténuer à donner des leçons ; nous pourrons vivre, et même très-bien, avec nos six mille francs. »

Il y a quelque chose de flatteur pour l'homme fort, quelque chose de conséquent avec son noble orgueil, dans la pensée de devenir la providence de celle qu'il aime, de pourvoir à sa nourriture et de la vêtir, ainsi que le Créateur fait pour les lis des champs ; je continuai donc afin de la décider.

« La vie a déjà été si pénible pour vous ! lui dis-je ; vous avez besoin de repos ; les douze cents francs que vous gagnez n'ajouteraient pas beaucoup à notre revenu, et quels sacrifices ne vous coûteraient-ils pas ! Ne travaillez plus, Frances, vous devez être fatiguée ; laissez-moi le bonheur de vous donner le repos. »

Je ne suis pas certain qu'elle eût accordé à mes paroles toute l'attention qu'elles méritaient ; au lieu de me répondre avec sa promptitude ordinaire, elle s'agita sous une impression de malaise.

« Comme vous êtes riche, murmura-t-elle, trois mille francs ! et moi qui n'en gagne que douze cents ! Mais ne disiez-vous pas que je devais quitter ma place, renoncer au travail ? Oh ! non, je m'y attache plus que jamais. Et sa petite main serra vivement la mienne. « Pensez-y donc, monsieur, poursuivit-elle en s'animant de plus en plus, vous épouser pour me faire entretenir par vous ! oh ! je ne le pourrais pas ; et comme je m'ennuierais ! Vous seriez occupé du matin jusqu'au soir à donner des leçons dans une classe bruyante, et moi je languirais à la maison, toute seule et ne faisant rien ! mais je deviendrais triste et maussade, et avant peu vous seriez fatigué de moi.

— Vous pourriez lire, étudier, deux choses que vous aimez passionnément.

— Non, ce serait impossible ; j'aime le repos, mais je lui préfère l'activité ; il faut que j'agisse et que j'agisse avec vous ; j'ai observé que les personnes qui n'ont que du plaisir à chercher dans la compagnie l'une de l'autre, s'estiment beaucoup moins et ne s'aiment jamais autant que celles qui travaillent et qui souffrent ensemble.

— Vous avez raison, lui dis-je enfin : c'est la vérité divine qui parle par votre bouche ; suivez la route que vous avez choisie, c'est assurément la meilleure ; et maintenant que j'ai consenti, donnez-moi vous-même un baiser pour récompense. »

Après une hésitation bien naturelle chez une personne ayant aussi peu pratiqué l'art d'embrasser, elle effleura doucement mon front de ses lèvres timides ; je pris ce léger don pour un prêt, et je le lui rendis avec usure.

Je ne sais pas si Frances était véritablement changée depuis la première fois que je l'avais vue, mais elle était singulièrement embellie à mes yeux. Je me rappelais ce regard triste et sans éclat, ces joues-pâles, cet air abattu que je lui avais trouvés d'abord et que je voyais aujourd'hui remplacés par de brillants sourires, des contours arrondis, une physionomie expressive et des joues rosées marquées de charmantes fossettes. Je nourrissais l'idée flatteuse que mon amour pour elle était la preuve d'une perspicacité particulière. « Elle est sans beauté, sans fortune, me disais-je ; elle n'a pas beaucoup de talent, et cependant elle est pour moi un trésor : il faut nécessairement que je sois un homme d'une pénétration tout exceptionnelle. » Ce soir je commençais à comprendre que j'avais pu me tromper, que c'était mon goût et non mon discernement qui était unique ; pour moi, Frances avait des charmes réels ; personne d'ailleurs n'avait à lui reprocher de ces défauts choquants, de ces difformités qui défient l'enthousiasme des plus audacieux champions de l'intelligence ; champions masculins, toutefois : car une femme peut aimer un homme en dépit de la plus atroce laideur, s'il a du génie, ou même un talent véritable ; mais si Frances eût été louche, édentée, rugueuse ou bossue, mes sentiments pour elle auraient pu être affectueux, et nullement passionnés ; j'avais de l'amitié pour Sylvie, mais la pauvre enfant, chétive et contrefaite, ne m'aurait jamais inspiré le moindre amour. Il est certain que les qualités morales de Frances avaient tout d'abord excité mon intérêt, et conservaient tous les droits qu'elles avaient à ma préférence ; mais la limpidité de son regard, la délicatesse de son teint, la blancheur de ses dents bien rangées, les lignes gracieuses de sa taille, étaient pour moi une source de plaisir matériel dont je me serais difficilement privé ; j'étais donc sensuel à ma façon, en dépit de la tranquillité de mes manières et de mon extrême délicatesse.

Ne croyez pas, lecteur, que je vais continuer à vous servir un miel parfumé, tout fraîchement extrait des bruyères et des roses ; voici la goutte de fiel, une goutte seulement, il est vrai, mais qu'à son tour il vous faudra subir.

L'heure était avancée lorsque je rentrai chez moi ; j'avais oublié provisoirement que l'homme est soumis aux besoins grossiers de la faim et de la soif, et je me couchai sans avoir rien mangé depuis le matin. Il y avait quinze jours que je ne m'étais reposé ni de corps ni d'esprit ; le délire qui avait rempli les dernières heures de la journée, troublait, en prolongeant son extase, le sommeil dont j'avais si grand besoin. Je finis cependant par m'endormir, mais non pas pour longtemps ; les ténèbres étaient profondes, et mon réveil au milieu de cette nuit épaisse fut semblable à celui de Job lorsqu'un esprit effleura son visage : comme lui, je sentis se hérisser tous les poils de ma chair ; je ne distinguais rien, et cependant quelque chose passa mystérieusement devant ma face, et mon oreille, saisissant un murmure, entendit ces paroles :

« Au milieu de la vie, nous sommes avec la mort. »

Cette hallucination, et l'angoisse dont elle était accompagnée, aurait été regardée par certaines personnes comme un fait surnaturel ; mais je reconnus immédiatement l'effet de la réaction : l'essor de l'homme est toujours entravé par sa nature mortelle, et c'était mon corps qui tremblait et gémissait, mes nerfs qui rendaient un son faux, parce que l'âme, s'étant précipitée vers l'objet de ses désirs, avait oublié la faiblesse relative de son enveloppe matérielle. Un frisson d'horreur s'était emparé de moi ; ma chambre était envahie par un hôte que j'avais connu jadis, et dont je croyais être délivré pour toujours ; l'hypocondrie était revenue, je me sentais en proie à ses amères tristesses. Elle avait été la compagne de mon enfance, compagne fidèle que j'abritais secrètement, qui partageait ma couche et qui assistait à mes repas ; elle me suivait à la promenade, me montrait, à la place des bois et des collines, de sombres cavernes où, s'asseyant à, mes côtés, elle m'enveloppait de son voile noir qui me dérobait la vue du ciel et des fleurs, et me serrait dans ses bras décharnés, où je sentais le froid du tombeau. Quels tristes récits, quels chants lugubres elle versait alors à mon oreille ! Que ne disait-elle pas du sépulcre sa véritable patrie, où elle me promettait de me conduire avant peu ? et, m'attirant sur les bords d'une rivière aux flots livides, elle me montrait sur l'autre rive, chargée de tertres inégaux, des monuments environnés de cyprès, dont une clarté sinistre faisait briller le marbre funèbre. « C'est Nécropolis, murmurait-elle ; regarde, ta demeure y est déjà préparée. »

J'étais seul au monde, orphelin ; je n'avais ni frère, ni sœur pour égayer mon enfance : qu'y avait-il d'étonnant à ce qu'une sorcière, me rencontrant alors égaré par une imagination vagabonde, ayant au cœur mille tendresses et personne à aimer, d'ardentes aspirations et un avenir ténébreux, d'immenses désirs et pas d'espoir, fit briller à mes regards sa lumière trompeuse, et m'attirât dans son antre peuplé d'horribles fantômes ? Mais aujourd'hui que l'avenir était sans nuages, que mon amour avait trouvé un refuge, que mes désirs, repliant leurs ailes fatiguées d'un long vol, se reposaient sous les caresses de celle qu'ils avaient tant cherchée, pourquoi l'hypocondrie venait-elle me retrouver ?

Je la repoussai, mais en vain, comme un jeune époux qui s'efforce de chasser une ancienne maîtresse venue pour lui aliéner le cœur de sa femme ; elle conserva son empire sur moi toute la nuit, et pendant les huit jours qui suivirent. Enfin, mon esprit recouvra peu à peu la santé, je retrouvai l'appétit, et je pus avec bonheur m'asseoir auprès de Frances, délivré de l'horrible tyrannie du démon.

CHAPITRE XXIV.

C'était un dimanche, par une belle gelée de novembre ; nous avions fait le tour de la ville, et Frances étant un peu fatiguée, nous étions allés nous asseoir sur l'un des bancs qu'on a placés sur le boulevard de distance en distance, pour la plus grande commodité des promeneurs. Elle me parlait de la Suisse avec animation, et je me disais que son regard n'avait pas moins d'éloquence que ses lèvres, quand elle s'arrêta tout à coup.

« Voilà, dit-elle, un monsieur qui vous connaît. »

Je levai les yeux Trois gentlemen habillés à la dernière mode passaient au même instant ; je vis à leur tournure aussi bien qu'à leur visage que c'étaient des Anglais, et, dans le plus grand des trois, je reconnus M. Hunsden ; il était en train d'ôter son chapeau à Frances, après quoi il me fit une grimace et continua son chemin.

« Qui est-ce ? demanda-t-elle.

— Un individu que j'ai connu en Angleterre.

— Pourquoi m'a-t-il saluée ? car il ne me connaît pas.

— Si ; il vous connaît à sa manière.

— Comment, à sa manière ?

— Ne l'avez-vous pas vu dans ses yeux ?

— Non ; qu'est-ce que son regard avait de particulier ?

— Il vous a salué du nom de Wilhelmina Crimsworth ; et s'adressant à moi : « Enfin, a dit son regard, vous avez trouvé la contre-partie de vous-même ; celle qui vous complète, une femme de votre espèce. »

— Ses yeux n'ont pas pu dire tout cela en une seconde.

— Ils me l'ont dit pourtant. J'y ai lu en outre que j'aurai bientôt sa visite ; probablement ce soir. Je suis certain qu'il insistera pour vous être présenté. Dois-je le conduire chez vous ?

— Comme vous voudrez ; je n'y vois pas d'inconvénient ; j'aurai même du plaisir à l'examiner d'un peu plus près : il a l'air si original ! »

M. Hunsden vint chez moi dans la soirée, comme je l'avais prévu. La première chose qu'il me dit en entrant fut celle-ci :

« Il est inutile de vous vanter, monsieur le professeur, je sais votre nomination au collége, etc., etc. ; Brown m'a tout raconté. »

Il me dit ensuite qu'il était arrivé d'Allemagne depuis la veille, et me demanda aussitôt à brûle-pourpoint si c'était Mme Pelet-Reuter qu'il avait aperçue avec moi sur le boulevard. J'allais répondre par une dénégation énergique, lorsque, me ravisant tout à coup, je fis semblant de dire que oui, et je lui demandai comment il la trouvait.

« Je vous le dirai tout à l'heure. Un mot d'abord à votre sujet, répondit-il ; vous n'êtes qu'un vil coquin : ce n'est pas votre affaire de vous promener avec la femme d'un autre ; je vous croyais trop de bon sens pour vous mêler au salmigondis fangeux des mœurs étrangères.

— Mais cette femme, quelle impression vous a-t-elle faite ?

— Elle est trop bien pour vous, c'est évident ; elle vous ressemble, mais elle est mieux que vous. Ce n'est pas une raison pour qu'elle soit une beauté ; cependant je me suis retourné plusieurs fois pour la voir, au moment où elle vous donnait le bras. Elle a une jolie taille, une charmante tournure. Que ces étrangères sont gracieuses ! Pourquoi diable a-t-elle épousé ce Pelet ? Il n'y a pas trois mois qu'ils sont mariés… Il faut que ce soit un imbécile. »

Je ne voulus pas prolonger cette méprise qui commençait à me déplaire.

« Ah çà, lui dis-je, pourquoi avez-vous toujours en tête M. et Mme Pelet ? vous ne faites que parler d'eux à tout propos. Je regrette que vous n'ayez pas épousé votre demoiselle Zoraïde, vous y penseriez moins.

— Est-ce que ce n'était pas elle ?

— Pas du tout.

— Pourquoi avez-vous menti ?

— Je n'ai pas menti ; mais vous êtes si pressé qu'on ne peut pas vous répondre. Cette jeune fille est une de mes élèves, une Suissesse.

— Que vous allez épouser ? ne le niez pas.

— Je l'épouserai certainement avant trois mois, si Dieu nous prête vie. C'est là ma fraise sauvage, dont le parfum et la saveur, Hunsden, m'ont rendu indifférent à vos raisins de serre chaude.

— Halte-là ! pas de fanfaronnades ; je ne les supporte pas. Quelle est sa famille ? À quelle caste appartient-elle ? »

Je ne pus m'empêcher de sourire ; Hunsden avait, sans le vouloir, appuyé sur le mot caste, et l'avait prononcé avec une certaine emphase. En effet, tout républicain sincère et tout ennemi des nobles qu'il fût, Hunsden était aussi fier de son nom et de sa famille respectable et respectée de génération en génération, que pas un pair du royaume ne pouvait l'être de son origine normande et de son titre datant de la conquête ; bref, il aurait été aussi éloigné de prendre une femme dans une caste inférieure à la sienne, qu'un Stanley de s'allier à une Cobden. Je jouissais de la surprise que j'allais lui causer et du triomphe de mon humble pratique sur sa vaine théorie. Je m'appuyai sur la table, et d'une voix lente, mais où perçait une joie contenue, je répondis brièvement :

« Elle est raccommodeuse de dentelle. »

Hunsden m'examina avec attention ; il n'exprima pas la surprise qu'il éprouvait, et répliqua d'un ton simple, car il avait ses accès de délicatesse et de bonne éducation :

« Vous êtes le meilleur juge en pareille circonstance ; une raccommodeuse de dentelle peut faire une bonne épouse aussi bien qu'une lady ; et vous vous êtes probablement assuré qu'étant sans fortune et sans éducation, elle possède au moins toutes les qualités naturelles que vous croyez nécessaires à votre bonheur. A-t-elle de nombreux parents ?

— Aucun à Bruxelles.

— Tant mieux ; la famille est souvent, en pareil cas, un fléau. Je ne puis m'empêcher de croire qu'une étroite alliance avec des gens inférieurs serait pour vous un supplice continuel. »

Après être resté quelque temps sans parler, Hunsden se leva et me souhaita le bonsoir d'un air grave. La manière polie et sérieuse dont il me tendit la main (chose qu'il n'avait jamais faite) me persuada qu'à ses yeux j'étais sur le point de commettre une immense folie, et que ce n'était pas l'instant des railleries cyniques, mais celui de la modération et de l'indulgence.

« Bonsoir, William, dit-il d'une voix douce et en me regardant avec affection ; bonsoir, mon ami. Je vous souhaite ainsi qu'à votre femme tout le bonheur possible ici-bas ; je désire qu'elle réponde aux exigences et aux susceptibilités de votre âme pleine de délicatesse. »

J'eus beaucoup de peine à m'empêcher de rire en contemplant son air de pitié magnanime ; toutefois, conservant ma gravité :

« Je pensais, lui dis-je, que vous auriez éprouvé le désir de voir Mlle Henri.

— Ah ! c'est ainsi qu'elle s'appelle ? Oui… si vous le jugez convenable, j'aimerais assez à la connaître… Cependant… »

Il hésita.

« Que voulez-vous dire ?

— Je ne voudrais pour rien au monde commettre une indiscrétion.

— Venez alors, » lui répondis-je ; et nous partîmes aussitôt.

Hunsden considérait évidemment comme une témérité l'imprudence que je commettais en le conduisant dans la mansarde de ma pauvre grisette ; mais il agissait en véritable gentleman, car il en possédait les qualités sous la rude écorce qu'il lui plaisait de revêtir en manière de mackintosh moral. Il causa tout le long du chemin avec affabilité, je dirai même avec douceur ; jamais je ne l'avais vu aussi aimable pour moi. Nous arrivâmes à la maison de la rue Notre-Dame-aux-Neiges. Le premier étage franchi, Hunsden se dirigea vers un escalier plus étroit qu'il se disposait à monter, supposant toujours qu'elle logeait au grenier.

« C'est ici, » lui dis-je en frappant doucement à la porte de Frances ; il revint sur ses pas, un peu confus de la méprise qu'il avait faite. Il regarda le petit paillasson vert, et ne dit pas un seul mot.

Nous entrâmes dans la chambre ; Frances était assise auprès de la table et se leva pour nous recevoir. Ses vêtements de deuil lui donnaient un certain aspect monastique, tout en faisant ressortir son extrême distinction ; la simplicité de sa toilette n'ajoutait rien à sa grâce, mais beaucoup à la dignité de ses manières ; et la blancheur de son col et de ses manchettes relevait suffisamment sa robe noire, dont les plis avaient quelque chose de solennel. Frances nous salua gravement ; elle avait comme toujours, lorsqu'on la voyait pour la première fois, l'air d'être moins faite pour inspirer l'amour que le respect. Je lui présentai M. Hunsden ; elle lui exprima, en français, tout le plaisir qu'elle avait à faire connaissance avec lui. L'accent distingué de cette voix pure et mélodieuse produisit immédiatement son effet. Hunsden répondit dans la même langue ; je ne l'avais jamais entendu parler français ; mais il s'en acquittait bien. J'allai m'asseoir auprès de la fenêtre ; sur l'invitation de Frances, M. Hunsden prit l'un des sièges qui étaient à côté du feu ; de la place que j'occupais j'embrassais d'un coup d'œil les deux interlocuteurs et la pièce tout entière, La chambre était si propre et si brillante qu'elle ressemblait à un meuble poli ; un verre rempli de fleurs occupait le centre de la table ; dans chacun des vases qui ornaient la cheminée se trouvait une rose : tout cela donnait un air de fête à cet intérieur paisible. Frances était sérieuse ; M. Hunsden recueilli, pour ainsi dire ; ils continuaient à parler français et à s'entretenir de choses indifférentes avec autant de cérémonie que de politesse. Je ne crois pas avoir jamais eu sous les yeux deux modèles plus accomplis d'une bienséance parfaite : car Hunsden, grâce à la contrainte que lui imposait une langue étrangère, mesurait ses phrases avec un soin qui excluait toute excentricité. À la fin, la conversation tomba sur l'Angleterre : Frances, vivement intéressée, fit question sur question ; et s'animant par degrés, son visage s'éclaira peu à peu comme un ciel de nuit à l'approche de l'aurore ; ses yeux brillèrent, ses traits se détendirent, sa physionomie devint mobile et sa peau transparente : l'instant d'avant c'était une femme comme il faut ; maintenant c'était une jolie femme. Elle avait mille choses à demander à l'Anglais nouvellement arrivé de son pays, et le pressait de lui répondre avec un enthousiasme qui ne tarda pas à dissiper la réserve de Hunsden, comme le feu réchauffe une vipère engourdie par la gelée.

J'emploie à dessein cette comparaison peu flatteuse, parce qu'en effet il me sembla voir un serpent s'éveiller de sa torpeur, lorsqu'il redressa lentement sa grande taille, qu'il releva la tête, et que rejetant ses cheveux en arrière, il découvrit son large front saxon, et laissa voir l'éclair d'ironie sauvage que l'ardente curiosité de son interlocutrice allumait dans son regard ; ainsi que Frances, il redevenait lui-même ; et s'adressant à elle d'une voix vibrante :

« Vous comprenez l'anglais ? lui demanda-t-il dans sa propre langue.

— Oui, monsieur.

— Fort bien ; vous allez en entendre. Il faut en vérité que vous n'ayez pas plus de sens qu'un individu que je connais (et il me désigna du geste), pour aimer jusqu'à la rage ce sale pays qu'on appelle Angleterre ; vous êtes folle, par ma foi ! l'anglomanie éclate dans vos yeux tout aussi bien que dans vos discours. Mais, mademoiselle, est-il possible que quiconque possède un atome de sens commun puisse éprouver de l'enthousiasme pour un nom, lorsque surtout il désigne l'Angleterre ? Il y a cinq minutes, je vous prenais pour une abbesse et vous aviez tout mon respect ; je le vois maintenant, vous n'êtes qu'une espèce de sibylle helvétique, ayant des principes de haut torysme et de haute Église.

— Est-ce que l'Angleterre n'est pas votre patrie ?

— Si, mademoiselle.

— Et vous ne l'aimez pas ?

— Je serais bien fâché de l'aimer ! un pays corrompu et vénal, où tout n'est qu'arrogance et paupérisme, orgueil et impuissance ; une nation rongée par l'aristocratie et le monarchisme, vermoulue de préjugés, pourrie par les abus !

— C'est partout la même chose ; il a des abus dans tous les pays, et je pensais qu'en Angleterre il y en avait moins qu'ailleurs.

— Allez-y donc et voyez ; allez à Birmingham et à Manchester ; allez à Saint-Gilles, qui est dans Londres, et recueillez-y des notions pratiques sur la bonté du système qui nous régit. Examinez l'empreinte des pas de notre aristocratie ; vous verrez qu'elle marche dans le sang et qu'elle écrase des cœurs à chaque fois qu'elle avance. Passez la tête aux portes des cottages anglais ; vous verrez la faim rampant sur les pierres noircies d'un foyer vide, l'agonie gisant toute nue sur des grabats sans couvertures, et l'infamie s'accouplant à l'ignorance. Pourtant la Grande-Bretagne aime le luxe avec passion, et préfère les châteaux princiers aux masures couvertes de chaume.

— Ce n'est pas aux vices de l'Angleterre que je pensais, répondit Frances, mais à ses beaux côtés, à ce qui fait sa gloire et son élévation.

— Elle n'a pas de beaux côtés, ou du moins vous ne les connaissez pas. Votre éducation bornée, votre position obscure, ne vous permettent point d'apprécier les efforts de l'industrie, les résultats d'immenses entreprises ou les découvertes de la science ; quant aux souvenirs historiques ou littéraires qu'elle peut avoir, je ne veux pas vous insulter, mademoiselle, en supposant que vous faites allusion à de pareilles balivernes.

— Pourquoi pas, monsieur ? »

Hunsden se mit à rire avec un souverain mépris.

« Êtes-vous du nombre de ceux à qui de tels souvenirs ne procurent aucune jouissance, monsieur Hunsden ?

— Et d'abord, mademoiselle, qu'est-ce que c'est qu'un souvenir ? quel est son poids et sa valeur ? quel prix a-t-il au marché ?

— Votre portrait, monsieur, pour quelqu'un qui vous aurait aimé, serait assurément sans prix, par l'effet du souvenir. »

Cette réponse, qu'il écouta religieusement, parut faire une impression profonde sur l'incompréhensible Hunsden ; il rougit vivement, chose qui ne lui était pas ordinaire ; l'émotion troubla son regard, et je crus voir que, pendant l'instant de silence qui succéda à l'argument ad hominem de son antagoniste, il éprouva le désir d'être aimé par quelqu'un à qui en échange' il pût donner tout son amour.

Frances poursuivit, profitant de l'avantage qu'elle venait de remporter.

« Si le monde où vous vivez est un monde sans souvenir, dit-elle, je ne m'étonne plus que vous détestiez votre patrie, et je ne comprends pas comment vous vous figurez le ciel ; mais croyez-moi, monsieur Hunsden, quelque glorieuse que soit la région qu'ils habitent, si les anges étaient privés tout à coup de la faculté de se souvenir, c'est-à-dire de penser, ils fuiraient leur bienheureux séjour et chercheraient jusqu'en enfer leur faculté perdue. »

La voix de Frances avait été aussi éloquente que ses paroles, et, quand elle prononça le mot enfer avec une énergie qui nous fit tressaillir, Hunsden ne put se défendre de lui accorder un regard d'admiration. Il aimait la force, il aimait surtout l'audace qui fait franchir les limites conventionnelles ; jamais il n'avait entendu accentuer le mot enfer avec autant de franchise, et le son lui en avait plu, tombant de la bouche d'une femme. Il aurait voulu voir Frances continuer sur le même ton, mais ce n'était pas dans sa nature : elle n'éprouvait aucun plaisir à déployer une vigueur qui ne se révélait jamais que dans certaines circonstances, alors que l'entraînement faisait jaillir la passion des profondeurs où elle gisait cachée. Il lui était arrivé une ou deux fois, en causant avec abandon, de m'exprimer des pensées audacieuses en un langage nerveux et passionné ; mais la manifestation terminée, j'avais essayé vainement de faire revivre cette ardeur qui naissait et disparaissait d'elle-même. Elle répondit aux excitations d'Hunsden par un sourire, et revenant au premier objet de leur dispute :

« Si l'Angleterre a si peu de valeur, pourquoi les autres nations ont-elles tant de respect pour elle ?

— Un enfant ne me demanderait pas cela, répondit Hunsden, qui ne donnait jamais une explication sans reprocher à celui qui la motivait son ignorance ou sa stupidité ; si vous aviez été mon élève, plutôt que d'avoir le malheur d'être celle d'un esprit déplorable qui n'est pas loin d'ici, je vous mettrais le bonnet d'âne pour une semblable question. Mais ne savez-vous pas, mademoiselle, que c'est avec notre or que nous achetons la politesse de la France, la bonne volonté de l'Allemagne et la servilité de la Suisse ?

— De la Suisse ! appelez-vous mes compatriotes serviles, monsieur ? » s'écria Frances qui se leva tout à coup. Je ne pus m'empêcher de sourire ; l'indignation éclatait dans ses yeux, et son attitude semblait défier son adversaire. « Vous osez calomnier la Suisse devant moi, monsieur Hunsden, poursuivit-elle ; croyez-vous donc que je n'aie aucun souvenir, que je m'appesantisse uniquement sur la dégradation qu'on peut trouver au fond des Alpes, et que j'aie effacé de mon cœur les vertus sociales de mes compatriotes, notre liberté conquise au prix de notre sang, et la splendeur de nos montagnes ? Vous vous trompez, monsieur.

— Vertus sociales tant que vous voudrez, puisqu'il vous plaît de nommer ainsi la chose ; mais vos compatriotes n'en sont pas moins des gens raisonnables, qui transforment en article de commerce l'idée abstraite qui vous enflamme. Il y a longtemps qu'ils ont vendu leurs vertus sociales et aliéné leur liberté, si noblement conquise, aux souverains étrangers dont ils se font les très-humbles serviteurs.

— Vous n'avez jamais été en Suisse ?

— Je vous demande pardon, j'y suis allé deux fois.

— Vous ne la connaissez pas.

— Je la connais parfaitement.

— Vous dites que les Suisses sont mercenaires, comme un perroquet répète ce qu'il entend, ou comme les Belges disent que les Anglais ne sont pas braves et les Français qu'ils sont perfides. Vous êtes encore moins sensé que moi, monsieur Hunsden ; vous refusez de vous rendre à l'évidence, et vous éprouvez le besoin de nier le patriotisme individuel pour anéantir la grandeur des nations, comme un athée qui nie l'existence de son âme pour renier celle de Dieu.

— Voilà ce qui s'appelle sortir de la question. Où diable allez-vous donc ? je croyais que nous parlions des Suisses et de leurs penchants serviles.

— Assurément ; et pour en finir, dussiez-vous me prouver aujourd'hui (et vous n'y parviendrez jamais) que mes compatriotes sont des mercenaires, je n'en aimerais pas moins l'Helvétie de toute la puissance de mon âme.

— Vous seriez folle, aussi folle qu'un lièvre en mars, de nourrir une passion effrénée pour quelques millions d'acres de terre, de bois, de glace et de neige.

— Moins folle que vous, qui n'aimez rien.

— Il y a de la méthode dans ma folie, et pas le moindre bon sens dans la vôtre.

— Oui ; votre système consiste à pressurer toute chose pour en retirer la séve et à faire du fumier avec le résidu, afin, dites-vous, de le rendre utile.

— Vous ne pouvez pas raisonner, dit Hunsden, vous n'avez pas de logique.

— Mieux vaut être sans logique que sans cœur, répliqua Frances qui, animée d'intentions hospitalières dans ses actes, sinon dans ses discours, allait et venait de son armoire à sa table, mettait la nappe et disposait tout ce qui était nécessaire pour le souper.

— Est-ce une pierre dans mon jardin, mademoiselle ? demanda Hunsden ; supposez-vous que je sois sans cœur ?

— Je crois-que vous analysez sans cesse vos sentiments et ceux des autres ; que, vous fondant sur l'erreur qui en résulte, vous dogmatisez à tort et à travers, et que, ne pouvant vous mettre d'accord avec vous-même, vous supprimez les sentiments comme incompatibles avec la logique.

— Et j'ai raison. »

Frances venait d'entrer dans une petite pièce qui lui servait d'office : « Vous vous trompez beaucoup, dit-elle en reparaissant bientôt. Ayez la bonté de me laisser approcher de la cheminée, monsieur Hunsden ; j'ai quelque chose à faire cuire. » Elle établit une petite casserole au-dessus du feu, et ajouta quelques instants après, tout en continuant sa cuisine : « Comme si l'on pouvait avoir raison d'anéantir tous les bons sentiments que le Créateur nous a donnés, surtout l'amour de la patrie, qui élargit le cœur de l'homme et qui étend son égoïsme à une nation tout entière !

— Êtes-vous née en Suisse ?

— Mais certainement.

— D'où vient alors que vous avez la figure anglaise ?

— Parce que j'ai du sang anglais dans les veines, ce qui me donne le droit d'avoir un double patriotisme.

— Votre mère était Anglaise ?

— Oui, monsieur, oui ; quant à la vôtre, elle était probablement née dans Utopia ou dans la Lune, puisque pas un pays d'Europe n'a d'intérêt pour vous.

— Au contraire ; vous ne me comprenez pas : j'ai un patriotisme universel ; le monde est ma patrie.

— Un amour qui se répand sur une étendue aussi vaste doit être bien superficiel. Voulez-vous avoir la bonté de vous mettre à table ? » Et s'adressant à moi qui paraissais lire au clair de la lune : « Monsieur, dit-elle, le souper est servi. »

Elle prononça ces paroles d'un son de voix tout différent de celui qu'elle avait en discutant avec Hunsden.

« À quoi pensez-vous, Frances, de nous avoir préparé à souper ? lui répondis-je ; notre intention n'était pas de rester aussi longtemps.

— J'en suis bien fâchée ; vous êtes resté jusqu'à présent, le souper est sur la table ; il ne vous reste plus qu'à le manger. »

Le repas, complètement étranger dans sa forme et dans sa nature, était composé de deux petits plats de viande fort bien accommodés et parfaitement servis, d'une salade et d'un fromage français. Le mouvement des mâchoires et des fourchettes imposa nécessairement une trêve aux deux parties belligérantes ; mais les hostilités recommencèrent dès que le souper fut terminé. La discussion roula cette fois sur l'intolérance religieuse qui, d'après M. Hunsden, existe en Suisse, malgré l'attachement qu'on y professe pour la liberté. Frances avait fort à faire dans cette occasion, où le désavantage se trouvait de son côté, non-seulement parce qu'elle n'avait pas l'habitude de discuter, mais surtout parce qu'au fond elle était du même avis que son contradicteur, dont elle ne combattait les arguments que par esprit d'opposition.

Elle se rendit à la fin, en disant qu'elle partageait l'opinion de son adversaire, mais en lui faisant remarquer toutefois qu'elle ne se tenait pas pour battue.

« Absolument comme les Français à Waterloo, dit Hunsden.

— Les deux cas ne sauraient être comparés, s'écria Frances ; vous saviez bien que je ne me défendais pas sérieusement.

— Sérieusement ou non, vous n'en êtes pas moins vaincue.

— Nullement. Alors même que ma pauvreté de langage et mon défaut de logique sembleraient vous assurer la victoire, je n'en resterais pas moins attachée à mon opinion, si elle différait de la vôtre, et je vous échapperais par le silence. Vous parlez de Waterloo ; mais, suivant Napoléon, Wellington aurait dû être battu ; s'il fut vainqueur, c'est parce qu'il continua la bataille au mépris des lois de la guerre. Je ferais comme Wellington, et je resterais maîtresse de la position, en dépit de votre habileté.

— Ce n'était qu'un âne que Wellington.

— Comment prenez-vous cela ? » demanda-t-elle en se tournant de mon côté.

Je lui répondis par un sourire, et voyant poindre un nouveau sujet de discussion entre les deux adversaires : « Il est temps de se séparer, » ajoutai-je.

Hunsden se leva immédiatement : « Adieu, dit-il à Frances ; je partirai demain matin pour cette glorieuse Angleterre, et je ne reviendrai pas à Bruxelles avant un an ou deux. Dans tous les cas, vous aurez ma visite, et vous verrez si je n'ai pas trouvé le moyen de vous rendre encore plus féroce qu'aujourd'hui. Ce soir, vous avez été brave ; je veux à notre prochaine entrevue que vous me battiez à plate couture. En attendant, vous êtes condamnée à devenir Mme Crimsworth ; pauvre jeune fille ! Mais vous avez du courage, une étincelle du feu sacré ; gardez-la précieusement, et que le professeur en ait tout le bénéfice.

— Êtes-vous marié, monsieur ? demanda Frances.

— Non, mademoiselle : je pensais qu'à mon air vous aviez reconnu que j'étais un vieux garçon.

— Eh bien ! si jamais vous prenez une femme, n'allez pas la chercher en Suisse ; car s'il vous arrivait de blasphémer devant elle, comme vous l'avez fait tout à l'heure en parlant de l'Helvétie, notre Suissesse pourrait bien, quelque nuit, étouffer son Breton bretonnant, comme l'Othello de Shakspeare étouffa Desdemona.

— Vous voilà bien averti, dit Hunsden en me regardant ; j'espère entendre parler un jour de la parodie du Maure de Venise, où les rôles seront changés, mon pauvre ami. Adieu, mademoiselle. » Il se pencha sur sa main, absolument comme sir Charles Grandisson sur celle d'Henriette Byron : « La mort que donneraient d'aussi jolis doigts ne serait pas sans charme, dit-il.

— Mon Dieu ! murmura Frances, en ouvrant de grands yeux, il fait des compliments ; je ne m'y attendais pas. »

Elle sourit d'un air moitié joyeux, moitié fâché, fit à Hunsden une révérence pleine de grâce, et c'est ainsi qu'ils se quittèrent.

À peine étions-nous dans la rue que Hunsden me prit au collet :

« C'est là, dit-il, votre raccommodeuse de dentelle ? Et vous croyez avoir fait quelque chose de magnanime en lui offrant de l'épouser ? avoir prouvé votre mépris des distinctions sociales en vous unissant à une simple ouvrière, vous, noble rejeton de la famille des Seacombe ? Et moi qui le plaignais, supposant que la passion l'égarait, et qu'il courait à sa perte en faisant un sot mariage !

— Lâchez-moi, Hunsden. »

Au lieu de faire ce que je lui demandais, il me secoua vigoureusement ; je le saisis par la taille. La nuit était obscure, la rue déserte et sans réverbères ; nous luttâmes pendant quelques instants, et, après avoir roulé tous les deux sur le pavé et nous être relevés, non sans peine, nous convînmes de poursuivre notre chemin plus tranquillement.

« Oui, c'est là ma raccommodeuse de dentelle, répondis-je, celle qui sera ma femme, si toutefois Dieu le permet.

— Il ne le permettra pas, soyez-en sûr. Que diable avez-vous fait pour être si bien pourvu ? C'est qu'elle le traite avec une sorte de respect, qu'elle module sa voix pour lui adresser la parole, absolument comme si monsieur était un être supérieur. Elle ne me témoignerait pas plus de déférence si elle avait été assez heureuse pour être choisie par moi !

— Vous êtes un fat, Hunsden. Mais vous n'avez entrevu que le titre de mon bonheur ; vous ne savez pas quel récit contiennent les pages suivantes, quel intérêt profond et varié, quelle émotion puissante et douce il fait naître à chaque ligne. »

Hunsden me pria de me taire, me menaçant d'un châtiment effroyable si je continuais, en me vantant, d'exciter sa fureur. Il parlait bas, car nous étions dans une rue populeuse ; sa voix était remplie d'émotion. J'éclatai de rire jusqu'à m'en rompre les côtes ; nous fûmes bientôt arrivés à son hôtel et nous nous arrêtâmes devant la porte :

« Ne faites pas tant le glorieux, reprit-il ; votre ouvrière est beaucoup trop bien pour vous, mais pas assez bien pour moi ; elle ne répond, ni au moral ni au physique, à l'idéal que je me suis fait de la femme. Non, je rêve à quelque chose de plus et de mieux que cette petite Suissesse irritable… À vrai dire, elle tient beaucoup plus de la Parisienne mobile et nerveuse, que de la robuste Jungfrau. Votre Mlle Henri est chétive et sans caractère, à côté de la reine de mes songes ; vous vous conteniez de son minois chiffonné, et vous avez raison ; mais il faut, pour me plaire, avoir des traits mieux dessinés, des formes plus développées et plus nobles que n'en possédera jamais cet enfant mal venu et pervers.

— Obtenez d'un séraphin qu'il vous apporte un charbon du feu céleste, lui dis-je ; animez-en la plus grande, la plus grasse, la plus sanguine de toutes les femmes de Rubens, et laissez-moi ma Péri des Alpes ; je ne vous porterai pas envie. »

Nous nous tournâmes le dos, par un mouvement simultané ; ni l'un ni l'autre ne dit un mot d'adieu : et cependant la mer devait le lendemain rouler ses vagues entre nous.

CHAPITRE XXV.

Deux mois après, Frances avait fini de porter le deuil de sa tante. Le matin du premier janvier, je me rendis en fiacre avec M. Yandenhuten à la rue Notre-Dame-aux-Neiges, et, laissant mon compagnon dans la voiture, je montai vivement l'escalier. Frances m'attendait, vêtue d'une façon peu en rapport avec le froid sec d'une matinée d'hiver. Je l'avais toujours vue jusqu'à présent habillée de noir ou d'une étoffe de couleur sombre, et je la trouvais auprès de la fenêtre, portant une robe blanche d'un tissu diaphane. Rien n'était plus simple que sa toilette, et cependant ces plis nombreux et transparents qui flottaient autour d'elle, ce voile qui lui descendait jusqu'aux pieds, et que retenait dans ses cheveux une petite guirlande de fleurs blanches, avaient une élégance à la fois gracieuse et imposante. Chose singulière à dire, elle avait pleuré, et, lorsque je lui demandai si elle était prête, elle étouffa un sanglot en me répondant : « Oui, monsieur. » Je pris un châle qui se trouvait sur la table, je le plaçai sur ses épaules, et non-seulement ses larmes recommencèrent, mais encore elle trembla comme la feuille, en écoutant mes paroles. Je lui dis que j'étais désolé de sa tristesse, je la suppliai de m'en faire connaître le motif ; elle ne me répondit que ces mots : « Je ne peux pas m'en empêcher. » Puis, mettant sa main dans la mienne par un mouvement précipité, elle sortit de la chambre avec moi, et descendit l'escalier d'un pas rapide et mal assuré, comme une personne qui est pressée d'en finir avec une affaire redoutable. Je la fis monter dans la voiture, où M. Vandenhuten la reçut avec bonté ; nous arrivâmes à la chapelle protestante, d'où nous sortîmes mariés au bout de quelques instants.

Protégés contre les regards indiscrets par notre isolement et notre obscurité, il devenait inutile de nous absenter de Bruxelles, et nous allâmes tout de suite prendre possession d'une maisonnette que j'avais louée dans le faubourg le plus voisin du quartier où se trouvaient nos occupations.

Trois ou quatre heures après la cérémonie du mariage, Frances, vêtue d'une jolie robe lilas, plus chaude que la mousseline nuptiale, ayant devant elle un piquant tablier de soie noire, et au cou un joli ruban de la couleur de sa robe, était agenouillée sur le tapis d'un petit salon convenablement meublé, et rangeait sur les planches d'une étagère les livres que je prenais sur la table, et que je lui donnais un à un. Le temps avait changé tout à coup, il faisait froid et sombre au dehors ; le ciel couvert de nuages paraissait plein de tempêtes ; les piétons enfonçaient jusqu'à la cheville dans la neige qui tombait à gros flocons, et dont le pavé des rues était déjà couvert. À l'intérieur, tout brillait autour de nous ; la flamme de notre foyer pétillait joyeusement. Notre nouvelle habitation était d'une excessive fraîcheur ; meublée déjà depuis quelques jours, il ne restait plus à mettre à leur place que les livres et quelques menus objets de cristal ou de porcelaine. Frances y fut occupée jusqu'au soir ; je lui appris alors à faire une tasse de thé à la manière anglaise, et quand elle eut surmonté l'effroi que lui causait la vue de cette masse énorme de matériaux que je mettais dans la théière, elle me servit un véritable repas anglais auquel ne manquaient, je vous assure, ni bougie, ni bon feu, ni confort d'aucune sorte. Notre semaine de congé à l'occasion du nouvel an fut bientôt écoulée, et nous reprîmes notre travail avec plus d'ardeur que jamais, sachant que nous étions de simples ouvriers destinés à gagner notre vie par des efforts soutenus et un labeur continuel. Nous partions le matin à huit heures, et nous restions dehors jusqu'à cinq ; mais quel repos délicieux remplaçait chaque soir les fatigues de la journée ! Lorsque je regarde en arrière, je vois toujours nos soirées d'alors, m'apparaissant comme autant de rubis qui resplendissent an front ténébreux du passé.

Nous étions mariés depuis dix-huit mois ; un matin (c'était un jour de fête et nous avions congé), Frances, avec la soudaineté qui lui était particulière quand, après avoir pensé longtemps à une chose, elle voulait soumettre à mon jugement la conclusion à laquelle elle était arrivée, me dit tout à coup : « Je ne travaille pas assez.

Comment cela ? » demandai-je en levant les yeux avec surprise.

Au moment où elle m'avait adressé la parole, je tournais méthodiquement ma cuiller dans mon café, jouissant par avance d'une promenade que nous nous proposions de faire jusqu'à une certaine ferme où nous devions dîner. « Que veux-tu dire ? » ajoutai-je. À l'ardeur qui animait sa figure, je vis tout de suite qu'il s'agissait d'un projet important.

« Je ne suis pas contente de moi, répondit-elle ; vous gagnez huit mille francs dans votre année, et moi, j'en suis toujours à mes misérables douze cents francs. Je peux faire mieux que cela, et je veux y parvenir.

— Tu travailles autant que possible, Frances, tu ne peux pas faire davantage.

— Oui, monsieur ; mais je suis dans une mauvaise voie : il s'agit d'en sortir.

— Tu as un projet arrêté, ma Frances : va mettre ton chapeau, nous parlerons de cela en nous promenant. »

Elle alla se préparer, docile comme un enfant bien élevé ; car elle offrait un curieux mélange de douceur et de fermeté ; je pensais à elle, et je me demandais quel plan elle avait pu former, lorsqu'elle rentra prête à partir :

« Il fait si beau, dit-elle, que j'ai donné à Minnie (notre bonne) la permission de sortir. Aurez-vous la bonté de fermer la porte et d'en prendre la clef ?

— Embrasse-moi, Frances, » lui répondis-je.

La réponse n'était pas, je l'avoue, très en rapport avec la demande qui m'était faite ; mais cette chère Frances avait quelque chose de si séduisant avec sa fraîche toilette d'été, son petit chapeau de paille, et sa parole si naturelle et si suave, que mon cœur s'épancha en la voyant et qu'un baiser me devint indispensable.

« Voilà, monsieur ; êtes-vous content ?

— Pourquoi dire toujours monsieur ? appelle-moi William.

— Je ne peux pas prononcer votre W. D'ailleurs, monsieur est le nom que je vous ai donné tout d'abord, et c'est pour cela que je le préfère. »

La bonne étant sortie avec un bonnet blanc et un châle de toute couleur, nous partîmes à notre tour, abandonnant la maison à la solitude et au silence que troublait seul le tintement de la pendule. Nous fûmes bientôt dans les champs, au milieu des prairies et des sentiers, loin des routes poudreuses où retentissait le bruit des voitures. Tout à coup, au détour d'un chemin, nous nous trouvâmes dans un endroit si frais et si vert qu'on aurait pu se croire au fond de l'une des provinces les plus pastorales de l'Angleterre. Un banc naturel d'herbe moussue, abrité du soleil par un aubépin, nous offrait un siège trop agréable pour qu'on pût le refuser ; nous allâmes nous y asseoir, et, après avoir regardé les fleurs sauvages qui croissaient à nos pieds, je rappelai à Frances le projet dont elle devait m'entretenir.

Son plan n'avait rien que de très-simple. Il s'agissait de monter le degré qui se trouvait naturellement devant nous : elle avait l'intention d'élever un pensionnat. Nous avions déjà quelques avances, et nous pouvions commencer sur une modeste échelle. Nos relations étaient fort étendues, et pouvaient nous seconder avantageusement dans l'entreprise que nous projetions : car, bien que notre cercle de visites fût toujours très-restreint, nous étions connus comme professeurs dans un grand nombre de familles.

« Pourquoi ne réussirions-nous pas ! ajouta Frances, quand elle eut développé ses plans : si nous avons quelque succès, une bonne santé et du courage, nous pouvons réaliser une petite fortune ; et cela, peut-être, avant que nous soyons trop vieux pour en jouir. Alors nous nous reposerons ; et qui nous empêchera d'aller vivre en Angleterre ? » C'était toujours son rêve.

Je n'avais aucune objection à lui faire. Je savais qu'elle n'était pas de ces gens qui peuvent rester dans une inaction même relative : il lui fallait des devoirs à remplir, et des devoirs importants, quelque chose à faire d'absorbant et de profitable ; de puissantes facultés s'agitaient dans son cerveau, et réclamaient à la fois un aliment et un libre exercice. Je n'étais pas homme à les affamer ou à les retenir ; j'éprouvais au contraire une profonde jouissance à leur offrir un appui et à débarrasser la voie de tout obstacle, afin qu'elles pussent avoir une action plus étendue.

« Ton plan est bon, dis-je à Frances ; il faut l'exécuter ; non-seulement tu as mon approbation, mais encore, toutes les fois que tu auras besoin de mon assistance, ne crains pas de la demander, tu es bien sûre de l'obtenir. »

Ses yeux me remercièrent avec effusion, deux larmes y brillèrent et disparurent aussitôt ; elle prit ma main qu'elle serra dans les siennes, et ajouta seulement : « Tu es bon, je te remercie. »

La journée se passa d'une manière délicieuse, et nous ne rentrâmes que bien tard, par un beau clair de lune. Dix années ont agité sur ma tête leurs ailes poudreuses et vibrantes ; dix années de tracas et d'efforts incessants, pendant lesquelles nous nous sommes lancés, ma femme et moi, en pleine carrière, avec cette activité dévorante que donne le tourbillon des affaires dans toutes les capitales d'Europe ; dix années de dureté envers nous-mêmes, et qui pourtant ne nous ont vus ni murmurer ni faiblir : car nous marchions l'un auprès de l'autre, en nous donnant la main, soutenus par l'espoir, secondés par la santé, encouragés par le succès, et triomphant de toutes les difficultés par l'accord de nos actions et de nos pensées. Notre maison ne tarda pas à devenir l'un des premiers pensionnats de Bruxelles. À mesure que nous élevions le prix du trimestre et que nous augmentions la force des études, nos élèves devenaient de plus en plus choisies, et finirent par se composer des enfants des premières familles de Belgique. Nous avions également d'excellentes relations avec l'Angleterre, grâce à M. Hunsden, qui, ayant profité d'un voyage à Bruxelles pour me reprocher mon bonheur dans les termes les plus durs, ne manqua pas à son retour de nous envoyer trois de ses parentes pour être polies, disait-il, par les soins de mistress Crimsworth.

Quant à cette dernière, ce n'était plus la même personne, bien qu'au fond elle ne fût réellement pas changée ; toutefois, elle différait tant d'elle-même, en certaines circonstances, qu'il me semblait presque avoir deux femmes. Elle conservait toujours, et dans toute leur fraîcheur, les qualités que je lui avais connues à l'époque de mon mariage ; mais d'autres facultés, en se développant, avaient jeté de puissants rameaux qui changeaient le caractère extérieur de la plante : la résolution, la fermeté, l'activité, couvraient de leur grave feuillage le sentiment poétique et la ferveur de la jeunesse, fleurs précieuses qui existaient toujours, fraîches et couvertes de rosée sous l'ombrage d'une végétation plus robuste. Peut-être étais-je le seul au monde qui connût leur existence ; mais elles conservaient pour moi leur parfum exquis et leur beauté à la fois chaste et radieuse.

Pendant le jour, ma maison était dirigée par mistress Crimsworth, une femme élégante et noble, au front large et pensif, à l'air sérieux et digne, que j'avais l'habitude de quitter immédiatement après le déjeuner. Elle descendait à la classe et j'allais à mes leçons ; je revenais dans le courant de la journée passer une heure chez moi ; je retrouvais Mme la directrice au milieu de ses élèves, silencieuse et attentive, surveillant tout ce qui se passait autour d'elle et se faisant obéir d'un regard ou d'un geste. Elle était alors toute vigilance et toute sollicitude. Faisait-elle un cours, sa figure s'animait ; son langage, toujours simple sans trivialité, clair sans sécheresse, intéressait vivement son auditoire, et, s'élevant parfois jusqu'à l'éloquence, entraînait les plus intelligentes de ses élèves, qui en conservaient une impression profonde. Elle faisait peu de caresses aux enfants qui lui étaient confiées ; néanmoins quelques-unes l'aimaient sincèrement, et toutes sans exception la contemplaient avec respect. Ses manières envers les élèves étaient généralement sérieuses, bienveillantes lorsqu'elle était satisfaite de leurs efforts, et toujours d'une distinction parfaite et d'une politesse scrupuleuse. Dans tous les cas où il lui fallait punir, elle aimait à user d'indulgence ; mais arrivait-il que l'élève abusât de sa bonté, un coup d'œil sévère lui apprenait immédiatement l'étendue de sa méprise, et l'avertissement que recevait la coupable avait, en général, le pouvoir de prévenir une nouvelle faute.

Quelquefois un rayon de tendresse venait briller dans son regard ; ses manières devenaient plus douces, sa voix plus affectueuse, lorsque, par exemple, une élève était malade ou regrettait la maison paternelle ; lorsqu'il s'agissait d'une orpheline ou d'une pauvre petite qu'une garde-robe insuffisante et le manque d'argent de poche rendaient pour ses compagnes un objet d'éloignement et de mépris. Elle les prenait alors sous sa protection et les couvrait de son aile ; pauvres déshéritées dont elle faisait l'objet de sa préférence ! C'était auprès de leur lit qu'elle passait chaque soir, pour s'assurer qu'elles y avaient bien chaud ; c'étaient elles qu'en hiver elle faisait placer auprès du poêle et que, chacune à son tour, elle appelait au salon pour leur donner un fruit ou un gâteau, pour les faire asseoir au coin du feu, les faire jouir des douceurs du foyer domestique, de la liberté qu'elles auraient eue chez elles, des bonnes paroles, des encouragements et des consolations que leur mère leur eût donnés ; elle voulait aussi que parfois les pauvres petites reçussent, avant de se coucher, un baiser maternel.

Quant à Mlles Julia et Georgiana, filles d'un baronnet anglais, à Mlle Mathilde, héritière d'un comte belge, ou à n'importe quelle fille de maison patricienne, la directrice était attentive à leurs progrès, soigneuse de leur bien-être ; mais il ne lui vint jamais à l'esprit de leur donner une marque de préférence. Elle en aimait une qui était pourtant de noble race, lady Catherine, jeune baronne irlandaise ; mais c'était à cause de son cœur enthousiaste et de son ardeur à l'étude, de sa générosité et de son intelligence ; sa fortune et son titre n'entraient pour rien dans l'affection que mistress Crimsworth ressentait pour lady Catherine.

Je passais donc toutes mes journées dehors, à l'exception d'une heure que ma femme réclamait pour son établissement, et dont pour rien au monde elle ne m'aurait fait grâce. Il fallait, disait-elle, que je me tinsse au courant de ce qui se faisait dans la maison, du caractère de ses élèves et du progrès des études, afin que je pusse m'intéresser aux choses qui l'occupaient sans cesse, et lui donner mon avis dans les cas difficiles. Elle aimait à s'asseoir auprès de moi lorsque je donnais mes leçons de littérature anglaise, et, les mains croisées sur ses genoux, à se montrer la plus attentive de tout mon auditoire. Il était rare qu'elle m'adressât la parole dans la classe, et elle ne le faisait jamais sans un air de déférence marquée ; c'était son plaisir et sa joie de me donner partout la première place et de faire voir que j'étais le maître en toute chose.

À six heures, mes travaux du jour étaient finis ; je revenais bien vite, à la maison, car pour moi c'était le ciel. Quand j'arrivais alors dans notre petit salon particulier, ce n'était plus Mme la directrice qui venait à ma rencontre ; mais Frances Henri, ma petite raccommodeuse de dentelle, qui, par magie, se retrouvait dans mes bras. Qu'elle aurait été désappointée, si son maître n'eût pas été fidèle au rendez-vous et n'eût pas répondu par un baiser au bonsoir qu'elle me disait d'une voix si douce !

Elle me parlait français et je la grondais bien fort ; j'essayais de la punir ; mais il fallait que le châtiment ne fût pas très-judicieux, car, loin de réprimer la faute, il semblait, au contraire, la pousser à la récidive. Nos soirées nous appartenaient complètement ; nous en avions besoin pour retremper nos forces et rafraîchir notre esprit. Nous les passions quelquefois à causer ; et, maintenant que ma jeune Suissesse aimait trop son professeur d'anglais pour le craindre, il lui suffisait de penser tout haut et d'épancher son cœur pour que la conversation fût aussi animée qu'intarissable. Heureux alors comme deux oiseaux sous la feuillée, elle me montrait les trésors de verve joyeuse et d'originalité que renfermait sa nature. Parfois, laissant jaillir la malice que recouvrait l'enthousiasme, elle raillait, la méchante, et me reprochait ce qu'elle appelait mes bizarreries anglaises, du ton incisif et piquant d'un démon qui badine en ses heures de gaieté. Toutefois ces accès de lutinerie étaient rares ; et si, entraîné moi-même à cette guerre de paroles où elle maniait si bien la finesse et l'ironie de la langue française, je me retournais vivement pour prendre corps à corps l'ennemi qui m'attaquait, vaine entreprise ! je n'avais pas saisi le bras du lutin qu'il avait disparu ; l'éclair provocateur avait fait place à un regard plein de tendresse qui rayonnait doucement sous des paupières demi-closes ; j'avais cru m'emparer d'une fée maligne, et je trouvais dans mes bras une petite femme soumise et suppliante. Je lui ordonnais alors d'aller prendre un livre anglais et de me faire la lecture au moins pendant une heure : c'était presque toujours du Wordsworth que je lui imposais pour la punir, ce qui la calmait immédiatement. Elle éprouvait quelques difficultés à comprendre ce langage sobre et profond qui la forçait à réfléchir ; il lui fallait alors me questionner, solliciter mon secours et m'avouer de nouveau pour son seigneur et maître. Son instinct s'emparait plus vite et se pénétrait mieux du sens des auteurs plus ardents. Elle aimait Walter Scott ; Byron la passionnait ; Wordsworth l'étonnait ; elle hésitait à se former une opinion sur lui.

Mais qu'elle fût en train de causer ou de me faire la lecture, de me tourmenter en français ou de m'implorer en anglais, de raconter avec chaleur ou d'écouter attentivement, de rire de moi ou de me sourire, elle m'abandonnait toujours dès qu'arrivait neuf heures. Au premier coup de l'horloge, elle s'arrachait de mes bras ou quittait la chaise qu'elle occupait à mon côté, prenait sa lampe et avait disparu. Je l'avais suivie quelquefois. Elle montait l'escalier, ouvrait la porte du dortoir, glissait entre les deux rangées de lits blancs qui remplissaient la pièce, regardait toutes les dormeuses, disait tout bas une parole à celle qui était éveillée, restait quelques minutes pour s'assurer que tout était calme, arrangeait la veilleuse qui brûlait jusqu'au jour, et se retirait, fermant la porte sans bruit. De là elle se rendait à notre chambre à coucher ; elle entrait dans une toute petite pièce qui donnait dans cette chambre et où il y avait un berceau. Je vis sa figure s'attendrir en approchant de cette couche enfantine ; elle voila d'une main la lampe qu'elle tenait de l'autre, s'inclina sur l'oreiller et resta penchée au-dessus d'un enfant qui dormait. Le sommeil du cher ange était calme, la fièvre ne brûlait pas ses joues rondes, les pleurs ne mouillaient pas ses cils bruns, de mauvais rêves n'altéraient pas ses traits. Frances le regarda longtemps ; une joie profonde anima son visage, un sentiment d'une puissance infinie agita tout son être, sa poitrine se gonfla, ses lèvres s'entr'ouvrirent ; sa respiration devint plus précipitée, l'enfant sourit, la mère lui sourit à son tour et murmura tout bas : « Que Dieu te protège, ô mon fils ! » Elle se baissa plus encore, effleura le front de l'enfant du plus doux des baisers, couvrit sa petite main de la sienne, se releva et partit. J'avais regagné le salon avant elle ; lorsqu'elle entra deux minutes après moi, elle dit tranquillement en posant sa lampe sur la table : « Victor va bien ; jamais il n'a été plus calme, il sourit en dormant ; il a votre sourire, monsieur. »

Le susdit Victor était son fils ; il était venu au monde la troisième année de notre mariage, et avait été nommé ainsi en l'honneur de M. Vandenhuten, qui restait toujours notre ami sincère et dévoué.

Frances était donc pour moi une épouse aimable et dévouée, mais parce que j'étais à mon tour un bon mari, fidèle et juste. Un soir que je lui demandais comment elle se serait conduite si elle avait épousé un homme envieux, insouciant et dur, un paresseux, un prodigue, un ivrogne ou un tyran, elle me répondit, après quelques minutes de réflexion :

« J'aurais essayé de supporter le mal pendant quelque temps et surtout de le guérir ; mais, dès l'instant où j'aurais reconnu qu'il était incurable, je serais partie, quittant mon bourreau sans rien dire.

— Et si la loi t'avait forcée à rentrer avec lui ?

— Comment ! avec un débauché, un égoïste, un paresseux, un despote envieux et cruel ?

— Oui, Frances.

— Il aurait bien fallu revenir, si la force m'y avait contrainte ; je me serais assurée une seconde fois qu'il n'y avait pas de remède à ma misère, et je serais partie de nouveau.

— Et si la force t'avait contrainte encore une fois à rentrer sous le toit conjugal ?

— Je ne sais pas, dit-elle avec vivacité ; mais pourquoi me demandez-vous cela, monsieur ? »

Je tenais d'autant plus à sa réponse que je voyais briller dans son regard une flamme singulière ; et je voulais entendre l'esprit inconnu dont je provoquais le réveil.

« Dès qu'une femme méprise celui qu'elle a épousé, dit Frances d'une voix profonde, elle n'est plus que son esclave ; et contre l'esclavage tous ceux qui pensent et qui raisonnent se sont toujours révoltés. Alors même que la torture serait le prix de la résistance, elle doit être subie ; et la route qui mène à la liberté vous conduisît-elle à la mort, il ne faudrait pas hésiter à la suivre : qu'est-ce que la vie sans liberté ? Je lutterais donc, monsieur, de tout mon pouvoir, de toutes mes forces ; et, quand ma faiblesse serait à bout, la mort me protégerait contre les mauvaises lois et leurs indignes conséquences.

— Le suicide, Frances ?

— Non, monsieur ; j'aurais le courage de survivre aux angoisses que le destin m'aurait imposées, afin de protester et de combattre jusqu'au dernier soupir pour la justice et pour la liberté.

— Je vois que tu n'aurais pas été une victime endurante ; mais supposons que tu ne te sois pas mariée ? aurais-tu aimé le célibat ?

— Non, certainement ; la vie d'une vieille fille est sans joie et sans but ; son cœur souffre et se dessèche peu à peu ; j'aurais fait tous mes efforts pour adoucir ma douleur et pour combler le vide de mon existence ; je n'aurais probablement pas réussi, et je serais morte lasse et désappointée, méprisée de tous et n'ayant en réalité nulle valeur... Mais je ne suis pas vieille fille, s'écria-t-elle ; et pourtant je l'aurais été sans mon maître ; nul autre gentleman, Anglais, Français ou Belge, n'aurait pensé à me trouver aimable ou jolie : et d'ailleurs, eussé-je pu obtenir l'approbation des autres, je m'en serais peu souciée. Mais il y a huit ans que je suis la femme du professeur Crimsworth ; et que voit-il dans mon regard ? est-il aimé ?... » Ses yeux se voilèrent tout à coup et sa voix s'éteignit sur ses lèvres. Elle se jeta dans mes bras en me regardant avec ivresse ; tout le feu de son âme rayonnait sur son visage. Une demi-heure après, lorsqu'elle se fut calmée, je lui demandai ce qu'était devenue l'ardeur qui l'avait transformée quelques instants auparavant, qui avait donné tant d'éclat à ses yeux, tant de puissance à l'impulsion qui l'avait fait tomber, sur mon cœur.

« Je ne sais pas, répondit-elle en souriant et les paupières baissées ; tout ce que je puis dire, c'est qu'elle reviendra chaque fois qu'on aura besoin d'elle. »

Arrivons à la fin de la dixième année, époque à laquelle nous étions parvenus au but que nous voulions atteindre. Trois causes avaient amené ce résultat plus rapidement qu'on n'aurait osé l'espérer : la persévérance de nos efforts, l'absence de tout obstacle et le bon emploi de nos fonds, qui se trouvèrent placés avantageusement, grâce aux excellents conseils de MM. Vandenhuten en Belgique et Hunsden en Angleterre. Je n'ai pas besoin de dire à quel chiffre se montaient nos revenus ; les deux amis à qui nous devions l'heureux placement de nos épargnes en eurent seuls connaissance ; il suffit au lecteur de savoir que, relativement à la modération de nos désirs et à la simplicité de nos habitudes, nous avions de quoi vivre dans l'aisance, et qu'en appliquant à nos affaires l'ordre que nous avions toujours eu, il nous resterait le moyen de seconder la philanthropie dans ses œuvres et de soulager la misère que nous verrions auprès de nous.

Frances allait donc enfin réaliser son rêve ; nous partîmes pour l'Angleterre, où nous arrivâmes sans encombre. Après avoir parcouru les Iles Britanniques dans tous les sens, nous passâmes l'hiver à Londres, agitant la question de savoir où nous fixerions notre résidence ; mon cœur soupirait après mon comté natal, et c'est là que nous demeurons aujourd'hui. Notre maison, où j'écris ces lignes, commodément installé dans la bibliothèque, est située dans une région solitaire et montueuse, dont la verdure n'est pas flétrie par la fumée des usines, dont les eaux transparentes sont restées pures, dont les collines couvertes de fougère ont conservé leur aspect sauvage, leurs mousses, leurs bruyères primitives, les vallées leur parfum, et la brise sa fraîcheur. Notre maison est pittoresque, assez grande, sans être néanmoins spacieuse ; les fenêtres irrégulières y sont encadrées de fleurs qui couvrent la façade, et le porche, à demi voilé par un lacis déplantés grimpantes, est, à l'heure où j'écris, un berceau de roses et de lierre. Le jardin s'incline par une pente insensible ; l'herbe des pelouses est courte comme un tapis de mousse et tout émaillée de fleurs ; par le sentier ombreux et gazonné où conduit la petite porte du jardin, on arrive, après de longs détours, à une prairie où paraissent, au printemps, les premières marguerites ; de là son nom de Daisy-Lane, qui sert aussi à désigner la maison.

Cette prairie forme un vallon, boisé sur l'autre rive, où les chênes et les hêtres couvrent d'ombre les alen- tours d'un vieux manoir datant du règne d'Élisabeth, et appartenant à un personnage bien connu du lecteur ; oui, cet édifice aux murailles grises, aux nombreux pignons, aux cheminées plus nombreuses encore, est la résidence de Yorke Hunsden, toujours célibataire, n'ayant pas, je suppose, trouvé son idéal, bien que je connaisse une vingtaine de jeunes filles, à quarante milles à la ronde, qui ne demanderaient pas mieux que de l'aider dans ses recherches. C'est à la mort de son père que ce domaine lui échut en partage, il y a bientôt cinq ans ; il se retira des affaires à cette époque, après y avoir gagné une somme suffisante pour dégager le manoir paternel des charges dont il était grevé. Comme je l'ai dit plus haut, Hunsden réside à Hunsden-Wood, mais tout au plus pendant cinq mois de l'année ; il voyage le reste du temps et passe une partie de l'hiver à Londres ; lorsqu'il revient à la campagne, il est rare qu'il ne ramène pas quelques visiteurs avec lui, presque toujours des étrangers : un philosophe allemand ou un savant français ; même une fois un Italien au visage sombre et mécontent, qui ne chantait pas, ne jouait d'aucun instrument et qui ressemblait, suivant Frances, à un conspirateur.

Les Anglais qu'il invite à venir le voir sont tous de Birmingham ou de Manchester, des hommes rudes, paraissant enfermés dans une seule idée, et ne causant jamais que du libre échange. Les étrangers qu'il reçoit à Hunsden-Wood sont également des hommes politiques, mais dont le thème est plus large : c'est du progrès général qu'ils s'entretiennent, du développement de la liberté en Europe ; et les noms de la Russie, de l'Autriche et du pape, sont inscrits en lettres rouges sur leurs tablettes. J'ai entendu plusieurs d'entre eux développer ce thème avec autant d'ardeur que de sens ; j'ai assisté plus d'une fois à des discussions polyglottes dans l'antique salle à manger de Hunsden-Wood, où il m'était donné un singulier aperçu de l'opinion que ces hommes déterminés ont sur le despotisme du Nord et sur les superstitions du Sud. J'ai écouté bien des paroles oiseuses à cet égard, principalement en français et en hollandais : ne nous y arrêtons pas ; Hunsden lui-même tolérait ces rêveries enfantines ; quant aux hommes pratiques, il se liait avec eux et de la main et du cœur.

Lorsqu'il était seul au manoir, ce qui arrivait rarement, il venait à Daisy-Lane deux ou trois fois par semaine ; il avait, disait-il, un but philanthropique en venant fumer son cigare sous le porche de notre maison pendant, les belles soirées d'été, celui de détruire les perce-oreilles cachés parmi les roses ; abominables insectes qui, affirmait-il, nous auraient envahis sans le secours efficace de ses fumigations. Toutes les fois qu'il pleuvait, nous étions sûrs de le voir ; il éprouvait, ces jours-là, un besoin impérieux de me mettre hors de moi-même en piétinant sur les cors de mon esprit boiteux, ou de forcer, en insultant la mémoire d'Hofer et de Guillaume Tell, mistress Crimsworth à évoquer le dragon qu'elle portait dans son sein.

De notre côté, nous allions souvent à Hunsden-Wood, et c'était toujours avec bonheur ; s'il y avait du monde, les personnes que nous y rencontrions nous intéressaient vivement par leur caractère et leurs discours : l'absence de toute passion mesquine, de tout esprit de localité, qui distinguait le maître de la maison et la société d'élite qu'il recevait chez lui, donnait à la conversation un tour plein de grandeur, et, plaçant la pensée au-dessus des intérêts individuels, lui permettait d'embrasser l'humanité tout entière. Hunsden fait d'ailleurs à merveille les honneurs de chez lui ; d'une politesse affable, il a, quand il veut bien s'en servir, une verve inépuisable qu'il met assez volontiers au service de ses hôtes. Le manoir lui-même n'est pas sans intérêt ; les vastes pièces ont un cachet historique ; les corridors sentent la légende ; les chambres à coucher, au plafond bas et aux vitraux en losanges, ont l'air d'être hantées par les habitants de l'autre monde ; leur propriétaire a recueilli dans ses voyages de nombreux objets d'art, distribués avec goût dans ses galeries boisées de chêne, où j'ai vu quelques tableaux et deux ou trois statues que plus d'un noble amateur aurait pu lui envier.

Il arrive souvent à Hunsden, lorsque nous avons dîné chez lui, de nous ramener le soir, et de venir avec nous jusqu'à la maison ; les bois qui entourent sa demeure sont d'une vaste étendue ; les détours qu'il faut faire pour en sortir, et pour traverser les landes et les clairières, font une longue promenade du sentier qui conduit à Daisy-Lane ; et lorsque la lune éclaire la futaie, que, par une nuit tiède et embaumée, le murmure du ruisseau caché entre les aunes accompagne la voix du rossignol, minuit a sonné plus d'une fois à l'église d'un hameau éloigné avant que le seigneur d'Hunsden-Wood ait quitté notre berceau de lierre. Il cause alors avec un abandon, un calme et une douceur qu'on n'aurait pas attendus de sa nature, et qu'il ne montre qu'en ces instants d'épanchement. Il oublie la discussion et s'entretient du passé ; il raconte l'histoire de sa famille, nous dit un mot de la sienne, et entr'ouvre son cœur.

Un soir que, sous un beau ciel étoilé du mois de juin, m'amusant à le railler au sujet de son idéal, je lui demandais à quelle époque cette beauté superbe viendrait greffer ses charmes sur le vieux chêne d'Hunsden, il répondit vivement :

« Ce que vous appelez mon idéal est une réalité ; regardez plutôt, en voici l'ombre ; cela ne prouve-t-il pas un corps ? »

Et, nous', attirant dans une clairière où les hêtres s'écartaient pour découvrir le ciel, Hunsden nous montra une miniature qu'il tira de sa poitrine. Frances la saisit avec ardeur, et l'examina la première ; puis elle me la donna, en cherchant à lire sur ma figure ce que je pensais de ce portrait. C'était celui d'une femme admirablement belle, ayant, ainsi qu'il l'avait dit un jour, des traits harmonieux et réguliers ; la peau était brune ; les cheveux, d'un noir bleu, rejetés négligemment en arrière, dégageaient le front et les tempes, comme si tant de beauté dispensait de toute coquetterie ; l'œil italien plongeait dans le vôtre un regard indépendant et fier ; la bouche était aussi ferme que belle, le menton bien dessiné ; le nom de Lucia était gravé en lettres d'or au dos de la miniature.

« Cette tête est pleine de vie et de réalité, » dis-je après l'avoir contemplée pendant quelques instants.

Hunsden sourit.

« Tout était réel dans Lucia, répondit-il.

— Et c'est la femme que vous auriez voulu épouser ? lui demandai-je.

— Assurément ; et la meilleure preuve que la chose était impossible, c'est qu'elle ne s'est pas faite. »

Il reprit la miniature, et s'adressant à ma femme :

« Qu'en pensez-vous ? dit-il en boutonnant son habit, après avoir replacé le portrait sur son cœur.

— Je suis sûre que Lucia a porté des chaînes, mais qu'elle les a brisées, lui répondit Frances ; je ne parle pas du lien conjugal plutôt que d'un autre, mais d'une chaîne sociale quelconque : ce visage est celui d'une personne qui a fait de puissants efforts pour soustraire de précieuses facultés à une contrainte insupportable dont elle a triomphé ; puis, lorsqu'elle eut conquis sa liberté, ajouta Frances, Lucia étendit ses ailes et fut emportée plus loin que… »

Elle hésita :

« Continuez, lui dit Hunsden.

— Que les convenances ne vous permettaient de la suivre.

— Je crois que vous devenez impertinente.

— Lucia est montée sur la scène ; vous n'avez jamais sérieusement songé à l'épouser ; vous admiriez son originalité, son audace, l'énergie physique et morale dont elle avait fait preuve ; qu'elle fût danseuse, cantatrice ou tragédienne, vous étiez enthousiaste de son talent ; vous adoriez sa beauté, qui répondait à l'idéal que vous aviez rêvé, mais je suis sûre qu'elle habitait une sphère où vous ne pouviez penser à vous choisir une femme.

— C'est ingénieux, remarqua Hunsden ; quant à la vérité du fait, c'est une autre question. Mais ne comprenez-vous pas que la petite lampe qui vous anime pâlit complètement à côté de l'astre de Lucia ?

— Parfaitement.

— Elle a au moins de la loyauté. Et pensez-vous que la faible lumière que vous répandez puisse longtemps encore satisfaire le professeur ?

— C'est à lui qu'il faut demander cela, monsieur Hunsden.

— Ma vue a toujours été trop faible pour supporter un vif éclat, » répondis-je en ouvrant la petite porte du jardin.

Depuis lors s'est écoulée une série de beaux jours dont celui-ci est assurément le plus doux. On termine la fenaison ; le foin nouveau qu'on rapporte de la prairie verse dans l'air son odeur balsamique ; Frances vient de me proposer de prendre le thé sur la pelouse ; je vois d'ici la table ronde, mise à l'ombre d'un hêtre et déjà couverte de la théière et des tasses. Hunsden va venir. J'entends sa voix qui tranche une question avec autorité ; Frances lui répond : elle est d'un autre avis, suivant son habitude. Ils se disputent à propos de Victor ; Hunsden affirme que sa mère n'en fera qu'une poule mouillée ; mistress Crimsworth répond avec vivacité qu'elle aime cent fois mieux cela que d'avoir pour fils un mauvais sujet du goût de M. Hunsden ; que si, au lieu d'être une comète errante allant toujours on ne sait où, sans but et sans raison, le susdit Hunsden restait dans le voisinage, elle n'aurait de repos qu'après avoir envoyé Victor à cent milles de Daisy-Lane : car, avec ces abominables maximes et ces odieux principes, un tel voisin entraînerait à leur perte les enfants les mieux doués.

Quelques lignes sur Victor avant de remettre ce manuscrit dans mon tiroir ; quelques lignes seulement, car je viens d'entendre le cliquetis des cuillers que l'on met près des assiettes. Victor est aussi loin d'être un joli enfant, que moi d'être un bel homme, ou sa mère une jolie femme : il est maigre et pâle, avec de grands yeux bruns comme ceux de Frances, et enfoncés comme les miens ; il est très-mince, un peu grand pour son âge, mais bien proportionné et d'une santé parfaite. Je n'ai jamais vu d'enfant sourire moins fréquemment et froncer les sourcils d'une manière plus prononcée que Victor, lorsqu'il a le front penché au-dessus d'un livre qui l'intéresse, ou qu'il écoute un récit d'aventures merveilleuses, un combat ou un voyage que lui raconte sa mère ou son ami Hunsden. Mais, bien qu'il soit tranquille et sérieux, il n'est pas triste, encore moins malheureux ; il possède au contraire une faculté de ressentir la joie qui arrive à l'enthousiasme et qui m'effraye souvent. Il a appris à lire d'après l'ancienne méthode, dans un vieil alphabet posé sur les genoux de sa mère ; et il a fait des progrès si rapides, qu'on n'a pas eu besoin de recourir aux lettres d'ivoire, aux images et autres moyens de séduction qu'on emploie aujourd'hui. À peine a-t-il su lire qu'il a dévoré tous les livres qu'on lui a donnés ; son amour pour la lecture paraît encore s'accroître ; ses joujous sont peu nombreux, il n'en désire pas davantage : mais il aime réellement ceux qu'il possède, et la tendresse qu'il porte à deux ou trois animaux acquiert la puissance d'une véritable passion. M. Hunsden lui donna un jour un petit chien qu'il nomma Yorke, du nom du donateur ; quelques mois après, l'animal, arrivé au terme de sa croissance, était devenu un dogue superbe de la plus grande espèce, dont le caractère féroce avait toutefois été modifié par les caresses de l'enfant. Victor ne voulait aller nulle part sans Yorke ; c'était la première chose qu'il cherchât en s'éveillant, et la dernière qu'il laissât en se couchant. Yorke était à ses pieds quand il prenait ses leçons, jouait avec lui dans le jardin, l'accompagnait dans le bois, restait à côté de sa chaise pendant les repas, et recevait sa nourriture de la main de son petit maître. Un jour Hunsden emmena Yorke à la ville ; la pauvre bête y rencontra un chien enragé qui le mordit ; aussitôt que Hunsden m'eut informé de la circonstance, j'allai dans la cour, et je déchargeai mon fusil sur le malheureux animal. Yorke resta froudroyé sur la place ; il ne m'avait même pas vu lever mon arme, car j'avais eu l'attention de me placer derrière lui. Il y avait à peine deux minutes que j'étais rentré, lorsque des cris de désespoir me rappelèrent dans la cour : c'était Victor, qui, agenouillé auprès de son chien bien-aimé, le serrait dans ses bras en sanglotant de toutes ses forces.

« Je ne vous le pardonnerai jamais, papa, s'écria-t-il dès qu'il m'eut aperçu, jamais, jamais ! C'est vous qui avez tué Yorke ; je vous ai bien vu par la fenêtre ; je ne vous croyais pas si méchant, et je ne vous aime plus du tout, du tout. »

Je fis tous mes efforts pour lui expliquer l'affreuse nécessité qui m'avait fait agir, et pour tâcher de le calmer ; il restait inconsolable, et répétait d'une voix dont je ne puis rendre l'amertume, et qui me déchirait le cœur »

« Vous auriez dû le guérir ; il fallait au moins essayer ; vous ne l'avez pas même pansé, et maintenant il est trop tard. »

Il embrassa de nouveau le cadavre de Yorke et ses larmes redoublèrent ; j'attendis patiemment que sa douleur se fût épuisée par l'excès même de sa violence, et je le portai à sa mère, bien certain qu'elle parviendrait à le consoler ; elle le prit sur ses genoux et le serra contre son cœur ; elle le couvrit de ses baisers en le regardant avec tendresse ; puis, quand ses pleurs eurent cessé, elle lui dit que Yorke n'avait pas souffert et que, si on l'avait laissé mourir naturellement, il serait mort au milieu d'effroyables tortures ; elle lui répéta surtout que je n'étais pas cruel, car cette idée semblait causer une peine affreuse au pauvre enfant ; elle ajouta que c'était par amour pour Yorke et pour lui que j'avais agi ainsi, et que cela me brisait le cœur de lui voir tant de chagrin.

Victor n'aurait pas été le fils de son père, si de pareilles considérations, murmurées d'une voix si douce, entremêlées de caresses si tendres, n'avaient produit aucun effet sur lui. Il se calma peu à peu, appuya sa tête sur l'épaule de sa mère, et demeura immobile pendant quelques instants ; puis levant les yeux, il la pria de lui dire encore une fois que Yorke n'avait pas souffert en mourant et que je n'étais pas cruel. Les paroles bienfaisantes furent répétées avec la même tendresse ; l'enfant posa de nouveau sa joue sur la poitrine de sa mère, où il resta paisiblement.

Une heure après, il vint me trouver dans la bibliothèque, me demanda si je voulais lui pardonner, et me témoigna le désir de se réconcilier avec moi ; je l'attirai dans mes bras ; tout en causant ensemble, je vis poindre dans son âme des sentiments et des pensées que j'étais heureux de rencontrer chez mon fils. J'y pressentais, à vrai dire, les éléments de ce que notre ami appelait un brave garçon, et Frances un mauvais sujet, cette étincelle qui brille au-dessus d'une coupe de vin ou qui allume le feu des passions : mais je découvrais en même temps dans son cœur le germe de la pitié, de la sensibilité, de la loyauté, et dans son intelligence la promesse d'une énergie, d'une haute raison et d'une droiture qui me rendraient fier un jour. Je déposai sur son large front un baiser plein de tendresse et d'orgueil, et il partit consolé.

Le lendemain matin, je l'aperçus à l'endroit où l'on avait enterré le pauvre Yorke ; ses mains couvraient sa figure, et je crus voir qu'il pleurait ; il fut triste pendant longtemps, et plus d'une année s'écoula avant qu'on pût lui parler d'avoir un autre chien.

Il nous quittera bien tôt pour aller à Eton, où je crains bien qu'il ne passe la première année dans une profonde tristesse ; la séparation brisera son cœur et l'absence le fera longtemps souffrir. Ce ne sera pas un piocheur ; mais l'émulation, le besoin d'apprendre, la gloire du succès, l'entraîneront, et il finira par travailler. Quant à moi, j'éprouve une forte répugnance à fixer l'heure qui m'arrachera mon seul rejeton pour le transplanter au loin ; lorsque j'en parle à Frances, elle m'écoute en silence, comme s'il s'agissait de quelque opération terrible qui la fait frissonner, et qui exigera tout son courage. Avant peu cependant, il faudra prendre cette détermination douloureuse, et je le ferai sans hésiter : car, bien que Frances ne veuille pas, comme le dit Hunsden, faire de son fils une poule mouillée, elle l'accoutume à une indulgence et à une tendresse qu'il ne retrouverait chez personne et qui lui manqueraient un jour. Elle voit d'ailleurs comme moi, dans le caractère de Victor, une ardeur concentrée qui se révèle de temps à autre par de sinistres éclairs. Hunsden prétend que c'est un rayon du feu céleste qu'il serait coupable d'étouffer ; j'y reconnais au contraire la fermentation du levain qui causa la chute d'Adam, et qu'il faut sinon réprimer à coups de fouet, du moins diriger avec sollicitude, afin d'en tirer une force qui lui soit utile dans la vie.

La souffrance physique ou morale sera peu de chose à mes yeux, si elle peut lui donner l'énergie nécessaire pour gouverner ses passions et pour lui faire acquérir le don précieux de se dominer soi-même. Frances ne donne aucun nom à ce quelque chose qui caractérise la nature de son fils ; et, quand l'esprit de révolte se manifeste par les grincements de dents, le feu du regard et la colère que fait naître chez lui le désappointement ou la douleur, elle le prend dans ses bras, ou l'emmène se promener dans les bois ; seule avec lui, elle le raisonne de sa voix persuasive, elle le regarde avec tendresse, et Victor est infailliblement ramené à la douceur. Mais est-ce la raison et l'amour que le monde opposera plus tard à la violence de l'homme ? non ; l'éclair de ses yeux noirs, le nuage de son front, le frémissement de ses lèvres, n'appelleraient sur lui que des coups au lieu de caresses ; mieux vaut donc la souffrance salutaire d'où il sortira meilleur un jour.

Quant à présent, je le vois là-bas sous le hêtre à côté de son ami Hunsden ; celui-ci a la main appuyée sur l'épaule de l'enfant, et Dieu sait quel principe il lui glisse à l'oreille. Victor l'écoute en souriant, il est charmant ainsi ; jamais il ne ressemble autant à sa mère que lorsqu'il vient à sourire : quel dommage que le soleil brille si rarement ! Victor a une préférence marquée pour Hunsden, plus vive peut-être qu'il ne serait à désirer. Frances ne regarde pas sans inquiétude cette liaison tant soit peu dangereuse ; quand elle voit son fils sur les genoux de Hunsden, ou appuyé contre lui, elle va et vient, rôdant autour d'eux avec anxiété, comme une colombe qui cherche à protéger sa couvée contre l'oiseau de proie qui la menace ; elle voudrait que Hunsden eût des enfants, pour qu'il pût comprendre le danger qu'il y a d'exciter leur orgueil et d'encourager leurs caprices.

Elle approche de ma fenêtre, elle écarte le chèvrefeuille qui en cache à demi les vitraux, et m'annonce que tout est prêt pour le thé ; voyant que je continue d'écrire, elle entre dans la bibliothèque ; elle vient tout doucement auprès de moi, pose sa main sur mon épaule, et me reproche mon trop d'application au travail : je lui réponds que je vais avoir bientôt fini. Elle prend une chaise, et s'assied à côté, de moi. Sa présence a pour mon âme autant de charme que les rayons du couchant, le parfum des fleurs et le calme de cette belle soirée, en ont pour mes sens.

Mais voilà Hunsden qui arrive à son tour ; il se penche par la fenêtre dont il écarte brusquement le chèvrefeuille, troublant ; dans sa vivacité, un papillon et deux abeilles.

« Crimsworth ! William Crimsworth ! dit-il ; prenez-lui la plume des mains, mistress, et faites-lui relever la tête.

— Qu'est-ce qu'il y a, Hunsden ? je vous écoute…

— Je suis allé hier à la ville ; votre frère a spéculé sur les chemins de fer ; il est maintenant plus riche que Crésus ; on ne le connaît plus à Piece-Hall que sous le nom de Cerf-dix-Cors. J'ai aussi des nouvelles de Brown ; M. et Mme Vandenhuten parlent de venir vous voir le mois prochain, en compagnie de Jean-Baptiste. Quant aux Pelet, dont il me touche un mot, il me fait entendre que leur harmonie domestique est loin d'être excellente, mais que leurs affaires vont on ne peut mieux, circonstance qui les dédommage amplement des traverses qu'ils peuvent avoir du côté des sentiments. Invitez-les donc à venir passer les vacances chez vous, Crimsworth ! j'aurais tant de plaisir à voir Zoraïde, l'objet de vos premières amours ! Ne soyez pas jalouse, mistress ; mais il a été fou de cette dame ; je suis sûr du fait. Brown me dit qu'elle pèse actuellement cent soixante et quelques livres ; vous voyez combien vous avez perdu, malheureux professeur ! Maintenant, monsieur et madame, si vous ne venez pas prendre le thé, Victor et moi nous commencerons sans vous.

— Viens donc, papa ! »

FIN.